U0827517

GUANGXI DUOMINZU WENXUE JINGDIAN

广西多民族文学经典

（1958—2018）

诗歌卷

总 主 编◎黄伟林　刘铁群
本卷主编◎刘铁群　黄伟林

GUANGXI NORMAL UNIVERSITY PRESS
广西师范大学出版社
·桂林·

图书在版编目（CIP）数据

广西多民族文学经典：1958—2018. 诗歌卷 / 黄伟林，刘铁群总主编；刘铁群，黄伟林分卷主编. —桂林：广西师范大学出版社，2018.11（2019.1 重印）
ISBN 978-7-5598-1218-6

Ⅰ. ①广… Ⅱ. ①黄… ②刘… Ⅲ. ①中国文学－当代文学－作品综合集－广西②诗集－中国－当代 Ⅳ. ①I218.67

中国版本图书馆 CIP 数据核字（2018）第 226189 号

广西师范大学出版社出版发行
（广西桂林市五里店路 9 号 邮政编码：541004
网址：http://www.bbtpress.com）
出版人：张艺兵
全国新华书店经销
广西民族印刷包装集团有限公司印刷
（南宁市高新区高新三路 1 号 邮政编码：530007）
开本：720 mm × 1 010 mm 1/16
印张：35 字数：510 千字
2018 年 11 月第 1 版 2019 年 1 月第 2 次印刷
定价：148.00 元
如发现印装质量问题，影响阅读，请与出版社发行部门联系调换。

广西多民族文学经典（1958—2018）

编委会

编委会主任

张艺兵

编委会成员（按姓氏音序排列）

高 蔚　黄伟林　李北京　李 逊　李咏梅　刘铁群
罗财勇　谭 彦　温存超　曾 攀　张俊显

编选成员（按姓氏音序排列）

陈珊珊　陈 霞　丁 慧　杜子壮　冯爱琴　冯依晴　何维义　黄伟林　黄 怡
贾雅楠　李北京　李 逊　李咏梅　梁译芳　廖雪霞　刘铁群　罗盈盈　莫楚仪
谭凯匀　谭 彦　汪怡贝　王 丹　王 希　王 燕　王云杉　温存超　吴晓涵
杨 婧　杨斯淇　曾 攀　张冬英　周丽华　周清清

总策划：黄伟林　张俊显

总主编：黄伟林　刘铁群

诗歌卷主编：刘铁群　黄伟林

散文卷主编：刘铁群　黄伟林

短篇小说卷主编：黄伟林　曾 攀

中篇小说卷主编：黄伟林　曾 攀

长篇小说卷主编：黄伟林　温存超

戏剧卷主编：李咏梅　黄伟林

史料卷主编：黄伟林　李咏梅

总　序

一个有文学大师的国家或地区是值得自豪的。比如丹麦，虽为北欧小国，但因为有安徒生而得到全世界的尊敬。比如四川，地处偏远，但因为有李白、苏轼而足可傲视华夏。在当代广西，因为拥有梁羽生、白先勇、林白、东西等著名作家，让这个拥有喀斯特地貌的多民族地区，平添了文化的底气。

翻开中国文学史，从《诗经》到《楚辞》，从先秦诸子到两汉骈赋，从唐诗宋词到明清小说，在群星璀璨的文学天空，都找不到广西的名家，读不到广西的名作。这种局面，直至新中国成立之后才有所改观。《百鸟衣》一瞥惊艳，《刘三姐》一鸣惊人。当时光的脚步迈进 1990 年代，《南方文坛》华丽转身，“广西三剑客”横空出世，文学桂军边缘崛起。文学桂军的崛起，体现了广西的文化自觉和转型发展。

这种文化自觉和转型发展，对广西形象的改变是显而易见的。如今，人们读到这套广西多民族文学大系，除了想到如诗如画的山水风光，还会想到“百鸟衣”，想到“刘三姐”，想到“美丽的南方”。

中国作家协会副主席、著名评论家李敬泽说：“对于我来说，提起广西就会想起它的文学，在我心中的中国文学的地图上，广西远不像它的地理位置那么偏远，它正处在中国文学创造的中心地带。”[①]

这是文学造就的广西。

认识一个国家和地区最好的媒介是什么?

是文学。

我们因为莎士比亚的戏剧而认识英国,我们因为巴尔扎克、雨果、福楼拜的小说而认识法国,我们因为普希金、莱蒙托夫、叶赛宁的诗歌而认识俄罗斯,我们因为爱默生、梭罗的散文而认识美国。

那么,认识广西最好的媒介是什么呢?

当然还是文学。

阅读《百鸟衣》,我们才知道广西的大地是如此绚丽。

阅读《刘三姐》,我们才知道广西的歌声是如此动听。

阅读《台北人》,我们才知道广西人的乡愁如此深邃。

阅读《桂系演义》,我们才知道广西人曾经如此纵横捭阖、深谋远虑。

阅读《一个人的战争》,我们才知道广西人能够如此孤绝率性、平地拔起、卓然独立。

通过文学,我们可以了解广西的历史,认识广西的现实,感知广西人的性格,体会广西人的心灵世界。

为了展示广西壮族自治区成立60周年的文学成就,为了呈现广西文学经典化的历程,为了让广大读者获得一个最好的认识广西、审美广西的途径,广西师范大学文学院中国现当代文学学科的师生,凭数十年广西文学阅读之积累,积数十年广西文学研究之心得,多方搜寻,爬梳剔抉,编选了七大卷十二册数百万字的《广西多民族文学经典(1958—2018)》。

当代广西文学是当代广西历史沧桑的记录,是当代广西人物形象的写真,是当代广西心灵世界的透视,是当代广西人文形象的重塑,是广西未来愿景的预见

① 李敬泽:《广西:创造力的来源》,《文学报》2006年6月15日。

和想象。美国诗人惠特曼说："指出最美好的，并把它同最坏的东西区别开来，是一世代带给另一世代的烦恼……"《广西多民族文学经典（1958—2018）》就是将那些最好的、最具代表性的广西当代文学作品从汗牛充栋的期刊、报纸、图书中精选出来，附之以该作者的相关信息和创作评论、该作品的相关信息和经典解读，使之铭文于眼前，铭记于内心，铭刻于历史。它是广西壮族自治区60年的文学见证，是对广西文学精英的致敬，并将成为广西更多文学名家、文学名著的催生剂。

黄伟林

2018年9月28日

总导言

广西多民族文学 60 年（1958—2018）

序言：开门见山

广西是一个多山地区：东有六万大山，北有九万大山，南有十万大山，西为云贵高原。对于广西人而言，开门见山，不是说话作文的修辞技巧，而是日常生活的司空见惯。不过，这里所说的山，不是自然之山，而是修辞之山，说的是广西文学那些越过了广西疆域，屹立于中国文坛的山峰、高峰。

尽管我们对广西当代文学的研究已经持续了 30 多年，但是，当我们在编选广西壮族自治区 60 年文学经典的时候，仍然不断有发现的惊喜。在这里，我们不妨开门见山，首先呈现一份广西文学的中国之最，让读者看看广西文学 60 年高原上的高峰，共同见证广西文学 60 年的历程：

中国港台新派武侠小说的创始人梁羽生（1952）；

创办台湾《现代文学》，引领台湾现代主义文学潮流的白先勇（1960）；

继《白毛女》之后中国新歌剧发展历史上的第二个里程碑彩调剧《刘三姐》（1960）；

新中国第一部也是最优秀的音乐风光艺术片电影《刘三姐》(1962)；

引起中越两国领导人高度重视的话剧莎色的《南方来信》(1965)；

第一个在大陆刊物发表的当代台湾小说白先勇的《永远的尹雪艳》(1979)；

大陆第一部探索话剧谢民的《我为什么死了》(1979)；

中国第五代导演诞生地广西电影制片厂（1983)；

中国文坛第一篇寻根宣言：梅帅元、杨克的《百越境界——花山文化与我们的创作》(1985)；

新中国第一部反映国民党正面战场抗日的影片《血战台儿庄》(1986)；

中国女性文学代表作家林白（1989)；

中国今日批评家成长的摇篮《南方文坛》(1996)；

边缘崛起的“文学桂军”(1996)；

中国文坛的常青文学品牌“广西三剑客”(1997)；

中国第一个大型山水实景演出《印象·刘三姐》(2003)；

传承抗战文化城精神血脉的大学文化品牌“新西南剧展”(2014)；

中国文坛的新品牌“广西后三剑客”(2015)。

中国文章之道讲究起承转合，开门见山之后，不妨从头说起，看看广西文学60年的沧桑历程。

1950年代：多民族元素凸显

回望1950年代的广西文学，我们可以发现它主要来自三个文学传统。

第一个是秦似、梁羽生、白先勇（回族）所代表的桂林文化城文学传统。作为在抗战桂林文化城成名的作家，秦似的文学声誉与抗战桂林文化城联系在一起。如今人们更倾向将秦似定位于一个杂文作家，殊不知，1950年代的秦似，更多的热情投入到戏剧改编和小说创作。他改编的桂剧《西厢记》《秋江》由广西桂剧团演出，盛况空前；他创作的小说《太白山下》则是在巴金主编的《收获》杂志刊登，这或许是广西作家首次在《收获》上刊登小说。梁羽生（梧州蒙山人）在桂林文化城度过他人生的高中阶段，正是在桂林文化城，他大量地汲取了新文学的营养，实现了新旧文学在他个人精神世界的融合。1954 年，因为一场武术门派的比武打擂，在香港《大公报》任职的梁羽生，将新文学理念注入旧武侠传统，写出了武侠小说《龙虎斗京华》，开创港台新派武侠小说先河。之后，梁羽生一发而不可止，又完成了《七剑下天山》《白发魔女传》等名作。而出生于桂林文化城的白先勇，1950 年代定居台湾。1958 年，正在台湾大学外文系上学的白先勇在夏济安主编的《文学杂志》上发表了他的短篇小说成名作《金大奶奶》，从此走上文坛。

第二个是以陆地（壮族）、苗延秀（侗族）为代表的延安文学传统。1940 年代，苗延秀和陆地都曾在延安鲁迅艺术文学院接受过革命文学的洗礼，延安革命文学传统从此成为他们文学创作的精神血脉。1954 年苗延秀以苗族“嘎别福歌”形式创作的长诗《大苗山交响曲》由新文艺出版社出版，1958 年，他在《红水河》创刊号发表了小说《解除旧约》，1959 年，他的长篇叙事诗《元宵夜曲》开始在《红水河》连载，当年的文学史有如此评价：“侗族诗人苗延秀的《大苗山交响曲》和《元宵夜曲》，以热烈的情感，优美的语言，深刻地反映了广西苗族和侗族人民反封建的斗争和社会生活。”[①] 20 年后，北京大学张钟等著《当代文学概观》亦有类似说法。对于陆地来说，1950 年代，他以极大的热情投入了长篇小说《美丽的南方》的写作，该书始写于 1953 年，完成于 1959 年，成为作者给新中国成立十周年的献礼作品。

第三个是以韦其麟（壮族）、包玉堂（仫佬族）为代表的广西本土民间文学传统。1953 年，18 岁的中学生韦其麟就在《新观察》第 15 期上发表了处女作《玫瑰花的故事》，该诗很快被译成日文、英文，向国外介绍。1955 年，已经上大学的韦其麟又在《长江文艺》6 月号发表了叙事长诗《百鸟衣》，很快被《人民

① 山东大学中文系 1960 年 4 月编印：《中国当代文学史》，下册，第 75 页。

文学》《新华月报》转载，1959 年入选新中国成立十周年优秀文艺作品，由人民文学出版社出版单行本。后还收入中国文联出版公司 1991 年出版的《中国新文艺大系·1949—1966 年少数民族文学集》和花山文艺出版社 1995 年出版的《共和国文学作品丛书·诗歌卷》。苏联《文学报》专门介绍了韦其麟的《百鸟衣》，文章称：

> 长诗的人民性鲜明地表现在作者所运用的艺术技巧中。他这样描写自己的英雄人物，古卡种的包粟“比别人高一半”，古卡长到二十岁，他“打死过五只老虎，射死过十只豹子”；依娌的美貌“像天上的仙女一样”，依娌是个聪明伶俐爱唱歌的姑娘，她绣的蝴蝶“差点儿就飞起来”，她绣的花朵“连蜜蜂也停在上面”。这种描写的方法与民间文学很近似，所以这诗就有一种特殊的风格。[①]

文学史家李鸿然称：“《百鸟衣》不仅是韦其麟的成名作和代表作，而且是中国当代多民族诗坛上的艺术珍品。”[②] 韦其麟因此成为最早获得全国声誉的广西诗人，并于 1996 年和 2001 年分别当选中国作家协会第五和第六届副主席。显而易见，韦其麟的诗歌创作深得广西民间文学的滋养。1957 年，包玉堂同样以民歌的意趣获得了主流文坛的赞赏，《走坡组诗》最初发表于《作品》1957 年 12 月号，很快收入 1957 年度的全国《诗选》，并译成英文在《中国文学》上向国外推介。

桂林文化城的知识分子文学传统、延安的革命文学传统和广西本土的民间文学传统，共同构成了广西 1950 年代的文学景观。随着 1958 年广西壮族自治区的成立，广西文化构成中的多民族元素日益凸显，融入知识分子文学和革命文学营养的广西民间文学传统，逐渐在广西本土成为强势。

---

① ［苏］奇施柯夫：《李准和韦其麟》，苏联《文学报》1956 年 3 月 31 日。

② 李鸿然：《中国当代少数民族文学史论》(上)，云南教育出版社，2004，第 332 页。

1960年代：《刘三姐》高峰耸立

壮族自治区的定位，为广西多民族文学带来了前所未有的机遇。1960年代的广西文坛，多民族文学获得了空前的发展。

陆地继长篇小说《美丽的南方》之后，1962年发表了他的短篇名作《故人》。如果说《美丽的南方》只是侧面书写了一群知识分子在新时代的精神成长，那么，《故人》则聚焦式地写出了一个知识分子在旧时代的幻灭，发表当时即被认为是“广西小说创作不可多得的佳作”[1]。

莎红（壮族）虽然有其壮族的民族族别，但他似乎有为广西各个民族写诗的愿望。1960年代，他写了《苗寨诗抄》《瑶寨诗抄》《侗寨夜曲》《仡佬寨诗抄》《彝寨组诗》，等等，广西各民族的生活在他的笔下都获得了诗意的描绘。这些书写广西各民族当代生活的抒情诗，大多由爱情、劳动、收获等内容组成，令人联想到传统的世外桃源或西方的伊甸园，成为广西多民族奇异风情和幸福生活的双重变奏。

1960年代，从武汉回到广西的韦其麟，经过反右斗争的挫折，仍然坚持诗歌写作，先后发表了《红水河边的传说》《歌手》《凤凰歌》等叙事诗，保持着他在诗坛的影响。

1962年，李英敏（京族）发表了短篇小说《椰风蕉雨》，1963年发表了短篇小说《夏朗》。李英敏是第一个知名的京族作家，至今尚未有京族作家超过李英敏的文学创作成就。他的上述作品均取材于作者在海南的武装斗争经历，属于革命历史小说。

说到广西的少数民族文学，不能不提《刘三姐》。

1960年，依易天（壮族）在作家出版社出版了1200行的长篇叙事诗《刘三

---

① 刘硕良：《喜读〈故人〉》，《广西文艺》1963年2期。

妹》，在民间传说基础上对“刘三妹”（刘三姐）的故事进行了大量改动和补充。

1960年，由柳州《刘三姐》剧本创作小组创编、广西壮族自治区《刘三姐》会演大会改编的新彩调剧剧本《刘三姐》由《剧本》正式推出。同时，广西举办了《刘三姐》文艺会演活动，“有六十五个县文工团、剧团演出此剧……形成了一个群众性的《刘三姐》演出高潮”[①]。

1962年，电影《刘三姐》公映，1963年，获第二届大众电影百花奖最佳音乐奖、最佳摄影奖、最佳美术奖和最佳配角奖四项大奖，“它不仅是新中国第一部音乐风光故事片，也是当时拷贝发行量最大的影片，后来发行到港澳地区以及东南亚各国，风靡一时，长映不衰”[②]。

广西不仅是壮族自治区，而且是边疆地区，是祖国的南疆，与越南海陆相连。边疆性是广西很重要的属性。1964年，《广西文艺》刊登了敏歧的《写在中越边境》和莎红的《水口渔歌》两首诗歌，写的是中越边境的和平友好氛围，也写到越南的抗美斗争。广西拥有南海北部湾大片海域，海洋与边疆是广西独特的资源，更是广西文学的优势题材。自1965年《广西文艺》2月号开始，《广西文艺》不定期地开设了诸如《反对美国侵犯越南民主共和国，庆祝越南人民反美斗争的伟大胜利》《全世界人民行动起来，迫使美国侵略者从越南滚出去》《坚决援越抗美，把美国侵略者从越南赶出去》等专栏，这些专栏不仅刊登广西作家的作品，刊登外省作家的作品，而且刊登越南作家的作品，充分显示了广西文学的边疆性质，显示了广西文学所特有的国际化特征。而莎色的话剧《南方来信》的全国性乃至国际性影响，显示了广西文学的特殊意义和特殊地位。这是当代中国一段特殊的历史，也是当代中国一个特殊的文学类型，尽管时过境迁，但仍然有值得后人关注的地方。

1960年代，定居香港的梁羽生继续在武侠小说这片土地上耕耘，完成了他的

---

① 梁昭：《表述“刘三姐”：壮族歌仙传说的变迁与建构》，民族出版社，2014，第113页。

② 刘硕良主编《广西现代文化史》（第二卷），广西师范大学出版社，2016，第369页。

武侠小说代表作《萍踪侠影录》和《云海玉弓缘》，与金庸、古龙一起成为港台新派武侠小说的代表作家；白先勇写出了他的短篇小说代表作《玉卿嫂》《永远的尹雪艳》《谪仙记》《游园惊梦》等，这些作品已经成为20世纪中国文学不朽的杰作，他创办的《现代文学》，成为一代台湾作家成长的摇篮。

1960年代，一些外省籍作家加入了广西文学的创作队伍，主要有河南籍作家刘玉峰和湖北籍作家秦兆阳。刘玉峰的长篇小说《山村复仇记》1963年由广西人民出版社出版，是广西出版界出版的第一部长篇小说。秦兆阳1959年下放广西，1962年在《广西文艺》第5期发表中篇小说《一封拾到的信》，1963—1964年在《广西文艺》连载长篇小说《两辈人》。秦兆阳下放广西，在广西文学界起到了文学导师的作用。

1960年代，广西文学旗开得胜，《刘三姐》从传说到诗歌，从诗歌到戏剧，从戏剧到电影，终于成为一个时代广西文学的高峰。陆地的长篇小说《美丽的南方》亦成为那个时代广西文学的经典。遗憾的是，随着“文化大革命”的爆发，陆地、秦似、苗延秀、莎红等广西文学标志性的人物，皆成为批斗的对象。1966年6月，《广西文艺》在出版了常规的第6期之外，专门出了一期增刊，该增刊几乎是一个批判作家陆地的专题。1951年创刊，始名《广西文艺》，1957年更名《漓江》，1958年更名《红水河》，1960年更名《广西文学》，1961年又更名《广西文艺》的广西文学“区刊”，1966年终于停刊。广西文学进入“休克”状态。

1970年代：跨海峡文学对话

1971年，《广西文艺》复刊，更名《革命文艺》。《广西文艺》是全国恢复最早的文艺刊物之一。[①]“区刊”的恢复，意味着广西文学的复苏。1972年，《革命文艺》再度恢复《广西文艺》刊名。

---

① 参见陈肖人《一支难忘的歌》，漓江出版社，2013，第268页。

1972年，秦兆阳被宣布“解放”后到了河池都安，加入“三结合”创作组，受命写一部反映桂西大石山区“农业学大寨”的长篇小说。1975年，秦兆阳、蓝汉东等人合作完成长篇小说《穿云山》，1977年由广西人民出版社出版。

几乎同时，陈肖人、饶晓等人组成的百色创作小组创作了长篇小说《雨后青山》，1976年由人民文学出版社和广西人民出版社同时出版。

《雨后青山》和《穿云山》是1970年代广西两部著名的长篇小说，它们留下了那个时代深刻的文化印记，既是那个时代的文学样本，也以文学的方式记录了那个时代的历史。

1973年，《广西文艺》发表于峪的《南海捕鲨人》，这是海洋题材的短篇小说，引起人们的关注；1979年，因为中越边境战事，《广西文艺》开设了专栏《自卫还击，保卫边疆》，刊登许多中越边境战事的文学作品，边疆题材又成为引人瞩目的文学题材。

1970年代的广西文学，主要有两股新生力量。一股力量是“文革”前受过大学教育的一批大学生，逐渐走上广西文学的前台，代表人物主要有蓝怀昌（瑶族）、韦一凡（壮族）、陈肖人、凌渡（壮族）、潘荣才、彭匈等人；另一股力量则是所谓“知青作家”，代表人物主要有聂震宁、冯艺（壮族）、杨克、林白、孙步康（壮族）等人。两股新生力量1970年代崭露头角，蓄势待发。

1976年，“文化大革命”结束，一个时代终结。1978年，改革开放启动，一个时代开始。

1970年代的最后一年，广西文坛传来佳音。

在人们人目中，广西出现《刘三姐》这种淳美的民族土特产是可以理解的，但人们无法想象，广西能够最早出现充满实验意味的文学洋产品。如今我们很难相信，中国的探索戏剧是从属于边远地区的广西开始。1959年支边到广西艺术学院任教的谢民是中国探索戏剧的开拓者。《剧本》1979年第8期发表了谢民的探索话剧《我为什么死了》，谢民称之为“悲喜剧”。这是中国戏剧界最早的探索话剧，发表后受到国内外的广泛关注，被罗马尼亚编入《二十世纪中国戏剧选》，先后由罗马尼亚雅西市瓦·亚力山德国家剧院和布加德斯特演出。

《邕江》1979 年发表了李栋、王云高（壮族）合作的短篇小说《彩云归》，《人民文学》1979 年第 5 期转载。《彩云归》在“伤痕文学热”的氛围中，独具一格，将目光投注于海峡对岸，讲述了一个台湾军人思恋大陆，终于回归的故事。小说获 1979 年度全国优秀短篇小说奖，被译成英、法、日等五种文字向国外介绍。

当李栋、王云高这两位广西本土作家以《彩云归》向海峡对岸的台湾眺望的时候，白先勇的作品也开始了渡海之旅。《永远的尹雪艳》于 1965 年在台湾《现代文学》发表多年之后，终于在 1979 年由大陆《当代》创刊号转载。这是台湾小说首次登陆大陆刊物。两岸的广西作家以不约而同的方式展开了具有历史性意义的文学对话。广西作家以这样的对话完成 1970 年代的文学谢幕，堪称中国文学史上一个有意味的形式。

1980 年代：谋突围观念转型

1980 年代，当各省区作家纷纷收获各类文学奖项的时候，广西作家无一斩获，几成“被遗忘的土地”[①]。

对于广西文学而言，1980 年代是一个十年磨一剑的年代，是一个几代作家济济一堂的年代，是一个突围转型的年代。

“十年磨一剑”说的是黄继树积多年史料积累、文学创作而成就长篇历史小说《桂系演义》。

《桂系演义》讲述的是民国广西以李宗仁、黄绍竑、白崇禧、黄旭初为首的桂系集团从发生到覆灭的历史。从统一广西到出师北伐，从蒋桂战争到喋血抗战，从囊括半壁江山到瞬间风流云散，《桂系演义》既写出了民国时期的战争风云，

---

① 参见张宗栻、黄伟林《被遗忘的土地》，《文学自由谈》1990 年第 2 期。

又写出了国民党内部的分崩离析，更写出了“世界潮流，浩浩荡荡，顺之者昌，逆之者亡”的现代历史进程，既是实事求是的历史，也是形神兼备的文学，以文学的方式呈现了“三分之一部中国民国史”，被喻为“当代的《三国演义》”。自1988年出版之后，已经有多个版本，至今仍然为人们津津乐道，成为坊间声誉极大的长篇佳作。

几代作家济济一堂的年代指的是1980年代广西文坛活跃着几代作家。

陆地、秦似等1949年前成名的老一代作家继续创作。陆地长篇小说新作《瀑布》于1980年正式出版。秦似杂文写作仍有活力和锐气。莎红诗歌创作仍然一往情深。

“文革”前接受大学教育的中年一代作家正值当年，纷纷拿出了他们文学代表作，韦一凡的长篇小说《劫波》、蓝怀昌的长篇小说《波努河》、陈肖人的中篇小说《黑蕉林皇后》、凌渡的散文集《故乡的坡歌》，等等。

知青一代作家锐气十足，成为1980年代广西文坛主力。聂震宁改弦更张，1980年代以《长乐》系列小说开启对文化传统的反思，变山歌体小说为杂文体小说，试图在广西的喀斯特地貌中寻找通往中原的暗河，在全国文坛产生了一定影响。张宗栻《漓水谣》《人雕》等漓江叙事，写出了桂林山水的神韵，耐人寻味。陈敦德以电影人的身份进入报告文学写作，写出了《毛泽东、尼克松在1972》等有影响力的报告文学。林白1980年代复出文坛，开辟一片新的文学天地。孙步康的小说、黄琼柳（壮族）的诗歌在1980年代亦有一定影响。

“文革”后接受大学教育的青年一代作家脱颖而出。一批有过知青经历并且在知青年代发表过文学作品的青年作家“文革”后考上了大学，如冯艺（壮族）、杨克、林白、彭洋。更年轻的一代大学生初出茅庐，如张燕玲、东西、凡一平（壮族），他们在大学时代浸润于1980年代的文学热，走出校园后仍不忘初心，继续在文坛跋涉，他们迟早将在中国文坛打下一片属于他们自己的文学江山。

“转型”指的是广西作家文学观念的转型。

1960—1970年代，广西本土多民族文学传统已经成为广西文学主流。这个主流一方面推波助澜成就了《百鸟衣》《刘三姐》这两座广西文学高峰，另一方面，也造成了广西文学色调单一、内容浅显、形式简化的局面。1980年代的广西文学开始谋求从八桂大地的崇山峻岭突围。

《广西文学》1985年第3期发表梅帅元、杨克的论文《百越境界——花山文化与我们的创作》。

这篇论文是中国文坛最早的寻根文学宣言，早于阿城1985年7月6日在《文艺报》发表《文化制约着人类》、韩少功在《作家》1985年第6期发表《文学的“根”》、郑万隆在《上海文学》1985年第5期发表《我的根》。

这篇文章一方面明确了广西文学的审美文化传统——花山文化更接近屈原为代表的长江流域楚文化；另一方面，文章表示，必须将古老的花山文化与现代的西方现代主义审美形态融合，在融合的基础上抵达广西文学新的审美追求——百越境界。

显然，1985年，当“文化寻根”思潮在中国文坛汹涌澎湃之时，广西作家领了时代风骚。中国文坛沸沸扬扬的楚文化屈骚传统以及拉丁美洲魔幻现实主义文学，在这篇文章中都有明确讨论。广西作家的“寻根”意识，并不是简单地表现民族生活或者民族文化，而是地域传统文化与世界前卫文化融通的方式，是以现代主义的文学观念观照原始文化，创造一个反理性的，变形的，感觉的，魔幻的，现实与幻想、传说与现实浑然一体的形象世界。

黄宾堂《广西文坛的三次集体冲锋》一文认为“百越境界”的提出及创作是广西文坛进军全国的第一次集体冲锋，“百越境界”作家群从马尔克斯等拉美作家所展现的地域环境及心理背景中，发现与广西西南部地区的环境和背景竟有惊人的共通之处。显而易见，这一代广西作家与他们的广西前辈作家在文学观念上已经有了深刻的不同。如果说前代广西作家的文学范式是十七年文学，他们的文学形态是现实主义的；那么，这一代广西作家的文学观念已经走向世界，他们的文学形态是现代主义的。

这是一个重要的转型。过去的广西文学主要接受国内主流文学的影响，虽然出现过谢民“悲喜剧”的探索戏剧，但没有触动广西文学的主流形态。梅帅元一代广西作家，有了明确的世界意识，他们直接接受西方文学的影响。他们也重视广西本土文化资源，但这种重视已经不是题材意义上的重视，他们是用现代主义的文学观念去激活古老的广西文化传统，进而发现这种传统的价值，而不是用广西文化资源作为素材，去证明某种主流文学观。他们的文学转型，不仅是方法论意义上的转型，而且是观念意义上的转型。

正是在百越境界的影响下，1980 年代广西文坛出现了一批具有鲜明探索色彩的文学作品，如李逊的小说《沼地里的蛇》《坐在门槛上的巫女》，李逊因为这些作品被认为是中国文坛最具有魔幻色彩的小说家；如张宗栻的小说《魔日》《大鸟》，梅帅元的小说《红水河》，聂震宁的小说《暗河》《岩画与河》，如杨克的诗歌《走向花山》《图腾》，如林白的诗歌《山之阿　水之湄》，如史晓京的诗歌《三月三》，等等。

1980 年代，广西本土之外，一位广西籍作家在中国文坛引起了广泛关注，他就是童年时代从北海移居北京，在北京大学中文系就读的陈建功。1980 年和 1981 年，陈建功以短篇小说《丹凤眼》《飘逝的花头巾》两度获得全国优秀短篇小说奖，成为 1980 年代中国高校文学声誉最高的在读学生。

1980 年代，一位老人引起了读书界的注意，他是柳苏，原名罗承勋，桂林人，抗战时期在桂林进入《大公报》，一直做到《大公报》副总编。1986 年前后，他在《读书》发表了一系列文章，汇集为《香港文坛剪影》于 1993 年出版。柳苏的系列文章改变了人们心目中香港是一个文化沙漠的印象，使一批香港作家得到了内地读者的关注。

1980 年代，中国第五代导演在广西诞生。1982 年，广西电影制片厂专程派人到北京电影学院引进人才，导演系张军钊，摄影系张艺谋、肖凤，美术系何群等外省毕业生到了广西电影制片厂。1983 年，广西电影制片厂组成青年摄制组，拍摄了由郭小川长诗改编的电影《一个和八个》。1984 年，广西电影制片厂邀请陈凯歌到广西拍片，并提供了张子良根据柯蓝散文改编的剧本《深谷回声》，陈凯歌与张艺谋合作，拍成了电影《黄土地》。

《一个和八个》《黄土地》的问世，揭开了中国电影史新的一页。张颐武指出："《一个和八个》开始通过影像革命在中国提供了一种启蒙的欲望表述方式。《黄土地》则真正实现了'第五代'早期的全部意图，他们所开启的道路则成为中国电影与外部市场相联系的开端。而广西的边缘的自由和开放反而成了一个异常有力的因素，促成了中国电影想象的国际化的历程。"① 电影理论家倪震指出"第五代电影是1983年从最边远的广西电影制片厂破土而出的"②。

1980年代广西最具影响力的诗人是杨克和黄堃（壮族）。更多的诗人还在默默前行。1988年，曾健杰在河池大化县创办了一份民间诗刊《扬子鳄》，这份民间诗刊一直坚持到1995年，麦子、阿权、刘春皆参与了这份诗刊的编辑。诚如主持人麦子所说："它以特有的视觉、胆识，为中国现代汉语诗歌的民间精神，埋下了延续和传播的种子。"③

1980年代是中国文学激情洋溢的年代。广西最有才华的一批文人把他们的智慧和才华献给了文学。需要等到另一个时代来临，他们才能发现隐藏在他们生命深处的另一种潜能，他们中有些人将在其他领域释放他们生命的能量。

1980年代的广西文学是以一场声势浩大的文学反思活动终结的，那就是"88新反思"。1988年，黄佩华（壮族）、杨长勋、黄神彪（壮族）、韦家武（壮族）、常弼宇五位青年作家集体撰写了《广西文坛88新反思》系列文章。文章充满冲击力的观点在广西文坛产生了强烈的反响。后来被称为"文学桂军"的广西文学新生力量，以这样的方式登场。

---

① 张颐武：《边缘的崛起》，《文艺报》2006年6月15日。

② 倪震：《北京电影学院故事——第五代电影前史》，作家出版社，2002，第152页。

③ 麦子：《过往——广西民间诗歌概述》，民刊《独立》(10周年纪念专号)，2006年，转引自陈代云《民族地域现代——广西当代诗歌研究（1949—1999）》，中国文联出版社，2015，第223页。

1990年代：新桂军边缘崛起

1990年，《三月三》第3期推出“广西青年30人作品专号”，聂震宁、凡一平、常弼宇、黄佩华、廖润柏（仫佬族，后来笔名鬼子）、黄堃、喜宏、沈祖连的小说，刘承辉、杨克、盘妙彬的诗歌，冯艺、黄神彪、庞俭克、包晓泉（仫佬族）、严风华（壮族）的散文，彭洋、杨长勋、张燕玲、黄伟林（壮族）的评论。这个专号表明广西青年作家形成了团队，而且是作家与评论家联袂登场。

1990年，《上海文学》第12期同时推出喜宏、李希、黄佩华、常弼宇、小莹、岑隆业（壮族）的五部小说，这是广西作家在全国著名文学媒体的第一次集体亮相。

1991年8月，在诗人杨克、曾健杰的协助下，诗人非亚、麦子、阿权主持出版了《自行车》第1期，当时的《自行车》第1期还寄生在《扬子鳄》身上，为《扬子鳄》总第10、11期特刊，本期标明《观念91·广西青年诗歌大潮》，广西青年诗人以其特有的方式开始集结。[1]

1993年，《当代》第3期同时推出常弼宇、黄佩华、凡一平、姚茂勤的四部中篇，这是文学新桂军在国家权威文学媒体的第一次集体亮相。

1994年，《三月三》第4期推出“新桂军作品展示专号”，刊登了喜宏、沈东子、东西、黄佩华、凡一平、鬼子、常弼宇、沈祖连、姚茂勤、陈爱萍的小说，冯艺、庞俭克、彭洋、黄神彪、包晓泉的散文，黄琼柳、黄堃、盘妙彬、黄咏梅的诗歌，黄伟林、杨长勋、李建平、张燕玲的评论。

“新桂军”，这是广西作家与评论家团队的一次重要命名。这个命名既是对民国广西军事业绩的致敬，也是对1993年文坛陕军崛起的呼应。“新桂军”的命名，

---

① 参见陈代云《民族地域现代——广西当代诗歌研究（1949—1999）》，中国文联出版社，2015，第224—225页。

寄托了广西作家冲击中国文学名刊，夺取中国文坛桂冠的愿望。黄伟林 1994 年发表《论新桂军的形成、特征和创作实绩》一文。后来，“新桂军”逐渐被“文学桂军”这个名字取代。文学桂军，成为1990年代广西文学崛起的品牌标志。

1994 年，已经定居北京的林白在《花城》发表长篇小说《一个人的战争》。《一个人的战争》既是个人化写作的代表，又是女性主义文学的代表。它的发表，确认了林白在中国当代文坛作为女性文学代表作家的地位。王德威称“林白的小说仿佛要为千百同辈女子，写下‘一个人的战争’，一首变调的‘青春之歌’”[①]。1999 年以后出版的几乎所有中国当代文学史，都将林白纳入了专门评介的作家序列。《一个人的战争》之后，林白的作品大都成为评论家谈论的话题。

1994 年，《广西文学》第 6 期策划了“广西‘下海’作家作品专号”，李竑、梅帅元、张仁胜等作家发表了他们“下海”经商之后的文学作品。当时的广西文坛仍然充满着张力，作家在文学与商业之间徘徊，20 世纪 90 年代的经济大潮席卷广西文坛。有意思的是，无论是执着于文学的作家，还是敏感于商业的作家，后来都获得了可观的成绩。

站在新时代的高度回望，可以发现，1996 年是文学桂军崛起的关键一年。

这一年，张燕玲主持《南方文坛》全新改版。从此，《南方文坛》由于它的精英作者团队、前沿栏目设计、高峰话题策划和卓越品牌打造，成为中国文艺批评重镇、今日批评家摇篮，成为广西文学受到中国文坛关注的重要渠道。

这一年，《广西文学》推出了常弼宇、黄佩华、东西、凡一平、沈东子、陈爱萍、鬼子、李冯的作品所组成的“广西青年小说家八人作品专号”，文学桂军逐渐形成了它的领军人物。

这一年，东西中篇小说《没有语言的生活》在《收获》搁了一年后终于发表，并在两年后荣获首届鲁迅文学奖，使 20 年前李栋、王云高《彩云归》的获奖

---

① 王德威：《一个人的战争》台湾版序，该序收入林白《一个人的战争》(20 年纪念珍藏版)，花城出版社，2015。

纪录得以刷新。

这一年，鬼子以《农村弟弟》(《钟山》1996 年第 6 期)、《走进意外》(《花城》1996 年第 3 期)、《谁开的门》(《作家》1996 年第 5 期）三部中篇小说揭开了他重返文坛的序幕。

这一年，李冯从广西大学辞去教职，开始了自由作家的写作生涯，在《花城》杂志上发表了他第一部长篇小说《孔子》。

这一年，广西区党委宣传部邀请 30 名青年作家、艺术家在宁明花山召开“广西青年文艺工作者花山文艺座谈会”。与会代表就如何繁荣广西的文学艺术作了深入讨论。时任宣传部部长的潘琦在总结会上作了《理清思路，强化措施，振兴广西文艺事业》的讲话。

1997 年 4 月，广西百名青年作者创作会在南宁召开，与 1993 年的“陕军东征”对应，有论者称这是文坛新桂军“文学北伐”的誓师大会。①

1997 年 5 月，广西首批青年作家招聘签约仪式在桂林榕湖举行，东西、鬼子、李冯、凡一平、黄佩华、沈东子、海力洪（回族)、陈爱萍八位小说家成为首批广西签约作家。

1997 年 12 月，中国作协创研部、广西作家协会、广西文艺理论家协会、《南方文坛》杂志社、《花城》杂志社和广西师范大学中文系数家单位联合召开东西、鬼子、李冯“广西三剑客”作品讨论会。

1998 年，《南方文坛》第 1 期本期焦点栏目分别发表马相武《造势当下的南国三剑客》、黄伟林《论广西三剑客》和朱小如《“挑战”广西三剑客》等论文，《南方文坛》1998 年第 2 期发表了陈晓明的论文《直接现实主义：广西三剑客的崛起》。2000 年，陈晓明在《南方文坛》第 2 期发表《又见广西三剑客》。“广西三剑客”，作为一个文学符号、一个文学品牌，终于定格。

1998 年，《青年文学》开辟“1998 文学方阵”，以创作实力雄厚的省份为单

① 黄伟林：《从花山到榕湖——1996—2004 年广西文学巡礼》，《南方文坛》2004 年第 4 期。

位，集中展示最新的创作成果，每期一省，第2期展示的就是广西文学方阵，同时刊登了李冯、常弼宇、黄佩华、东西、鬼子、凡一平等六位广西作家的小说。此举意味着文学新桂军已经进入中国文坛实力派阵容。《青年文学》主编黄宾堂认为："广西文学近两年创作势头汹猛，大有井喷之势，不仅形成了一个有实力有后劲的创作群体，而且拿出了一批摆上当今中国文坛也不愧色的力作。"[①]

1990年代，广西戏剧界取得骄人成绩。杨波、惠国兴编剧的大型桂剧《瑶妃传奇》荣获戏剧文华奖，张仁胜、常剑钧编剧的大型彩调剧《哪嗬咿嗬嗨》和梅帅元、陈海萍、常剑钧编剧的大型风情壮剧《歌王》荣获曹禺戏剧文学奖。这些戏剧界最高奖项的获得，充分体现了广西戏剧文学的创作实力。1998年，梅帅元开始了后来被称为山水实景演出的《印象·刘三姐》的策划和运作。

1999年，北京《民族文学》发表黄伟林《边缘的崛起》一文，展示了文坛桂军崛起于20世纪90年代的创作实绩。从此，边缘的崛起，成为用来描述广西文学现象一个约定俗成的短语。[②]

批评家洪治纲曾经提出过一个问题：为什么广西这个经济和交通都并不是特别发达的边陲之地，却能够涌现出这样一群生机勃勃的文学生力军？

洪治纲列举了东西、鬼子、李冯、凡一平、海力洪、黄佩华、沈东子、陈爱萍、光盘、映川、黄土路（壮族）、纪尘、朱山坡、李约热（壮族）、锦璐、凌洁等人的小说，冯艺、张燕玲、凌渡、徐治平、彭匈、包晓泉等人的散文，张燕玲、黄伟林、李建平等人的评论，刘春、非亚、谭延桐等人的诗歌，以及从广西走出去的林白、杨克、黄咏梅……他专门谈到《南方文坛》"这本刊物不仅为广西作家走向全国发挥了重要的推介作用，也为中国当代文学的发展提供了一个重要的

---

① 黄宾堂：《广西文坛的三次集体冲锋》，《南方文坛》1998年第3期。

② 黄伟林的《边缘的崛起》，发表于《民族文学》1999年第6期。2006年6月15日北京大学教授张颐武在《文艺报》也发表了《边缘的崛起》一文，谈的是广西作家对中国电影文化的贡献。《南方文坛》主编张燕玲也发表过《边缘的崛起》同名文章。贺州学院教授肖晶于2011年在河南人民出版社出版了专著《边缘的崛起——桂军当代女性文学的文化探析》。

理论平台。”对上述问题，他的回答是，“就像《作家》主编宗仁发所说的那样，广西的这种文学格局，犹如长白山的雾凇，是十几种甚至几十种因素合力而成的结果，它们缺一不可”[①]。

历史正是这样以合力的方式将广西文学推向了时代的前沿。

2000年代：诸文体风生水起

新世纪，两位曾经在广西文坛影响卓著的小说家有了新的人生定位：聂震宁全力以赴从事出版业，成为中国出版界领军人物；梅帅元创造性地推出《印象·刘三姐》，成为中国山水实景演出创始人。

更多的广西作家仍然在文坛耕耘。

2000年，白先勇在《收获》第5期发表了长篇散文《少小离家老大回》。白先勇的作品绝大多数都是首发于台湾，《少小离家老大回》或许是他首发于大陆的第一个作品。

2000年6月23日，刘春创办了网络版扬子鳄诗歌论坛，这是创建最早的网络诗歌论坛之一，它延续了《扬子鳄》诗刊的精神，为广西青年诗人创造了一个自由交流的空间。

2001年，凡一平发表《理发师》。《理发师》与《寻枪记》以其独特的文化内涵和情节构思受到电影界的关注。陆川将《寻枪记》改编成电影《寻枪》，陈逸飞将《理发师》拍成了同名电影。凡一平成为最受影视界关注的小说家之一。

2002年，鬼子继东西之后，以中篇小说《被雨淋湿的河》荣获第二届鲁迅文学奖。

2002年4月，1999年在北流创刊的民间诗歌刊物《漆》组织了首届广西青年诗会。这个诗会是广西诗人的一个新的集结。《扬子鳄》《自行车》《漆》三个民间

① 洪治纲：《来自广西的文学冲击波》，《人民日报》2006年6月9日第14版。

诗刊均在会上亮相。

2003年，梅帅元“五年磨一剑”的山水实景演出终于“浮出水面”，2004年，正式演出的《印象·刘三姐》在遭受市场冷遇不长时间之后大获成功，成为旅游演艺领域的“中国创造”。

新世纪第一个十年的广西文学有三个女硕士值得关注。

2002年，在美国爱达荷大学获得电机工程硕士学位的陈谦，出版了她的第一个长篇小说《爱在无爱的硅谷》，发表了中篇小说《覆水》。数年后，《特蕾莎的流氓犯》使陈谦得到了更多的关注。

2004年，映川、黄咏梅两位广西师大文学硕士，同时发力。映川在《人民文学》发表中篇小说《我困了，我醒了》和《不能掉头》，黄咏梅在《人民文学》发表短篇小说《勾肩搭背》和《草暖》。映川小说既有传统小说的情节结构，又有现代小说的哲理探寻，还有当下中国现实的各种社会文化心理的渗透。黄咏梅小说洋溢着珠三角文化圈的地域风情、语言风韵以及对这个中国成长最为迅猛的发达地区底层社会的体察入微的人文关怀。

2004年7月1日，上海《文学报》以整版篇幅发表黄伟林《从花山到榕湖——漫谈近年广西文学创作》一文，对广西90年代以来的文学创作进行了高度评价。

2004年12月11日，广州《羊城晚报·花地副刊》在“在现代性的焦虑中突围”的标题下以整版篇幅介绍广西文学。这是《羊城晚报·花地副刊》策划的华文文学巡礼的第二期，第一期介绍的是江苏文学。在权威性大众媒介眼里，广西文学处在了中国文坛的前沿地带。

中国社会科学院文学研究所编的《中国文情报告（2004—2005）》专门收了贺绍俊撰写的《广西群体的意义》一节，时任中国社会科学院文学研究所所长杨义指出："在这部中国文情报告中，'广西群体'是唯一以专节加以报告的区域作家群。"①

2006年，一个颇具创意的文化推广活动"广西文化舟"开进了北京，东西、鬼子、凡一平、张燕玲、梅帅元、张仁胜等文学桂军主力走向北京大学、中国人民大学、中央民族大学等著名高校，讲述广西的地域风情和文学故事。

2006年，一批评论家纷纷在多种权威性的报刊上撰文，热情地肯定了20世纪90年代以来广西文学所取得的重要成就，主要有中国作家协会副主席陈建功的《勇敢的推广 谦虚的请教》、《人民文学》主编李敬泽的《广西：创造力的来源》、北京大学教授陈晓明的《有一种性格和精神的广西文学》、北京大学教授张颐武的《边缘的崛起》、暨南大学教授洪治纲的《来自广西的文学冲击波》、中国社会科学院研究员张柠的《广西的文学精灵》和《小说选刊》主编贺绍俊的《为当代文学创造关键词》。

2007年，贵阳《山花》的《中国文学版图》栏目里，继介绍北京作家群之后，发表了黄伟林《全面突围与边缘崛起——论20世纪90年代以来文坛新桂军的小说创作》一文。

新世纪的第一个十年，文学桂军在小说、诗歌、散文、戏剧各个文学门类均有可观的建树。

小说方面，林白的长篇小说《万物花开》《妇女闲聊录》《致一九七五》发表后均引起评论界极大反响；东西推出其苦心经营的第二部长篇小说《后悔录》，得到批评界广泛好评；鬼子完成了由《被雨淋湿的河》《上午打瞌睡的女孩》《瓦城上空的麦田》三部中篇小说组成的《悲悯三部曲》；李冯为张艺谋编剧了武侠大片《英雄》《十面埋伏》；广西三剑客之后，李约热的《戈达尔活在我们中间》《李壮回家》《青牛》《涂满油漆的村庄》等作品引起文坛广泛关注；朱山坡从诗歌创作转到

① 李建平、黄伟林等：《文学桂军论——经济欠发达地区一个重要作家群的崛起及意义》，中国社会科学出版社，2007。

小说创作，发表了《我的叔叔于力》《跟范宏大告别》《陪夜的女人》等力作；凡一平创作了《投降》《怀孕》《扑克》等有影响的作品。林白之后，一批广西女性小说家脱颖而出，除陈谦、映川、黄咏梅之外，还有纪尘（瑶族）、锦璐、凌洁、贺晓晴、辛夷坞等人。纪尘的《九月》《演员莫认真》，锦璐的《灰姑娘》《美丽嘉年华》，凌洁的《幸福嫁衣》《怀念父亲》，皆在文学界产生了一定的影响。辛夷坞成名于晋江原创网，2007 年连载长篇言情小说《致我们终将逝去的青春》引起广泛关注，后来改编为电影获得金像奖、金鸡奖、百花奖等奖项。

诗歌方面，盘妙彬、刘春、刘频、非亚、庞白等诗人渐成气候，成为广西诗坛代表人物。

散文方面，冯艺从诗歌创作转入散文创作，连续推出《桂海苍茫》《红土黑衣》两本散文集，将诗情、哲思、人文体验融为一体，前者侧重八桂大地的历史文化叙事，后者侧重广西山川的民族文化叙事，开辟了广西散文创作的新途径；张燕玲以批评家身份介入散文创作，发表了《此岸，彼岸》《耶鲁独秀》《朝云朝云》等一批力作，情系两岸，思接东西，理系古今，充分显示了批评家视野的阔大、情怀的高远和境界的深邃；严风华的长篇散文《一座山，两个人》竭力从土地那里寻找精神支持，在长达十年的山野生活体验中，“用一座山来构造我的心灵之窗”[①]；彭匈的忆旧散文夹叙夹议，言语诙谐，叙事记人皆有意趣。2007 年，《广西文学》推出“重返故乡”栏目，栏目持续十多年，既唤醒了广西作家的土地意识，又催生了一批可圈可点的散文佳作。

戏剧方面，齐致翔、杨戈平、王志梧桂剧《大儒还乡》集多项国家奖励于一身，荣获国家舞台艺术精品工程优秀剧本奖，入选 2005—2006 年度国家舞台艺术精品工程十大精品剧目，荣获全国第十二届文华奖文化剧目奖；常剑钧现代壮剧《天上的恋曲》入选国家舞台艺术精品工程重点资助项目。张仁胜的实景演出剧本创作《天门狐仙》《康熙大典》《文成公主》《武则天》等为中国实景演出注入了

---

① 严风华：《一座山，两个人》，广西民族出版社，2009，第 118 页。

丰满的戏剧性、浓郁的文学性和鲜明的思想性，独具一格，使中国旅游演艺的人文内涵获得大幅度提升。

新世纪的第一个十年，文学桂军携1990年代边缘崛起之力，八面来风，风生水起。

2010年代：新时代多元共生

时间进入了2010年代。

2016年，白先勇在《上海文学》第1期发表了短篇小说《Silent Night》，这大约是白先勇短篇小说第一次在大陆文学期刊首发。如白先勇所有作品一样，小说表现了他以人类世界为背景的悲悯情怀。

这个时代有一个新的命名：新时代。

仿佛是冲出了高山峡谷，越过了险滩激流，新世纪第二个十年的广西文学风平浪静，百川合流。

新世纪第二个十年广西文学的有三个现象值得关注。

首先是长篇作品的繁荣。

2012年，林白发表了对于她个人来说篇幅最大的长篇小说《北去来辞》。从《一个人的战争》的“逃离”到《北去来辞》的“回归”，林白用数百万字的个人化叙事去认识自我，发现自我，她在她的时间之流中经历过多么漫长的惊涛骇浪般的“迷失”，又收获了怎样风平浪静的“回归”？

2013年，凡一平发表了长篇小说《上岭村的谋杀》，小说融入了复仇、侦破等通俗小说的元素，加入了对当下中国乡村社会现实的思考，既有凡一平小说原来的波谲云诡，又有回到乡土的沉潜厚实。“上岭村系列小说”显示出凡一平重回乡土的努力，从天马行空的想象虚构重新回到纷纭复杂的土地，有力地强化了凡一平小说的现实感和思想性。

2015年，东西发表了他的第三个长篇小说《篡改的命》，小说一方面坚持了东西小说所特有的荒诞色彩，另一方面，加强了东西小说与社会现实的有机关联，语言上力求具有先锋意识的与时俱进。他的《请勿谈论庄天海》《双份老赵》等短篇小说，仍然以荒诞的形式委婉曲折地隐喻了当下现实，显示出东西小说创作的形式与思想的双重探险。

2016年，陈谦出版了她的第二部长篇小说《无穷镜》，该作延续了陈谦一贯的对海外新移民科技精英现实处境和内心生活的关注。此外，《繁枝》《莲露》《望断南飞雁》等中短篇小说表明陈谦在形式技巧、题材内容和情感思想各方面的精进。

新世纪第二个十年广西文学的长篇创作还有沈东子的《少不更事》、朱山坡的《懦夫传》、李约热的《欺男》、黄佩华的《河之上》、光盘的《英雄水雷》、红日的《驻村笔记》、萧萧的《南方的风》、龚桂华的《红船》、小昌的《白的海》、映川的《圣堂之约》、凌洁的《双桅船》、田耳的《下落不明》、张仁胜的《桂林城》、陈雨帆的《山海石话语》等等。文学桂军竞技长篇，在长篇小说王国，他们“欲与天公试比高”。

长篇作品并不只是长篇小说，新世纪的第二个十年，黄继树回到他擅长的历史题材写作领域，创作了《北伐往事》《败兵成匪》两部长篇历史纪实文学，前者以孙中山与陈炯明的政见分歧为书写对象，后者以广西剿匪为创作题材，凭借丰富的史料积累和独到的史识洞见，这两部长篇正好构成其长篇历史小说《桂系演义》的前史和后续，只是体裁上从历史小说变成了历史纪实，显示了作者的写作日趋历史实证。

陈敦德多年来一直致力新中国外交题材纪实文学的写作，《接触在1944：美军观察组》《合作在1946：军调岁月》《崛起在1949：开国外交纪实》等，被认为是“壮阔的中国外交风云长卷”，“高端题材、高端内容、高端品位的高水平力作”。[①]

其次是文学新人的成长。

2015年10月，由中国作协创研部、文艺报社、南方文坛杂志社、广西作协联合主办了“广西后三剑客”研讨会。

广西后三剑客是文学桂军一个新的品牌，指的是田耳、朱山坡、光盘三位小说家。广西后三剑客的出现，表明广西文学后继有人，后劲十足。

广西后三剑客之外，一批广西的文学新人正在成长，主要有小说家陶丽群（壮族）、小昌、潘小楼，诗人陆辉艳，散文家林虹（瑶族）、罗南（壮族），儿童文学家的王勇英。文学新人的出现，是广西文学可持续发展的保障。

再次是外省作家的加盟。

2014年10月，最年轻的鲁迅文学奖获得者，小说家田耳到广西大学担任驻校作家。田耳是湖南凤凰人，土家族。定居广西之前，已经发表出版《一个人张灯结彩》《天体悬浮》等力作。田耳加盟广西，为广西文学增添了异彩，也见证了八桂山川的吸引力。

江苏籍散文家朱千华，早在2006年开始旅居广西南宁从事写作，出版了《雨打芭蕉落闲庭——岭南画舫录》《水流花开——南方草木札记》《岭南田野笔记》等散文集。朱千华的广西文字，令人想起范成大的《桂海虞衡志》、周去非的《岭外代答》、赵翼的《檐曝杂记》，不同的是，范成大、周去非、赵翼之到广西是朝廷派遣，朱千华到广西是自由选择。范成大、周去非、赵翼的时代，广西是穷乡僻壤，是荒野瘴乡，而对于朱千华而言，今天的广西，是水流花开，遍地妖娆的广西。

小昌，1982年生于山东冠县，在兰州读本科，在桂林电子科技大学读硕士，2009年任教桂林电子科技大学（北海校区），定居北海，2011年开始发表小说，

① 尹承德：《壮阔的中国外交风云长卷——评〈新中国外交年轮丛书〉》，《国际问题研究》2007年第11期。

已经成为广西80后作家的代表人物。

2014年，黄伟林发表了《卓然独秀南中国》一文，提出“新广西文学”概念，作者以为，从新广西文学，既可以感受到中国内部经济发展的速度和力度，感受到这种速度和力度造成的对传统生态和心态的撞伤感和撕裂感，也可以感受到中国与外部世界的融合和分歧，感受到中国向前发展时面临的内与外的阻力与动力。中国当下社会各种隐蔽的危机和蓬勃的生机在广西文学都得到了深刻的书写。[①]

从1958年到2018年，广西文学经历了自我追寻和自我发现的历程。自我追寻就是追寻广西各民族的来龙去脉，自我发现就是发现广西各地域的人文积淀。广西文学正是在这种追寻和发现的过程中确认自我，进而形成创作和评论的文化自觉。文化自觉使广西的山峦、河流、海洋，广西的民族、民间、民情，广西的历史、现实、未来，都成为广西作家激扬文字的文化财富。广西文学不再是对主流文学的亦步亦趋和人云亦云，而是中国多民族文学版图不可或缺的重要组成，成为中国多民族文学共同发展的有力证明。

结语：百川入海

这个民族太喜欢歌唱，
必须有鼓声为伴；
这个民族需要起舞，
只有鼓声才能敲出心灵的颤音。
山歌好比春江水，
鼓声就是春雷，
有歌声的日子越过越滋润，

① 黄伟林：《卓然独秀南中国》，《文化与传播》2014年第1期。

爱铜鼓的民族能翻过最高最险的山。

这是石才夫（壮族）诗歌《八桂颂》里的句子，看来，翻过最高最险的山仍然是广西的目标，是广西的愿景。

那么，翻过最高最险的山之后，广西文学将走向何方？

自古以来，广西壮族人民一直流传着一个“妈勒访天边”的故事，天边，指的是什么呢？

在中国地理版图上，广西基本属于珠江流域。

今日广西是太平洋—南海视域下的广西，是中国—东盟视域下的广西，是风生水起北部湾的广西。

广西既与云贵高原融为一体成为中国西部的一个重要组成部分，又与中国当下最发达的经济圈珠江三角洲紧密相联；广西的西部紧靠云贵高原孕育有丰富多彩的少数民族文化，广西的南部与越南接壤构成了悠久而敏感的边疆文化，广西的东部与珠江三角洲相邻呼吸着中国经济最前沿的气息，广西的北部因为秦始皇修建的灵渠与长江流域沟通而融入了中原文化，广西因为拥有北部湾这片海域，滋生出与大陆文化截然不同的海洋文化。

广西是中国与东盟的接合部，是中国东部与西部的接合部，是中国陆地与海洋的接合部，是中国汉族文化与少数民族文化的接合部。这四个接合部决定了广西文化的多元与丰富。

这是“桂海苍茫”的广西，这是“红土黑衣”的广西，这是“沿着河走”的广西，冯艺新世纪创作的三部散文集，形象而生动地概括了广西丰富多元的人文地理和人文生态。

“沿着河走”，广西江河大都汇入西江，流成珠江，汇入南海。

这就是百川入海吗？

是，也不是。

时间到了2018年。

这一年有一件饶有意味的事情，上海作家王安忆主持的复旦大学当代文学创作与批评研究中心创意并联合《南方文坛》于2018年7月7日召开“广西作家与当代文学”学术研讨会，探讨广西近三代作家对当代文学的贡献。

《文汇报》2018年7月11日许旸《王安忆：方言的养料我们只调遣了一点点，这是很可惜的》、《文学报》2018年7月12日金莹《广西作家的写作是挑战文学法则的》、《文艺报》2018年7月16日行超《诗性的南方个性的文学》等对这次研讨会进行了大篇幅的报道。

2018年第3期的《南方文坛》，王安忆、陈思和亲自主持《批评论坛·广西作家研究》，林白、东西、田耳、凡一平、陈谦、李约热、刘春、朱山坡、映川、光盘、小昌、陶丽群共十二位广西作家同时进入了上海批评家的视野，他们的作品得到上海批评家的诠释和解读。

这就是百川入海吗？

是，也不是。

2018年，广西籍女作家黄咏梅以短篇小说《父亲的后视镜》荣获第七届鲁迅文学奖，从梧州到桂林，从桂林到广州，从广州到杭州，黄咏梅的文学道路，是否也是一条从小溪到大海的轨迹。

是，也不是。

本文所说的百川入海，说的是广西的文学百川，汇入世界文学的汪洋大海。

2018年6月19日，广西作家东西长篇小说《后悔录》(英文版)作为“当代中国文学书系”之一，由美国俄克拉荷马大学出版社出版。

是的，这里所说的百川入海，特指广西文学被翻译成各国文字，汇入世界文学的汪洋大海。

妈勒访天边的天边，是否就应该是比天空更辽阔的海洋呢？

在作品译成他国文字，走出中国方面，林白和东西成绩最为突出。

林白的长篇小说《一个人的战争》，已经有日本、韩文、法文三种单行本，中篇小说集《回廊之椅》有意大利文、法文、英文三种译本，诗歌《过程》《阳台》《致武汉》译为日文，《中国现代文学丛刊》2017年出版。德国学者Bettinavon Reden研究林白的论著《Der Kriegder Einzelnen》，由Tedfum出版。

东西长篇小说《后悔录》已经有韩文版（韩国银杏树出版社2008年出版）和英文版（美国俄克拉荷马大学出版社2018年出版），另有一批中短篇小说被译成日文、德文、泰文和希腊文多种文字。特别值得指出的是，世界文学大国法国对东西小说高度重视，翻译出版了多部东西的中短篇小说集，如《把嘴角挂在耳边》(法文版）由法国黎明出版社于2007年出版，《没有语言的生活》(法文版）由法国黎明出版社2010年出版，《救命》(法文版）由法国黎明出版社2013年出版，《你不知道她有多美》(法文版）由法国黎明出版社2013年出版。

1996年7月，林白在瑞典斯德哥尔摩的“沟通：面向世界的中国文学”会议上作了《记忆与个人化写作》的发言，发言中说道：

> 个人化写作建立在个人体验与个人记忆的基础上，通过个人化的写作，将包括被集体叙事视为禁忌的个人性经历从受到压抑的记忆中释放出来。我看到它们来回飞翔，它们的身影在民族、国家、政治的集体话语中显得边缘而陌生，正是这种陌生确立了它的独特性。[①]

套用林白的发言，我们希望在百川入海的过程中，边缘而陌生的广西文学，终将为世界感到熟悉而亲切。

比陆地更辽阔的是海洋，比海洋更辽阔的是天空，比天空更辽阔的是人的心灵。广西文学书写的不正是辽阔的广西人、中国人的心灵世界吗？

沧海桑田，桑田沧海。60年弹指一挥间。从少数民族文化的张扬到海洋文化的觉悟，从经济不发达地区的定位到“中国—东盟”新的增长极、国家第四经济圈的构建，从文学观念的转型到文学桂军的崛起，60年的广西文学对其脚下这片

---

① 林白：《记忆与个人化写作》，收入林白散文集《秘密之花》，新华出版社，2005。

土地的认识在不断丰富、不断深化。文学桂军不仅扩大了它的文化版图、社会版图、生活版图，而且也拓展了广西人的心灵世界，塑造了广西五彩缤纷、内蕴丰厚的人文形象。文学桂军在南中国的边缘崛起，不仅重建和提升了广西的文化自信，而且为中国、为世界提供了不可替代的精神创造、文明果实。

黄伟林

目录

·1970年代

·1980年代

· 2010 年代

导 言

一

在诗歌、散文、小说、戏剧四大文学体裁中，当代广西诗歌是最早获得全国声誉的。在1950至1960年代登上全国诗坛的广西诗人主要包括韦其麟、包玉堂、莎红、苗延秀、黄青、侬易天、莫义明、柯炽等。

早在1953年，18岁的诗人韦其麟就以中学生的身份在《新观察》第15期上发表了处女作《玫瑰花的故事》，该诗很快被译成日文、英文，向国外介绍，韦其麟因此一举成名；1955年，正在上大学的韦其麟又在《长江文艺》6月号发表了叙事长诗《百鸟衣》，很快被《人民文学》《新华月报》转载，1959年被纳入建国十周年优秀文艺作品，由人民文学出版社出版单行本；1964年，韦其麟在《长江文艺》1月号上发表了长篇叙事诗《凤凰歌》，这部作品之后获得了第一届全国少数民族文学创作奖。

1956年，22岁的包玉堂在《人民文学》8月号上发表长诗《虹》；1957年，他先后在《作品》上发表《歌唱我的民族》《仫佬族走坡组诗》，其中《仫佬族走坡组诗》很快被译成英文在《中国文学》(英文版)上向国外推介；1961年，包玉堂在《人民文学》第6期发表《走坡新歌》。包玉堂先后获得首届、第二届、第四届全国少数民族文学创作奖。

广西地处南疆，是多民族聚居之地。这批最早登上全国诗坛的当代广西诗人都明显地带着民族和地域的印记。从身份来看，这批诗人几乎无一例外地拥有少数民族身份，如壮族的韦其麟、莎红、黄青、侬易天，瑶族的莫义明，仫佬族的包玉堂，侗族的苗延秀等。

从创作内容来看，他们的作品都扎根民族、扎根广西，广西的民族文化、民俗风情和别具特色的南疆生活是他们的文学根基和永不衰竭的创作源泉。韦其麟的《百鸟衣》取材于壮族民间传说，《凤凰歌》描绘现代壮族姑娘的成长；侬易天的《刘三妹》讲述了美丽、勤劳、勇敢的壮族歌仙刘三妹的爱情故事；包玉堂的《歌唱我们的民族》《凤凰山下百花开》《仫佬族走坡组诗》等抒写仫佬族人民的生活与情感；苗延秀的《大苗山交响曲》《元宵夜曲》分别展示了苗族和侗族人民反抗压迫的斗争生活；柯炽的《罗盘·工地》、莎红的《瑶寨诗抄》、黄青的《壮山瑶峰》等都表现了广西各民族人民的新生活。广西多彩的山水和多彩的民族生活也让广西各民族诗人获得了一支多彩的笔，他们笔下的民族生活和南疆山水明媚绚丽、灵动惊艳。莎红的《背篓姑娘》写出了瑶寨姑娘的活力和独特的美：

你的脸膛那么宽，
你的脸膛那么亮，
篓带紧贴前额，
在山路上赶着太阳。

你背起满篓金谷，
仿佛背起一座大山，
双脚踏碎朵朵云团，
歌声像草叶上的露珠滚圆。

双手摇着银镯叮当响，
花边裙子迎风飘扬，

疑是天边一片云彩，
飞进翠竹掩映的寨门。

莎红的另一首诗《高山水库》对瑶家人生活环境的描述有梦幻般的奇异色彩：

重重高山裹云雾，
重重云雾缠高山，
碧蓝碧蓝的金水湖，
镶在高山白云间。

高堤栽下迎风柳，
紫燕穿梭柳絮间，
鸭群嬉戏在水面，
银鲤摇鳍漂上天。

从创作技巧和风格来看，这一时期广西诗人的创作明显受到广西民歌的影响。广西是民歌的海洋，素有“歌海”之称，来自广西各民族的诗人自然深受民歌的浸润。韦其麟唱着山歌长大，包玉堂的创作从写山歌起步，苗延秀说他从事文学创作的根基是向民间文学学习，莎红在1950年代曾以编辑壮族民歌为主要工作，之后又整理并翻译了壮族和瑶族的民间长诗。加之当时主流文艺观念对民歌的高度重视，深受民歌影响的广西诗人可谓生逢其时，英雄有了用武之地。他们将民歌的元素化为创作的血肉与灵魂，融入对新时代的歌唱中。他们的创作借鉴了民歌的想象与手法，也体现了民歌的简明与通俗，可以说，是民歌的风格形式，将广西多民族诗人最早推向了新中国诗歌的舞台。韦其麟的《百鸟衣》，不仅情节来自壮族民间故事的改编，而且形式上大量使用了传统民歌“赋比兴”的手法，如诗歌对古卡和依娌的爱情描写中有这样的铺陈：

金银花开黄金金，
金银花开白灿灿，
金花银花生在一条藤，
古卡依娌两人一个心。

天上的星星数不清，
最亮的是北斗星，
地上的花开千万朵，
最红的是木棉花。

深受民歌影响的《百鸟衣》得到主流文坛的高度评价，自非偶然。1957年，仫佬族诗人包玉堂的《仫佬族走坡组诗》同样以民歌的意趣获得了主流文坛的赞赏，组诗中的《少女小夜曲》既浅显简明、率真朴素，又浪漫柔美，有民歌一样回环往复、婉转流动的旋律，现引录其中几节：

午夜的月光皎洁如银，
屋边的流水清澈如镜，
没有人语也没有虫声，
呵，睡去的村庄多宁静……

睡去的村庄多宁静，
我却不愿熄掉床头的小灯，
激情使我全身发烫，
我要站在窗口吹一吹夜风。

站在窗口吹一吹夜风，
让这颗激动的心慢慢平静，
可这是怎么一回事呵？
凉风越吹心儿就越跳得凶！

凉风越吹心儿就越跳得凶，
我想象着明天走坡的情景：
和我结交的是一位漂亮的后生，
太阳一样的脸，清泉般的眼睛……

太阳般的脸，清泉一样的眼睛，
这是一位多么理想的爱人……
哎！我怎么尽这样的胡思乱想
谁知道我交上的是怎样的人？

不知道交上什么样的人，
想着想着我脸儿热到耳朵根，
双手蒙脸我伏倒窗台上，
却又偏偏碰着新买的小圆镜。

偏偏碰着新买的小圆镜，
我又轻轻把它拿到手中，
在窗台下对着月光照了照，
我的脸比后塘的莲花还红！

广西独特的地域文化与民族风情滋养了广西诗人，地域与民族的印记不仅在

1950至1960年代的广西诗歌中耀眼夺目，在之后广西当代诗歌的发展历程中也是从未缺席的突出特征。

二

从1966年开始，在“文化大革命”的背景下，广西的文学创作受到摧残，走向低谷。但所谓的低谷也并非像一些研究者所言的一片空白。在1970年代，虽然缺少优秀的作品，但从《革命文艺》到《广西文艺》都发表了数量颇为可观的诗歌。与1950至1960年代不同，这一时期的诗歌创作队伍构成除了已经步入全国诗坛的诗人，还有下乡的知识青年、工农兵作者和各地文艺宣传队、创作组等。

这一时期，韦其麟、莎红、包玉堂、柯炽等诗人在艰难的环境下坚持创作。他们的作品主要集中发表于1973年至1975年的《广西文艺》，如韦其麟的《桥墩》，包玉堂的《在天河两岸歌唱》《我又来到北京城》，莎红的《革命故乡诗抄》《五里峡水库工地诗抄》《写在三省坡》《马驮医院》，柯炽的《抱负》《雄心征服千条水》等。这些作品大部分依然带着鲜明的民族和地域的印记。

聂震宁、麦春芳、黄琼柳、林白薇、李建平、杨克、孙如容等知识青年在1970年代开始写诗，他们的作品主要发表在《广西日报》和《广西文艺》上，比较好的作品有麦春芳的《胶园来信》、聂震宁的《呵，祖国的台糖》、林白薇的《从这里走向明天》等。这些知识青年在当时仅仅是以文学爱好者身份尝试通过诗歌抒发感情，并没有创作出优秀的作品。但他们的创作对广西诗歌的发展具有重要的意义，因为他们的尝试为1980年代广西诗歌的复苏与繁荣储备了力量，之后杨克、林白薇、黄琼柳等都迅速成长为80年代广西诗坛的中坚力量。

数量颇多的工农兵作者也加入了广西诗歌创作的队伍。其中多数作品质量不高，但也有少数优秀者，比如德保铜矿的杨鹤楼。他在《广西文艺》发表了《矿工赞歌》《勘探生活诗草（四首）》《金色的网》《南疆春色》《百炼成钢》等诗歌。《勘探生活诗草》组诗中的《野餐》对勘探工人的生活做了生动的描绘，比同时代多数广西诗人的作品多了一份难得的清新、自然：

这座山，
攀了一天；
登上山顶，
月挂中天。

岩石的餐桌上，
摆满丰盛的晚餐：
水壶装满山泉水，
喝一口比葡萄酒还甜；
吃一个山果，咬一块干粮。
松鼠咂嘴，猴子垂涎……

为查明新矿点，
风餐露宿，星月为伴。
小伙们问："是否宿营？"
姑娘们答："不，再向高峰攀！"
顿时，歌声把山野吵醒，
月笑弯了嘴，星笑眯了眼。

1970年代末，广西诗坛已经出现了复苏的迹象，不少诗人出版了诗集，而且也有诗人开始在重要的刊物发表作品。1979年，黄青在《诗刊》第1期发表了《红河渠遐想》；同年，许敏歧在《诗刊》第5期发表了《寄自南方边境》。这两个作品都带着广西的地域特色，且有浓郁的迎接新时代的气息。

三

1980年代，民族与地域的特色依然是广西诗歌醒目的身份标记和精神内涵。

1981年至1984年，广西诗人对民族生活和地域风情的描写大多带着迎接新时代、新生活的欢欣与喜悦。莎红1981年发表于《人民文学》第5期的《茶歌》写边寨茶山上披着花头巾的壮族姑娘唱歌采茶的动人情景：

白毛茶山绿了，绿了，
绿了白云，绿了山巅，
壮姑披起了花头巾，
三月的茶歌流出唇边。

歌哟！轻轻地流，轻轻地流，
像深谷里滑过苔藓的琴泉；
歌哟！轻轻地飘，轻轻地飘，
像春风吹拂着人们的心田。

歌声里唱出了茶姑的欢乐，
歌声里唱出了茶姑的心愿，
她们唱着，她们采着，
翠绿丛中飞舞灵巧的指尖。

生活如歌，歌如生活，茶歌唱不完，新茶采不完，茶山的新景就是一幅反映壮乡新生活的迷人画卷。黄勇刹1982年发表于《民族文学》第1期的《星城风采》从青山塔、五象岭、城中路、邕江水四个角度描绘南宁这座南疆城市喜人的新气象，诗歌的第一节就写出了南宁的花果飘香、流芳溢彩：

巍巍青山塔，
塔下满山星，
不见牵牛和织女，
但比牵牛织女更含情；
颗颗眨着笑眼，
点点欲语无声，
远客问我此何地？
我道南国花果城——
南宁，绿海金星春常在，
南宁，柑星橙星香醉人。

农冠品1984年发表于《民族文学》第11期的组诗《醒来的大山》描绘了大山深谷中的山民生活的可喜变化，组诗中的《影印》以生动的细节展现了山民以勤劳的双手培育幸福和希望：

是山民，
赤裸上身，在给
责任山挖树坑。
他年轻的妻子，
默不作声，却微笑着助阵，
双手，把刚栽的苗扶正……
小两口，同培育
金色的希望，以及
致富路上的信心……

勤劳的山民成了“大写的山的主人”，他们用汗水换来了大山的苏醒，大山的变化让鸟儿的鸣叫都变化了曲调，组诗中的《石头与鸟》这样写道：

深山里的鸟儿，
也默默地扪心自忖：
该更换老调儿啦，
丢掉单调和悲凉；
唱一曲《大山的苏醒》，
和醒来的山里的人，
以及他们似锦的前程……

1985年，伴随着寻根文学思潮的兴起，广西文坛提出了“百越境界”。杨克与梅帅元在《广西文学》合作发表了作为“百越境界”宣言的文章——《百越境界——花山文化与我们的创作》，他们在文章中强调：“广西的十二个兄弟民族，有着比较共同的、与中原文化有所差异的文化渊源”；“我们今天的广西文学反映的是社会主义时代广西各民族的生活。但今天是昨天的进步，是人类历史发展到更高阶段的扬弃。离开百越文化传统以及由此产生的审美意识与心理结构（即把虚幻境界与真实生活作为一个整体来理解）来反映广西各少数民族的历史和现实生活是难以想象的”。“百越境界”对广西诗歌创作产生了重要影响，广西诗歌开始从对民族生活与文化的表层抒写转向了对民族历史的审视和对民族文化之根的探寻。杨克的《走向花山》《红河的图腾》《红河之死》《就是这河》，黄堃的《南方的根》，林白薇的《山之阿 水之媚》等都是典型的作品。与之前民族地域题材诗歌叙事抒情的柔美明丽不同，这批作品显示了深邃、宏大、拙朴、神秘的气韵和厚重的力量感。杨克的《走向花山》在文坛产生了很大的影响，诗人以朝圣般的虔诚走向花山，走向骆越文化，民族文化血液中流淌出的生命力如山洪爆发般滚滚而来，且引录诗歌的第一节：

欧唷唷——

我是血的礼赞，我是火的膜拜

从野猪凶狠的獠牙上来

从雉鸡发抖的羽翎中来

从神秘的图腾和饰佩的兽骨上来

我扑灭了饿狼眼中饕餮的绿火

我震慑了猛虎额门斑斓的光焰

追逐利箭的铮锹而来

践踏毙兽的抽搐而来

血哟，火哟

狞厉的美哟

我们举剑而来，击鼓而来，鸣金而来

——尼罗！

杨克这一时期的诗歌既带着浓郁的地域色彩，又有着鲜明的现代气息，有雷霆万钧之气，万马奔腾之势，文化、历史与审美融为一体，传说、幻想与现实融为一体，昨天、今天和明天融为一体。杨克的“百越境界”诗作使他成了有全国影响力的诗人。

林白薇的组诗《山之阿 水之媚》也是既具有本土文化色彩又具有开拓精神的作品，这首诗犹如民族历史深处飘来的一阵带有魅惑力的风，风声里有赭红色的吟哦，有盘歌排歌嘹歌，有马骨胡青铜鼓的回响，有林妖满山满河的击掌声。厚重、神秘而魅惑的风声既穿越历史，也回响现代。组诗中的《走进你赭红色的吟哦》描绘赭红色的土地上的信仰和风俗，原始而又神秘，带着震撼心灵的力量：

走进你赭红色的吟哦

想起祭神祭牛祭青蛙

祭得雷声云声
自天边响入青铜鼓
睡成云雷纹
啊，山上是谁在唱
啊，山下是谁在唱
骑上矮种马
赶歌圩

1985年前后，广西诗歌进入活跃、繁荣的时期，老中青三代诗人活跃在诗坛，韦其麟、莎红、许敏歧、杨克、张丽萍、黄琼柳、史晓京、黄堃等在《诗刊》《中国作家》《民族文学》等重要刊物发表诗作。1984年，张丽萍入选《诗刊》第四届“青春诗会专号”，1987年，杨克入选《诗刊》第七届“青春诗会专号”。1985年，广西民族出版社出版了“广西青年诗丛”《含羞草》(12本)，集体推出了杨克、黄堃、张丽萍、林白薇、黄琼柳、孙步康、李甜芬、李逊、孙如容、刘桂阳、何德新、梁柯林等12位青年诗人，显示了广西诗坛的生机与活力。

与1980年代广西诗歌的繁荣活跃相比，1990年代的广西诗坛显得平淡沉寂。与同时期东西、鬼子、李冯等广西小说家进军全国文坛的浩大声势与深远影响相比，1990年代的广西诗人显得默默无闻。但这种平淡沉寂与默默无闻并不等于消极无为，广西诗人一直在默默地努力，执着地前行。在民刊《扬子鳄》《自行车》和广西文联主办的《南国诗报》周围都汇聚着一批诗人，《广西文学》也以“专号”的形式推介广西青年诗人。在1980年代已经是广西诗坛中坚力量的诗人许敏歧、杨克、黄堃、张丽萍、黄琼柳、黄神彪、史晓京等继续诗歌创作，刘频、盘妙彬、非亚、刘春、苏韶芬、林冬、吴惠玲等诗人也取得了不俗的成绩。值得一提的是由广西人民出版社、漓江出版社、广西民族出版社先后出版的《南国诗丛》，共5辑75册，1950年代以来走上诗坛的广西诗人，大半都入选该丛书。如此大型诗歌丛书的出版显示了广西诗人对诗歌的执着与坚守。

1990年代的广西诗坛在默默前行的过程中积蓄力量，并且酝酿着整体发展势态的转型。回望当代广西诗歌的发展，从1950年代到1980年代，从韦其麟到杨克，从获得全国声誉的《百鸟衣》到冲击文坛的“百越境界”的诗作，鲜明的民族与地域的印记成就了广西诗歌的同时，也让广西的诗坛略显单一。1990年代，广西诗歌在保留地域、民族特色的同时，在题材、手法、风格、形式上都显示出多元的走向、包容的姿态和开放的格局，这为新世纪广西诗歌的健康发展奠定了基础。

四

经过1990年代的沉潜时期，广西诗歌在新世纪再次走向繁荣。

民间诗歌群体的繁荣显示了新世纪广西诗坛的活跃和创作队伍的壮大。1980年代末期，广西民间诗歌群体开始形成并产生影响。1990年代中后期，随着《扬子鳄》《自行车》的停刊，民间诗群的活动走向低谷。1999年，《漆》诗刊创刊，结集了一批诗人，迅速产生影响。新世纪以来，伴随着《扬子鳄》《自行车》复刊，一批新的民间诗群涌现，广西的民间诗群呈现空前繁盛的局面。2015年，《红豆》杂志专门设置了《广西民间诗群诗歌巡展》栏目，连续推出了“自行车诗群”“漆诗歌沙龙”“扬子鳄诗群”“麻雀诗群”“相思湖诗群”“南楼丹霞诗群”“西乡塘诗群”“民族诗人”“网络诗人群”“采薇诗社”等10个民间诗群。这些民间诗歌群体办刊物、办沙龙、搞诗会、出诗集、发展新成员，共同丰富着广西的诗歌创作，并推动广西诗坛走向活跃。

青年诗人接连入选《诗刊》“青春诗会专号”，显示了广西诗坛新秀辈出，潜力巨大。2002年，刘春入选《诗刊》第十八届“青春诗会专号”；2004年，盘妙彬入选《诗刊》第二十届“青春诗会专号”；2010年，黄芳入选《诗刊》第二十六届“青春诗会专号”；2016年，陆辉艳入选《诗刊》第三十二届“青春诗会专号”。每年一度的“青春诗会”是极具影响力的诗歌品牌活动，被誉为“诗坛黄埔”，新世纪以来，四位广西诗人先后在“青春诗会”闪亮登场，说明广西青年诗人在迅速成长，也展示了广西诗坛的生机与活力。

新世纪的广西诗坛延续了1990年代形成的多元的走向、包容的姿态和开放的格局。这一时期，具有民族、地域特色的优秀诗作依然不断涌现，但民族、地域特色的作品已不能在广西诗坛独占鳌头，题材的充分拓展是新世纪广西诗坛的一大特点。与此同时，虽然不少诗歌群体有成员们大致认同的创作理念或艺术追求，但每一位诗人的创作风格与诗歌精神绝不是诗群的特征所能概括或定格的，盘点活跃在新世纪的广西诗人，从1960年代出生的非亚、刘频、盘妙彬、谭延桐、汤松波、田湘、莫雅平、拓夫、庞白、陈琦、粟城、韦佐、大朵，到1970年代出生的刘春、黄芳、朱山坡、许雪萍、吉小吉、黄土路、安石榴、琬琦、林虹、羽微微、高作余、荣斌、三个A、胡子博、伍迁、甘谷列、谢夷珊，再到1980年代出生的陆辉艳、费城、罗雨、丘清泉、牛依河、侯珏等，他们的诗歌都风格各异，而且同一位诗人的不同诗歌也常常呈现不同的特点。

非亚是一位极具探索精神的诗人，他1990年代就开始活跃在广西诗坛，参编内部诗刊《现代诗》，策划并牵头办《自行车》诗报，为《南国诗报》组稿。2000年后，非亚的诗进一步成熟。与不少诗人追求“陌生化”的艺术效果不同，非亚有意消解诗与生活之间的距离，主张“生活即诗”，“万物即诗”，“我们的诗即我们的生活，我们的生活就是我们的诗。我们的诗和我们的生活保持一致，两者相互平行，并且在同一水平线上，不高，也不低，质量相等，密度相同，它们在本质上是同一的，并最终将在具体发展中统一起来”。① 非亚的诗不陌生、不想象、不思辨，经常通过平实的，甚至是流水账似的叙事表达对生活的感悟和价值的确证。诗歌《末日前一天我想干的一些事》像写在便利贴上的备忘录：

1. 早上起来煮一锅粥

2. 上午放弃去上班，待在家里

① 罗池、非亚：《我们诗歌的基本原理》，《诗探索》2011年第2期。

3. 写一封信给朋友，然后把信，塞进矿泉水瓶，再拧上盖子

4. 中午，做一份番茄炒蛋，橙红色有助于信心

5. 午睡，像只动物，躲在被窝里

6. 起床后出门，打算去华强路，买几件救生衣

7. 竖起耳朵，看看周围有没有异常的动静

8. 打开收音机，留意天气、地震、台风、海啸的消息

9. 等待儿子放学回来，亲吻他，但不告诉他一切

10. 做饭，丰盛的

11. 和妈妈、妻子、孩子坐在桌前，开一瓶红酒

12. 祈祷上帝（但有个鸟用！）

13. 看电视，登录微博

14. 给朋友打一个很长的电话

15. 想去柜子里拿一只行李袋，但不知收拾什么

这是一个极具冒险性的表达形式，零碎、具体、现场，但散发着生活的热气和生命的温度，体现了生命与生活碰撞、拥抱。这些备忘录似的罗列的句子给我们带来感动和启示：热爱生活，认真感受、体认生活，生活本身就是诗。正如非亚所说：“与其热爱诗歌，不如热爱生活；做一个诗人，毋宁说做一个生活的人。”[①]

刘频是一位包容性极大的诗人，他的诗歌题材广泛，主题多样，手法多变，因此很难对他的诗做全面的概括。刘频具有敏锐的目光和深刻的洞察力，他的敏锐和洞察力让他的诗歌能穿透现实，抵达生活、生命和人性的深处，因此，他的不少诗歌具有思想的魅力和撞击心灵的力量。他对现代社会中人的异化的思考是他诗歌中最具力度的部分，他本人曾说：“在异化成为日常生活中普遍精神形态的现代社会里，我想努力呈现人性，挖掘人性，撕裂人性，同时也修复人性，我觉得我的诗歌

① 罗池、非亚：《我们诗歌的基本原理》，《诗探索》2011年第2期。

最有价值的是这个部分。从这个意义上说，我希望我的诗歌是人性伤口里的摇篮和墓地。”[①] 刘频看到在物质的娱乐的时代，人失去了自我，“时尚是层出不穷的痱子，被一只肥厚的手反复抓挠”，而当人们沉沦于物质和娱乐，精神就不断变轻，最终只能在失重中失去了方向，“当爱情变成娱乐，交叉跑动的金属肢体 / 再度修改了狂欢的塑料袋飘飞的方向”（《娱乐时代》）。然而这一切都是人类自己导致的，因为人类不断膨胀的欲望已经把生活喂养成了一只失控的猛犬。《生活已被我们喂养成了猛犬》是一首泣血之作：

温情脉脉的时光远去了
清早的风就弥散出了物质的狼气
我们满怀爱意喂养的这只宠物
它已经不满足昨天的安宁和美食
它灵敏贪婪的鼻子不停嗅闻着
从我们的身上分辨猎物的气息

犬牙交错的心，一塌糊涂的爱
当生活这只猛犬冲进迷乱的暴雨
它飞跑着，用早先那条牵引它的绳子
拖着我们跟在它后面气喘吁吁地狂跑
一次次，挣脱了我们的手

当我们放纵欲望的膨胀，就注定将被欲望所喂养的猛犬反噬。刘频形象地揭开了人被异化后绝望的精神世界，他的确是在挖掘人性、撕裂人性，而挖掘与撕裂的目的正是为了修复人性。

① 钟世华、刘频：《刘频：我是背着石头飞翔的人——广西本土诗人访谈录（之一）》，《广西科技师范学院学报》2016年第1期。

盘妙彬是新世纪广西诗坛中极具理想与浪漫色彩的一位，他的诗古典、唯美、舒缓、灵动。仅从他一系列诗歌的标题——《一朵白云的样子》《爬坡向上的波浪》《过眼云烟》《江山闲》《不在诗经的时候》《窗外有云》，就能嗅出古典浪漫的气息。读盘妙彬的诗是一种享受，他的诗优美而不刻意，精致而不雕琢，而且，这是一种内外兼修的美，优美的语言和意境，接通的是超拔、清洁的精神和宁静、和谐的彼岸。且看《江山闲》中的一段：

木桥，竹筏，这里不通车，这里不通皇帝那里
流水中不见朝阳出，不见落日落
江山闲，我们慢
时光在这小小的河谷，舀去一勺，可能是一个朝代
可能是一小半天
我把它搬走，从此地到别处
以一只陶的身体，并且带走这条河

刘春既是诗人，也是诗歌评论家，还是非常活跃的诗歌活动组织者，对新世纪广西诗歌的发展做出了突出的贡献。刘春对自己作为诗人的个体意识和创作的个性化有强烈的自觉，他在《幸福像花儿开放》的“自序”中强调，自2001年起，他越来越强烈地意识到“应该和同龄人有一些区别”，“没有理由让自己夹杂在别人中间厮混下去”。他在一首题为《广西》的诗中也强调不被群体同化的重要性：“你们即使/抱成一团，也要成为单个的自己。”刘春的诗歌可以在叙事与抒情之间自由切换，他入选2002年“青春诗会”的作品就命名为《叙事与抒情（组诗）》。在刘春大量的诗歌中，我们可以看到叙事与抒情两副笔墨运用娴熟、相得益彰。但不管是叙事还是抒情，最终都会指向灵魂。刘春本人曾说：“诗歌是关于灵魂的艺术。”[①] 刘春诗

① 刘春：《刘春的诗歌及诗观》，《诗选刊》2007年第C1期。

歌的语言像带着细绒毛的触角，努力向灵魂深处舒展。纯洁的童声能带来灵魂的暖色，“一个孤儿 / 用颤抖的童声向路人索取火柴”（《二十四节气：大雪》）；一棵树能唤起对独立灵魂的渴望，“有时候，我也会学着树木的模样 / 静静站立，想成为自己”（《一个俗人的早晨》）。他强烈地意识到，“一个灵魂站着的人 / 无论摆出什么姿势 / 都是顶天立地的汉子”（《天空上的羽毛》），但更多时候，他感受到的是难以像树一样站立的无奈、困惑，是一次次在俗世中被迫弯曲腰身的痛苦、悲哀，《请允许我做一个怯懦的人》就是灵魂痛苦的饮泣：

现在，母亲在厨房忙碌，父亲在咳嗽
妻子数着越来越薄的薪水
孩子在地板上玩耍
我是否还能安静地写字，是否会继续说——
如果我的灵魂在黑暗中沉默，像一具空躯？

安石榴虽然没有得到太多的关注，但他的确是一位颇具个性的实力派诗人。安石榴有乡村成长和都市漂泊的经历，他的诗歌也涉及对都市与乡村两个空间的书写。安石榴是以匍匐于大地的姿态感受和书写他所经历的乡村与都市，他的诗歌犹如刺入大地的打桩锤，既获得了来自大地的厚实与力量，也回响着大地的钝痛与喘息。他对乡村少年成长之痛的书写让人尤为动容。在安石榴笔下，乡村少年的命运就像错位的齿轮与发条的关系，“我还记得出生的齿轮 / 与教育的链条一再错位”，“钟盘上的青苔 / 使生命在旋转中打滑”，“我内心黯淡的齿轮 / 需要怎样生活 / 才能获得润滑与带动”（《少年与发条》）。在《挂钟童年》中，乡村少年就像田野间被忽视的杂草，无奈地等待被磨灭的命运：

挂钟上一刻无人发觉的慢点
击中我迟疑的身体

诗歌中一句漏掉的朗诵
填补我空荡的想象
在钟声掠过的原野
我听到天空低沉的回响
“在时代的钟座上，
没有什么比磨灭端坐得更久！”

琬琦是出色的女诗人，她的诗歌有鲜明的女性特质。琬琦善于捕捉女性生活中的细节，并在诗歌中“审视与整理自己的生活”[①]，这种审视与整理既是感性的，也是理性的，它具有感性的温软，也体现理性的洞见。《家里的女子（组诗）》通过洗头、扫地、晾衣等细节触摸女性日常生活中的温暖与疼痛，其中有难言的心酸，更有无限的爱恋。日常生活中随时有莫测的幽暗可以把一个小女子淹没，但琬琦始终能在幽暗中抓住萤火之光，即使光亮微弱，也足以照亮小小的自我。《晾衣服》一诗中女儿小小的衣裤和丈夫蓝色的衬衫都是诗人在午夜独处中发现的微光：

月光是熟悉的，小小的
花布衫，红裤子，小小的袜子
那是我的女儿，她一笑
眼睛就弯成了月牙儿
此刻，她正在床上安睡
以为妈妈一定在她身边

一件蓝色衬衣突然让我
一阵心痛，衣领有些磨损

① 钟世华：《琬琦：诗歌是一种救赎——当代广西本土诗人访谈录（三）》，《金田》2016年第C1期。

袖口的扣子昨天刚刚钉过
那一场婚礼昨天刚刚结束
那个男子，我的丈夫
他尚未回来。但是他的衬衣
一定是干干净净的

一件件衣服是家的符号，是爱的符号，晾晒、凝视一件件衣服，就是整理和审视自己的生活。

黄芳也是一位优秀的女性诗人，她的诗柔婉、细腻，文字一寸寸都是女性的。黄芳曾在《诗观》里如是说："对于我来说，诗歌是细，是慢，是静。是一种安宁美好而又忧伤的气息。我最大的愿望，是让这气息能更长久地在我的生活中停留。"黄芳的诗歌是这个喧嚣的世界里流淌出来的缓慢的音符，她的姿态是慢、静，而且低。"黑暗不是没有光，而是光 / 落得慢了一步"（《黑暗》），"我把双手覆在额上，说出：/ 甜。慢。厌倦"。（《这个无人的中午》），"梦中的阳光灼热又刺目。/ 你缓慢地走着。/ 终于来到了繁茂的乔木下——"（《母亲》），"而灰鸟没来，而世间暗哑 / 我越来越沉默"（《越来越沉默——致父亲》），"的确疼痛——/ 我想起早上起床时，/ 一只麻雀在窗台安静地停留"（《仿佛疼痛》）。读这样的诗，感觉时光可以凝固一会儿，心脏可以偷停一会儿，灵魂可以从喧嚣中抽离出来，安静一会儿。在缓慢宁静中，诗人希望把自己的姿态缩小一点，放低一点。因为只有"低"，才能真正拥抱并且爱这个世界。"从今天开始 / 我不再赞美高山 / 以及它的倒影 / 所有在画面与扩音器里重复过的人与事 / 要无限缩小，隐入低处 / 被忽略过的春天、河流 / 要沿着那条蚂蚁经过的路 / 一一返回 / 从今天开始 / 我的身心要紧贴荒野里小小的草 / 它们没有名字 / 但一出现就得到了我的深爱"。（《卑微》）

陆辉艳是广西80后诗人中的佼佼者。作为一个女诗人，她的诗歌显示出的不是柔婉，而是简单、朴素、大气。陆辉艳对诗歌创作有一个朴素的理解，她说写诗的感觉"像是一种交谈。生活并不轻松，我们需要一种放松的、没有戒备的交谈。

写诗恰好就是这种交谈的感觉，跟自己，跟无数个‘你’，跟所有可能的一切的交谈。我常常感到自己的时空在这种交谈中豁然开朗”[①]。陆辉艳诗歌的魅力在很大程度上正来源于这种交谈的感觉和交谈中的“豁然开朗”。生活中的陆辉艳少言寡语，但在诗歌中她可以放松、坦然、没有戒备地与一切交谈，交谈的姿态让她的诗歌朴素、自然，没有雕琢之气。交谈中的“豁然开朗”让她的诗闪出智慧的火花，照亮或接近生活的真相。《挣扎》中，一个煮玉米的场景展现了生命无尽的循环的挣扎：“清晨，玉米秸在火中挣扎 / 煮熟了香甜的玉米 / 饥饿的孩子在秋天啃完玉米粒 / 留下玉米棒，继续 / 煮明天的玉米”；《手铐》中，一个公交车常见的场景洞见了现代人被桎梏的精神与肉体：“这匆忙、拥挤的生活 / 不得不爱，不得不接受 / 举起双手，各拽一个吊环 / 哦，耶稣受难的姿势”。显然，陆辉艳在交谈中“豁然开朗”的创作体验就是以个体经验还原生活真实的过程，这使她的创作有了切实贴近生活的质感。

还有不少诗人在新世纪的广西诗坛表现不俗，可圈可点，由于篇幅限制，就不一一提及。不过不得不承认，新世纪广西诗坛平均水平不错，但缺少拔尖的能在全国诗坛产生重要影响的诗人。我们期待广西的诗歌创作能继续繁荣发展并取得突破性进展。

刘铁群

---

① 钟世华、陆辉艳：《陆辉艳：按内心生活，按理想写作——当代广西本土诗人访谈录（之五）》，《广西民族师范学院学报》2015年第6期。

1950年代

百鸟衣

韦其麟

一、绿绿山坡下

绿绿山坡下，
清清溪水旁，
长棵大榕树，
像把大罗伞。

作者简介

韦其麟（1935—），壮族，1955年发表长诗《百鸟衣》，1956年加入中国作家协会，1957年毕业于武汉大学中文系。毕业后，曾在广西民族学院、林场、农村公社、药场工作和劳动。1978年至1979年在《广西文艺》(现《广西文学》)杂志社当编辑，1980年至1991年在广西师范学院工作，1991年在广西文联任职，曾任广西文联党组副书记、书记、主席，广西作家协会主席。曾两次当选中国作家协会副主席。出版长诗《百鸟衣》《凤凰歌》，诗集《寻找太阳的母亲》《含羞草》《苦果》，散文诗集《童心集》《梦的森林》，作品合集《广西当代少数民族作家丛书·韦其麟卷》，论著《壮族民间文学概观》等。获全国第一、第二、第三届少数民族文学创作奖，首届少数民族文学研究优秀著作奖。

作品信息

原载《长江文艺》1955年第6期，《人民文学》1955年第7期转载，《新华月报》亦转载，1956年4月中国青年出版社出版单行本，1959年4月人民文学出版社收入"文学小丛书"第三辑中的一种出版，1959年人民文学出版社重排印行，1978年9月人民文学出版社重印。收入《中国新文艺大系（1949—1966）少数民族文学集》(中国文联出版公司1991年10月出版)、"共和国文学作品丛书·诗歌卷"(花山文艺出版社1995年10月出版)、《广西当代少数民族作家丛书·韦其麟卷》(漓江出版社2001年9月出版)。

山坡好地方，
树林密麻麻，
鹧鸪在这儿住下，
斑鸠在这儿安家。

溪水清莹莹，
饮着甜又香，
鹧鸪在这儿饮水，
斑鸠在这儿喝茶。

春天的时候，
满山的野花开了，
浓浓的花香呀，
闻着就醉了。

夏天的时候，
满山的野果熟了，
甜甜的果子啊，
见着口水就流了。

秋天的时候，
满山的枫叶红了，
红叶随风飘呀，
蝴蝶满山飞。

冬天的时候，
小溪仍旧在歌唱，
松林仍旧在发青，
像春天一样。

四周的小鸟儿，
都飞到这里，
早晨唱着歌，
黄昏唱着歌。

小鸟儿为什么飞来？
小鸟儿为什么歌唱？
因为这儿太好了，
因为这儿太可爱了。

美丽的鹧鸪住在山坡上，
好心的古卡家住在山坡下；
爱唱的小鸟儿住在榕树上，
好心的古卡家住在榕树下。

在风风雨雨里，
青草长得壮又快；
在穷人家里，
生的儿女个个乖。

在阳光下面，

花才开得好看；
在好心人家里，
生的后生才能干。

青草长在风雨里，
乖乖的古卡生在穷人家里；
红花开在阳光里，
英俊的古卡生在好心人家里。

苦楝子熟的时候，
叶已落光了；
古卡在娘肚子里，
爹就死了。

爹死在哪里？
爹死在衙门里。
爹为什么死？
爹给土司[1]做苦工累死。

娘哭了十天十夜，
眼泪流了十海碗，
眼泪流干了，
娘把希望寄托在肚子里。

① 古代中国边疆官名，又称土官、酋，是古代统治者封授给西北、西南地区的少数民族部族首领的官职。

爹死了八个月，
春天就到了，
杨柳发芽了，
枯草转青了。

百鸟齐声唱，
百花同开放，
白胖胖的古卡，
哇哇地生出来了。

生下的是男娃娃，
娘的心高兴了，
日夜看古卡，
日夜睡不着。

娘想起爹，
泪就落了，
娘看着古卡，
心里就亮了。

像春天的竹笋一样，
古卡日夜地成长：
白圆圆的脸会朝着娘笑了，
乌亮亮的眼睛会认出娘了，
红扁扁的小嘴会叫娘了，
肥胖胖的手脚会爬地了，

娘看见这些呵！
高兴得三天三夜睡不着觉。

没有花就没有果子，
果子从花蕊里结成；
没有娘就没有古卡，
古卡从娘的怀里成长。

古卡五岁了，
娘记得清清楚楚，
别人不相信，
说至少已经有八岁。

大家赞美古卡：
“天保佑他长呵！”
古卡挺起胸脯：
“是我自己长的。”

人家赞美古卡：
“爹在天也安心啦。”
古卡便问娘：
“我为什么没有爹呀？”

娘的心一痛，
眼泪就滚下，
抱起小古卡，

忍心骗了他：

“爹出远门去了，
给古卡找宝贝去了，
给古卡找珍珠去了，
爹就要回来了。”

“听娘的话：
不要再问爹了，
一问起爹，
爹在路上就难走啦。”

像一棵小树一样，
古卡一天不同一天地成长。
娘下地的时候，
古卡会帮娘看屋了；
娘挑水的时候，
古卡会帮娘洗菜了；
娘补衣的时候，
古卡会帮娘穿针了；
娘出门的时候，
古卡会帮娘煮饭了。
娘看见这些呵！
高兴得三天三夜睡不着觉。

像岩石上的树，

凭着石缝里的泥沙生长，
娘就是石缝里的泥沙，
古卡凭着娘的抚养成长。

古卡长到十岁了，
十岁的娃娃该读书了。
古卡对娘说：
“给我买书，我要识字。”

娘的眉头一皱，
拉起古卡的手：
“买书要用钱，
我家连吃也不够。”

肚里的闷葫芦吐出了，
古卡的心怯怯跳：
“爹什么时候回来？
带回宝贝就有钱了。”

娘的眼湿了：
“爹不能回来了。”

“为什么不能回来？
爹到哪儿去了？”

“爹到阎罗王那儿去了，

在那儿享福不回来了。”

“阎罗王在哪儿？
我去找爹回来。”

“路太远了，
你去不了。”

“什么地方我都能去，
我一定要把爹找到。”

“爹不愿跟娘在一起，
找着，爹也不回来了。”

“爹为什么不爱我？
爹为什么不跟娘一起？”

娘的心碎了，
娘的泪落了，
娘搂着古卡，
泪滴在古卡脸上。

“苦命的儿呵，
爹不能回来了，
你还在娘肚里，
爹就不在世了。”

“不是爹不爱你，
是土司拉爹到衙门里，
爹做苦工累死了。”

懂事的古卡呵，
不再问爹了，
懂事的古卡呵，
他对娘说：

“娘不要哭了，
我不要书读了，
我明天打柴去，
帮娘做点活。”

十岁的娃娃该读书，
可是古卡不能读，
十岁的娃娃怎能干活？
可是古卡从此打柴干活。

爹用的柴刀，
十年不用了，
娘把它拿出来，
重新磨利。

爹用的扁担，

虫蛀朽了，
娘砍一枝竹，
重新做一条。

爹用的脚绑，
太长太大了，
娘把它剪断，
做成两条。

爹穿的草鞋，
早就坏了，
娘拿起稻草，
编了几双。

娘给穿上了草鞋，
娘给打上了脚绑，
拿起了柴刀，
扛起了扁担，
古卡打柴去了。

娘包好了宴[①]，
放在古卡袋子里，
古卡上山了，
娘在门口眼泪流。

① 包宴，桂林西部地区人们的习惯，出门干活时为节省时间，把午饭用荷叶包好带去。

眼泪蒙了眼，
娘眼里望不见，
十岁的古卡，
走进山林里去了。

太阳落了山，
娘在门口等，
古卡下山来，
挑回第一担柴。

娘的心里欢喜，
娘的心里悲伤；
娘脸上笑着，
娘眼里流泪。

山里的野狸，
又肥又大。
聪明的古卡，
真会想办法：

砍了一根橡木，
修了一根软藤，
花了一天工夫，
一张弓就做好了。

用茅草做箭尾，
用利刺做箭头，
用竹枝做箭身，
一枝一枝的箭做好了。

娘尝到肉味，
娘更欢喜了，
狸皮挂满门口，
古卡的手法越来越高。

娘的头发渐渐白了，
娘脸上皱纹渐渐深了；
古卡慢慢地大了，
古卡慢慢地高了。

太阳从西边落，
太阳从东边起，
数不清落了多少次，
记不清升了多少次。

屋边的溪水，
清了又浊，浊了又清，
数不清清了多少次，
记不清浊了多少次。

春天来了又去，

春天去了又来，
娘记得春天去了二十次，
娘记得春天来了二十次。

山坡上的枫叶，
青了又红，红了又青，
娘记得枫叶青了二十次，
娘记得枫叶红了二十次。

娘心里记得，
娘心里记着：
古卡已经二十岁了，
古卡已经是大人了。

长大了的古卡呵，
善良的古卡呵！
像门前的大榕树——
那样雄伟，那样繁茂。
像天空迎风的鹰——
那样沉着，那样英勇。
像壮黑的水牛——
那样勤劳，那么能干。

古卡种的包粟，
比别人高一半。
古卡挑的担子，

比别人重一倍。

别人的扁担，
一条用十年。
古卡的扁担，
一年换十条。

三百斤的大石滚，
十个人才抬得动，
古卡双手一掀，
轻轻地举起像把草。

别人射的箭，
最远的也看得见，
古卡射的箭，
最近的也看不见。

别人射箭，
石头射不进，
古卡射箭，
铁做的靶也入一寸。

二十岁的后生呵，
说谁也不相信：
打死过五只老虎，
射死过十只豹子。

古卡要起武艺，
看的人忘记吃饭，
古卡唱起歌来，
歌声响过十八层高山。

勇敢的古卡呵，
英俊的古卡呵！
什么也不缺，
就只少一样：

二十岁的后生不算小了，
二十岁的后生该成家了，
年轻的古卡呀，
还是个单身汉。

插秧的时候，
该有个媳妇帮帮，
收割的时候，
该有个媳妇帮帮。

衣裳烂了，
该有个媳妇补补，
家事乱了，
该有个媳妇理理。

娘的心里着急，
古卡的心里也着急，
可是家穷呀，
谁肯来受罪？

娘不敢开口，
古卡也不开口，
孤苦娘儿俩，
靠打柴种田糊口。

二、美丽的公鸡

西边的彩霞，
像朵大红花，
太阳微微笑，
马上就落山。

古卡唱山歌，
挑柴下山来，
一只大公鸡，
走向路上来。

公鸡向他喔喔啼，
古卡把它带回来，
回到村边放下鸡，
说声公鸡你该回家了。

公鸡真奇怪，
跟古卡回来，
古卡将饭喂公鸡，
公鸡对他喔喔啼。

天亮的时候上山去，
古卡把公鸡带出来：
“公鸡你认得路，
就该回主人家了。”

晚上回来的时候，
公鸡又站在门口，
拍拍翅膀昂起头，
对着古卡喔喔啼。

第二天上山去，
把公鸡送到三岔路口：
“公鸡你该回家了，
主人家要找你了。”

晚上回来的时候，
公鸡又站在院里，
拍拍翅膀昂起头，
对着古卡喔喔啼。

第三天上山去，
把公鸡送到村里头：
“公鸡你该回主人家了，
我家不是主人不能留。”

晚上回来的时候，
公鸡又站在庭前，
拍拍翅膀昂起头，
对着古卡喔喔啼。

水向低处流，
物归原主有，
娘对着公鸡问：
“红冠的公鸡呀，
你的主人是哪一家？”

公鸡低头啄着米，
一声不响不搭理。

黑白分得明，
来由要弄清，
娘对着公鸡问：
“绿尾的公鸡呀，
莫不是你没有主人家？”

公鸡抬头喔喔啼，

像说你家就是主人。

公鸡啼一声，
天就亮了；
公鸡啼两声，
古卡就起身了。

古卡上山的时候，
公鸡啼三声；
古卡回来的时候，
公鸡啼三声。

吃的是白米饭，
饮的是清溪水，
住的是青竹笼，
公鸡住在古卡家了。

冠比花还红，
尾比叶还绿，
身比金还黄，
公鸡越来越美丽了。

一个月过去了，
两个月过去了，
三个月过去了，
过了三个月零两朝。

冠红得更鲜了，
尾绿得更艳了，
身黄得更新了，
公鸡就像只凤凰。

第三个月第三朝呀，
不听见公鸡啼了，
笼子里没有了公鸡，
院子里站着个姑娘。

姑娘穿的衣服呀，
像天上的虹一样；
姑娘的容貌呀，
像天上的仙女一样。
姑娘的名字叫依娌，
姑娘做了古卡的妻。

娘对依娌亲又亲，
依娌对娘感深恩；
古卡对她像亲姐妹，
她对古卡一片深心。

金银花[①]开黄金金，

① 又名忍冬，可作药材，此花初开时为白色，后渐渐变黄，故白黄两色花在同一枝干上，因此得名金银花。

金银花开白灿灿，
金花银花生在一条根，
古卡依娌两人一个心。

天上的星星数不清，
最亮的是北斗星；
地上的花开千万朵，
最红的是木棉花。

年轻的后生像星一样多，
最能干的就算古卡；
美丽的姑娘像花一样多，
最能干的就是依娌。

犁田是男人干的，
依娌也一样干；
耙田是男人干的，
依娌也一样干。

古卡在前面犁，
依娌在后面耙；
依娌在前边犁，
古卡在后边耙。

古卡在前面撒粪，
依娌在后面插秧；

古卡在前边打坑，
依娌在后面点瓜。

木匠拉的墨线，
算是最直了，
依娌插的秧，
比墨线还要直。

依娌种的苦瓜，
吃起来是甜的，
依娌种的甜瓜，
一百里外就闻到瓜香了。

三月清明木叶青，
是采茶的时候了，
依娌站着采茶，
古卡弯着腰开山[①]。

帮山[②]的后生多又多，
见了依娌谁不唱歌？
唱就唱来放声唱，
依娌一唱就几箩。

唱歌的后生不知数，

① 春天，把茶畲用锄翻一遍，有时在荒山开辟新地也叫开山。
② 打猎。

个个没依娌那么多歌，
古卡闻声唱一支，
依娌回头笑得像朵花。

七月秋来田禾黄，
种田人家收割忙，
古卡在前面割，
依娌在后面伐[①]。

田垌里遍地黄，
丰收的歌声响四方，
唱歌的人呀，
哪个不想叫依娌听到？

依娌的歌声一起，
引得四周的人回头望。
古卡的歌声一和呀，
听不见别人的歌声了。

八角算最香，菠萝算最甜，
听着依娌的歌呀，
比吃八角还香，
比吃菠萝还甜。

① 收割糯谷时都是在田里用伐桶（农具）伐谷，即打稻。

依娌绣的蝴蝶，
差点儿就飞起来了，
依娌绣的花朵，
连蜜蜂也停在上面。

露珠最晶莹了，
和依娌一起就干了，
星星最玲珑了，
和依娌一起就暗了。

木棉花最映眼了，
和依娌一比就失色了，
孔雀的尾巴最好看了，
和依娌一比就收敛了。

三、溪水呀，流得不响了

鲜红的花，
远远就看得见，
芬芳的花，
远远就闻得着。

依娌的能干，
远近都传遍，
依娌的美丽，
土司在衙门里听见了。

土司想着依娌，
口水流了三尺又三寸，
蛤蟆见了天鹅，
睡不着三天又三夜。

狗龙蜂[1]从粪巢里飞出，
是要把人伤；
土司的狗腿出衙门口，
是要把依娌抢。

粪堆里的咪屎虫[2]，
满肚子是粪，
衙门里来的狗腿，
句句是接土司的嘴。

一箩绿豆一箩芝麻，
搅在一起乱啦啦。
猫吃了鱼擦擦嘴，
传来了古卡，对着古卡开狗嘴：

“人人都说你能干，
做件事给老爷看一看：
豆是豆来芝麻是芝麻，

① 黑色的很大的毒蜂，巢用牛粪做成。
② 屎蝗螂，一种夜间活动的昆虫。

三天分不清头就搬家。”

山坡上砍条竹，
修成细篾篾，
依娌手艺巧，
织成个筛箕。

豆是豆来芝麻是芝麻，
筛一筛来就分开，
芝麻细细往下漏，
绿豆粗粗上边留。

两箩绿豆和芝麻，
两天就分完，
在古卡面前，
什么也不难。

狗腿不甘休，
一箩黑芝麻，
一箩白芝麻①，
搅在一起乱啦啦。

“分了绿豆芝麻不算事，
老爷看你真行还是假，

① 未成熟的黑芝麻。

黑的黑来白的白，
两天分不清头就搬家。”

黑的芝麻实实心，
白的芝麻肚空空，
聪明的依娌，
挑回一担清水。

黑的芝麻重甸甸，
白的芝麻轻飘飘，
黑白倒下清水里，
黑的沉来白的漂。

两箩细芝麻，
一天就分清，
在古卡面前，
浊水也变清。

狗腿没奈何，
白天说梦话：
“一百个公鸡蛋今天要，
少半个你也难活得了！”

树不开花不结子，
藤不开花不成瓜，
火不烧木不成炭，

世上哪有公鸡会生蛋？

太阳一落山，
狗腿就来到：
“有蛋交蛋来，
没蛋交人来！”

聪明的依娌呵，
她和狗腿对了话：
“古卡正在生孩子，
鸡蛋今天找不了。”

狗腿气呼呼，
两只贼眼冒了火：
“你说的是什么话，
女人家才会生孩子！”

伶俐的依娌呵，
她和狗腿顶了嘴：
“老爷的话说得对，
找不到公鸡蛋没有罪。”

诡计难不倒，
狗腿更生气，
一不做二不休，
火烧灯笼露骨做到底。

晴天里起了乌云，
山坡上刮起了暴风，
土司的人马来了，
狗腿要抢人来了。

古卡心起火，
举弓射出箭，
箭箭不落空，
箭箭中狼虎！

竹篱笆挡不住风，
没根的树扎不稳，
大门砍倒了，
豺狼进来了！

古卡拉着依娌的手，
谁的眼泪也没有流，
再迟一刻也不能停留，
依娌望着古卡开了口：

“乌云遮了天，
风吹云就散，
我们暂分离，
一定再团圆。

古卡呵古卡，
心里别害怕，
你去射一百只鸟做成衣，
等一百天找我到衙门里！”

“依娌啊依娌，
一定要团圆！”
古卡一说完，
从后门逃出去了。

娘气死了，
依娌被抢走了，
树林里的小鸟吓跑了，
山坡下的人家拆散了。

山坡仍然在，
溪水照样流，
好好的人家呵，
生生的分离了。

绿绿山坡下，
没有古卡家，
青青的树叶呀，
未到秋天就黄了。

清清溪水旁，

没有依娌淘米了，
淙淙的流水呀，
也流得不响了。

四、两颗星星一起闪

好马不回头

爬过了三个山顶，
穿过了三个山麓，
古卡站在荒山顶，
像没有巢的鹰。

回头来望望，
白云飘悠悠，
娘死去了，
依娌被劫去了。

古卡不流泪，
撕下片手巾，
咬破指头染红它，
扎在纽扣给娘戴个孝。[①]

好马不吃回头草，
古卡抬头往前走！

---

① 旧时人们为死去亲人戴孝，道士每人发一根红绳，未成年人多系在衣扣上。

照着依娌的吩咐，
修好弓箭去射鸟。

孔雀被拖进了狼巢

土司的狗腿，
走了三天三夜，
要到衙门了，
狗腿向依娌夸口：

“这是衙门口，
这是土司家，
进了衙门口，
你就享福啦。”

这个地方呀，
石榴花不红，
桂花也不香，
依娌瞪眼讲：

“这是野兽的巢，
住的是豺狼一窝，
好人不进去，
进去活不了。”

乌鸦叫喳喳，

狗腿两边排，
孔雀拖进了狼巢，
依娌进了衙门口。

土司嬉皮笑脸，
递过金丝衣：
“红花要绿叶扶，
最好的衣裳给你换。”

依娌拿过来，
撕成碎片片：
“不干净的衣服，
穿了身发肿，
冻死也不穿！”

土司嬉皮笑脸，
摆着山珍海味：
“进门来就享福，
最好的菜肴给你吃。”

依娌手一摆，
碟盆摔个坏：
“不干净的东西，
吃了肚会痛，
饿死也不吃！”

土司嬉皮笑脸，
向依娌扑来，
勇敢的依娌，
顺势夺了土司的剑：

“老马骝[①]你不识羞，
老马骝你脸皮厚，
你逼死我娘身戴孝，
一年里你近我不是死来就是走！”

网里的鱼儿往哪跑，
一年后你也逃不了；
到口边的肉吞不下嘴，
土司的心痒得吞口水。

像天上的云一样

像天上的云一样，
古卡到处游；
像塘里的瓢[②]一样，
古卡到处漂。

没有人踏过的山顶，
古卡爬上去了；

① 老猴子，骂人语。
② 浮萍。

没有人穿过的山麓，
古卡穿过去了。

没有人饮过的山水，
古卡饮过了；
没有人尝过的野果，
古卡吃过了。

浓密密的树叶，
是古卡的屋顶；
乱蓬蓬的荒草，
是古卡的铺盖。

弯弯的弓呵，
是亲近的伙伴；
直直的箭呵，
是亲近的兄弟。

弓不离开背，
箭不离开身，
睡时在身边，
走时在身边。

依娌的心呀

花朵落在地上，

就变得枯了；
果子落在地上，
就变得不甜了。

最美丽的花朵，
没有阳光就不开了；
最青嫩的草，
没有露珠就不绿了。

美丽的依娌，
离开古卡就憔悴了；
爱唱歌的依娌，
离开古卡就不唱了。

画眉关在笼子里，
有翅不能飞；
依娌住在衙门里，
有脚不能逃。

白云在天空里飘，
白云呵！
快飘落到衙门来，
搭救不自由的依娌。

大雁排着字儿飞，
大雁呵！

快降落到衙门来，
搭救不自由的依娌。

日里想着古卡，
夜里想着古卡，
醒时念着古卡，
睡时梦着古卡。

不吃饭肚不饥，
想着古卡就饱了；
不饮茶口不枯，
想着古卡就不渴了。

衙门里没有阳光，
古卡照亮依娌的心；
衙门里一片冰冻，
古卡温暖着依娌的心。

看见星星想起古卡，
看见月亮想起古卡，
听见风声想起古卡，
听见鸟啼想起古卡。

十五的月亮圆又圆，
圆圆的月亮亮光光；
亲爱的古卡呀，

你在哪一方？

天上的星星亮晶晶，
麻麻的银河亮闪闪；
亲爱的古卡呀，
你在哪一边？

深夜的杜鹃啼呵，
是多么凄凉；
深夜的依娌呵，
是多么孤单。

深夜的风呀，
是多么凉；
依娌的心呀，
是多么忧伤。

为了救依娌

古卡背着弓，
古卡带着箭，
穿过了九十九个深谷，
翻过了九十九座高山。

不管是下雨，
不管是刮风，

天亮就起身，
天黑才停歇。

一箭射一只，
两箭射一双，
箭飞鸟就落，
只怕没有鸟。

一日射一只，
十日成五双，
日日不停歇，
为了救依娌。

一定会来

孤单的依娌呵，
白天皱着额，
黑夜束着眉，
在衙门里没半个笑脸。

土司心不欢，
土司心不悦：
“能叫依娌笑一笑，
赏他三百两银钱。”

那麽佬[1]来了，
烧香又点烛，
喃喃又跳跳，
依娌没有笑。

土司眼一瞪，
香烛都吹熄，
屁股吃了三百板，
那麽佬走了。

卖膏药的[2]来了，
好笑的故事，
讲了一百个，
依娌仍不笑。

土司吼一声，
故事没讲完，
屁股吃了三百板，
卖膏药的走了。

逗笑的来了九十九个，
打屁股的也九十九个。
依娌眼望穿，
古卡影不见。

---

① 道士。
② 江湖郎中。

花儿谢落了，
明年会再开，
英勇的古卡呀，
你哪日来？

太阳落山了，
明天还会爬上来，
英勇的古卡呀，
你哪时来？

春天插的秧，
秋天就结穗；
英勇的古卡，
一定会来。

秋天飞去的燕子，
立春就飞来；
英勇的古卡，
一定会来。

第一百天来到了

一个月过去了，
两个月过去了，
三个月过去了，

第一百天来到了。

九十九座山的雉鸡射完了，
最后一只雉鸡射落了。
合起来数一数，
正好一百只。

一百张雉鸡皮，
张张一样美，
缝成一件衣，
羽毛亮闪闪。

弓丢开了，箭折断了，
照依娌临别的话，
古卡穿起百鸟衣，
启程进衙门去了。

心里想依娌，
急得像支箭，
白天赶到黑，
夜里也不停。

白天赶两百里，
黑夜赶一百里，
爬山赶一百里，
平地赶两百里。

恨不得长上翅膀，
像鹰一样飞，
恨不得多生两条腿，
像马一样奔。

脚底起泡了，
一想依娌就不痛了。
腿赶得酸了，
一想依娌就有力了。

爬了九十九座山，
过了九十九条河，
草鞋穿烂了九十九双，
木棍撑断了九十九条。

未来过的地方，
古卡来到了，
要来的地方，
古卡来到了。

两颗星星一起闪

衙门外人们闹哄哄，
古卡穿着百鸟衣扭扭又跳跳。
消息传到衙门里，

依娌的心呀突突跳。

勇敢的猎手，
才敢进虎穴；
英勇的古卡，
进衙门去了。

百鸟衣跳一跳，
依娌笑一笑，
百鸟衣跳两跳，
依娌笑两笑。

百鸟衣轻轻跳，
依娌微微笑；
百鸟衣快快跳，
依娌唱起来了。

依娌笑又唱呵，
像乌云里射出了金光，
像鲜艳的花朵开放了，
像美丽的孔雀开屏了。

像马骝吃蜜糖，
土司得意笑嘻嘻：
“聪明的后生，
你要什么赏？”

“黄金也不要，
白银也不要，
高官也不要，
只要一匹骏马骑。”

骏马送来了，
连鞍配一起，
骏马向天嘶，
四方唏唏响。

像马骝偷菠萝，
土司贪心不知足：
“聪明的后生，
你怎么能使她笑？”

“你看它亮闪闪，
百鸟衣是件神衣，
九州里头找不着，
寻遍四海难得到。”

“穿了百鸟衣，
老头也变得后生一样俊俏；
穿了百鸟衣，
姑娘见了心欢就会笑。”

马骝见了果子就要偷，
土司见了宝贝就伸手：
“聪明的后生，
你的神衣我想要！”

古卡给土司穿神衣，
忽然尖刀亮闪闪，
白刀子落下红光起，
土司一命归西天！

英勇的古卡呵，
抱起了依娌，
跳上了骏马，
飞出了衙门。

马蹄得得响，
马蹄不沾地，
马像箭一样飞，
风在耳边呼呼叫。

狗腿醒过来，
马上去追赶，
赶得再快，
也赶不上古卡了。

古卡走一天，

走了三百里；
狗腿赶了一天，
走了一百里。

飞了三日又三夜，
马蹄一歇也不歇。
飞过了九十九座山，
不知到什么地方了。

英勇的古卡呵，
聪明的依娌呵，
像一对凤凰，
飞在天空里。

英勇的古卡呵，
聪明的依娌呵，
像天上两颗星星，
永远在一起闪耀。……

| 文学史评论 |

壮族诗人韦其麟根据壮族民间传说创作了优美动人的叙事长诗《百鸟衣》。它写的是一对青年男女为了自己的幸福而向黑暗势力进行顽强斗争的故事。聪明勇敢的青年古卡爱上了美丽能干的姑娘依娌，可是蛮横的土司抢走了依娌。勇敢的古卡爬了九十九座山，射了一百只雉鸡，做了一件神奇的“百鸟衣”，救出了依娌，杀死了土司。作品生动地刻画出这一对勇于反抗的青年人的坚强性格，赞颂了劳动人民的勤劳与智慧，暴露了骑在人民头上的统治者的贪婪和愚蠢。长诗生动、流畅。

——郭志刚编著《中国当代文学史初稿（上册）》，人民文学出版社，1980，第396页

在壮族诗坛上，韦其麟是一个为壮族诗歌现代性进程作出了自己独特贡献的优秀诗人。从20世纪50年代始，他就用饱含深情的诗歌描画壮乡的美景，叙写壮民的生活，讲述壮乡流传的民间故事。他以年轻而嘹亮的歌喉，唱出了一首首来自壮乡的天籁之音。

——雷锐主编《壮族文学现代化的历程》，民族出版社，2008，第246页

《百鸟衣》是韦其麟创作道路上一座高耸的里程碑。

——梁庭望、农学冠编著《壮族文学概要》，广西民族出版社，1991，第354页

《百鸟衣》在民间传说故事的基础上，成功地进行了再创造，它在结构构思、叙述语言、选材剪裁上成功的尝试，致使《百鸟衣》这部长篇叙事诗贴近人民，贴近民族而为广大读者所欢迎。

——特·赛音巴雅尔主编《中国少数民族当代文学史》，北京十月文艺出版社，1999，第66页

《百鸟衣》表现的感情真挚强烈，而且经过审美提炼。特定时代的阶级斗争话语对作品有一定影响，但作品包涵着丰富的人生和人性内容，因此作品至今未失其思想意义和艺术价值。

——李鸿然:《中国当代少数民族文学史论》，云南教育出版社，2004，第335页

《百鸟衣》以其鲜明的民族风格和优美的艺术表现，一出现，就引起了文坛的

重视，受到了读者的热烈欢迎。它不仅将壮族文学带进了中国文坛，也向世界展示了新中国的少数民族文学的迷人风采。

——李建平等:《广西文学50年》，漓江出版社，2005，第58页

| 创作评论 |

在诗歌上，他以其独特的艺术创造，将在我国诗歌史上，特别是壮族诗歌史上占有一席地位。他的诗歌将会流传下去。

——缪俊杰:《韦其麟，真诚的壮族歌者》,《南方文坛》2010年第1期

| 作品点评 |

(《百鸟衣》)体现了壮族人民热爱劳动、善良纯朴、勇敢刚毅的优秀品质，是壮族人民文学中的璧玉。

——中国作家协会广西壮族自治区分会:《建国十年来的广西文学》,《红水河》1959年第10期

我重读了他发表在五十多年前的《百鸟衣》，这是韦其麟诗歌创作的第一高峰，体现了他的美学理想和艺术追求。“百鸟衣”是壮族流传久远的民间故事，美丽而委婉动人，是壮族人民壮丽、苦难而纯洁的心灵史诗。韦其麟用深邃的历史目光，审视这个民间传说，用美丽的文辞，描绘了这个民间故事，并用深刻的历史价值观评判着已经过去的社会现象、物质世界和人生景观。

——缪俊杰:《韦其麟，真诚的壮族歌者》,《南方文坛》2010年第1期

| 作者自述 |

这部叙事长诗是我根据童年听过的一个民间故事创作的，后来我看到广西科学工作委员会和《壮族文学史》编辑室1959年编印的《壮族民间故事资料》第一集中

的《张亚源与龙王女》，就是在我家乡搜集的这个故事的原始记录稿。我写长诗时，吸取了民间故事的基本情节，但对主人公的身世、成长过程和结尾等都根据自己对现实生活的理解和认识作了改造和补充，也删去了原故事一些我认为不太合理、不够理想的情节。古卡和依娌亦是我给两个主人公起的名字。

——韦其麟:《百鸟衣·前记》，载《百鸟衣》，漓江出版社，1998

仫佬族走坡组诗

包玉堂

走坡的季节到了

园里的芭蕉黄了，
树上的枣子熟了，
河水呵变得清清的了，
枫叶呵变得红红的了，
年青人哟，

作者简介

包玉堂（1934—），仫佬族，广西罗城仫佬族自治县四把乡人，1949年参加革命，1959年加入中国作家协会。曾任小学教师、校长，广西壮族自治区文化局副局长、局长，广西作家协会副主席等职。主要作品有诗集《虹》《歌唱我的民族》《凤凰山下百花开》《在天河两岸》《回音壁》《清清的泉水》《春歌不歇》《红水河畔三月三》，散文集《山花寄语》。曾获全国第一、第二、第四届少数民族文学创作奖。

作品信息

原载《作品》1957年第12期，《中国文学（英文版）》1958年1月号转载，收入《中国当代文学作品精选·诗歌卷》（北京十月文艺出版社1999年出版），《中华人民共和国五十年文学名作文库·新诗卷》（作家出版社1999年出版），《新中国50年诗选》（重庆出版社1999年9月出版），《仫佬族20世纪文学作品选》（广西民族出版社2003年5月出版），《歌唱我的民族》（上海文艺出版社1963年5月出版），《广西当代少数民族作家丛书·包玉堂卷》（漓江出版社2001年9月出版）。

什么火在你心中燃烧？

谷子收上楼了，
红薯种下地了，
柴够冬天烧了，
草够冬天用了，
走坡的季节到了，
青年人哟，到坡上去了……

少女小夜曲

（明天，她将第一次去走坡）

午夜的月光皎洁如银，
屋边的流水清澈如镜，
没有人语也没有虫声，
呵，睡去的村庄多宁静……

睡去的村庄多宁静，
我却不愿熄掉床头的小灯，
激情使我全身发烫，
我要站在窗口吹一吹夜风。

站在窗口吹一吹夜风，
让这颗激动的心慢慢平静，
可这是怎么一回事呵？
凉风越吹心儿就越跳得凶！

凉风越吹心儿就越跳得凶，
我想象着明天走坡的情景：
和我结交的是一位漂亮的后生，
太阳一样的脸，清泉般的眼睛……

太阳般的脸，清泉一样的眼睛，
这是一位多么理想的爱人……
哎！我怎么尽这样的胡思乱想
谁知道我交上的是怎样的人？

不知道交上什么样的人，
想着想着我脸儿热到耳朵根，
双手蒙脸我伏倒窗台上，
却又偏偏碰着新买的小圆镜。

偏偏碰着新买的小圆镜，
我又轻轻把它拿到手中，
在窗台下对着月光照了照，
我的脸比后塘的莲花还红！

我的脸比后塘的莲花还红。
明天把镜儿送给心爱的人，
镜背有我新照的一张照片，
谁得了它就得了我的爱情。

他接过我的小圆镜，
不知用什么回送相爱的人？
是一对彩线编织的鸳鸯鞋，
还是一包黄鲜鲜的同年饼？①

我想呀想呀不禁笑出声。
啊！窗外夜空滑落了一颗星星；
今夜我再也不能入睡了，
就站在这小窗子下等待到天明……

晨 曲

黎明把太阳捧上了东山，
阳光给坡披上金黄色的晨装，
晶莹的露珠映着太阳的光辉，
画眉开始了快乐的歌唱。

长夜盼望的时刻来到了，
窗口里姑娘的脸儿露着微笑，
两脚在房里急促地走动，
换上了新衣，又修整容貌……

轻轻打开了自家后门，

① 鸳鸯鞋是用彩线织成的，仫佬族男女青年走坡结交时，女方送男方布鞋或手巾，男方多报以一对鸳鸯鞋。这种鞋很美观，除情人们相送之外，一般人少买少穿。同年饼即月饼，仫佬族青年男女走坡结成同年后，男方送女方一些月饼，意味着爱情像同年饼一样甜蜜。

在隔壁窗下唤醒了同伴，
手提竹篮，草帽遮着羞红的脸，
悄悄地从菜园里溜到村子外面。

两个姑娘来到村外面，
整了整衣着，互相做个鬼脸，
想笑，又伯人家听见，
最后互相在背上狠狠捶了一拳。

“嗨！不知为哪样，
我的心差点儿跳出胸膛。”
“嗐！我也是一样，
心跳得厉害，脸上还很烫。”

两个姑娘像燕子一样飞向山坡，
去找寻人生宝贵的爱情和幸福，
嘴里不断地练唱着新学的情歌，
这是第一次走坡呵，可不能把歌唱错。

歌坡小景

这里一双戴着草帽的姑娘，
银亮的草帽好像十五的月亮；
那里一对打着油伞的后生，
红艳的雨伞好像初升的太阳！

树树野果像珍珠满山，
丛丛枫叶像团团火焰，
歌声随着蜜蜂的金翼，
飞到这边又飞到那边。

呵，美丽的山坡，
布满一双双情人，
歌声像甜美的酒，
把情哥情妹们灌得醉醺醺……

| 文学史评论 |

包玉堂最有特色、历久不衰而为读者喜爱的作品，是那些描写仫佬族风土人情和新生活的诗歌。在这类诗中，《走坡组诗》是写得最出色的。它以明丽清新的笔调，描绘了一幅仫佬族的特有风情“走坡”的欢乐情景，通过这种习尚风俗的描写，表现了仫佬族人民勤劳、淳朴、热爱生活的美好心灵和高尚情操，特别是青年一代追求自由爱情、幸福生活的感情，具有浓郁的民族特色和鲜明的地方特点。

——吴重阳:《中国当代民族文学概观》，中央民族学院出版社，1986，第146页

20世纪50年代中国诗坛上描写爱情的诗篇不多，为数不多的爱情诗通常又侧重写爱情的社会内容，有的甚至把爱情当作政治的附属物。《走坡组诗》虽然也受这种倾向的影响，但组诗的重点还是在爱情本身，即走坡。诗人着重描写的，是年轻人恋爱时的内心世界。作品对情窦初开少女的丰富感情的细致刻画，在当时诗坛上是不多见的。

——李鸿然:《中国当代少数民族文学史论》，云南教育出版社，2004，第374页

民间文学是少数民族诗歌创作的一个重要源泉，包玉堂正是从搜集整理民间文学开始走上创作道路的。

——特·赛音巴雅尔主编《中国少数民族当代文学史》，北京十月文艺出版社，1999，第71页

新时期以来，他始终以旺盛的诗情创作着，对比起他的诗作，新时期的作品，在保持原有的风格上，呈现出一种严峻和深切的笔调，使他的诗更深地透进自己民族的心理，深层次地表现出他们的生活。

——特·赛音巴雅尔主编《中国少数民族当代文学史》，北京十月文艺出版社，1999，第392页

作为民族文学作家，他的创作成果是丰厚的，在内容上，所表现的生活十分广泛，艺术上也具有色彩斑斓、民族特色鲜明的特点。

——李建平等:《广西文学50年》，漓江出版社，2005，第70—71页

｜创作评论｜

仫佬族人民的代表作家包玉堂就是在共和国诞生以后开始走上文学道路的，并很快就以他的叙事长诗《虹》和短诗《回音壁》《走坡组诗》等优秀诗作，跨跃了中国当代少数民族诗歌的起跑线和当时的水准线。以包玉堂为代表的第一批仫佬族作家的产生，结束了仫佬族文学史上长期的单一的民间口头文学的局面，这在仫佬族文化史上是质的飞跃。

——杨长勋:《对当代仫佬族文学的总体印象》，《民族文学研究》1989年第3期

人们不会忘记，早在1959年，《文艺报》以《仫佬族诗人包玉堂和他的诗》为显目的标题，首次把仫佬族作家文学推到广大读者面前时，从此，仫佬族作家文学也就载入了中国当代少数民族文学的史册。这不仅是包玉堂，也是仫佬族整个

民族的骄傲。因为，诗人包玉堂是在仫佬族生活的沃土和情感中孕育成长起来的。他最有影响和获好评的诗，如《走坡组诗》《歌唱我的民族》《凤凰山下百花开》《清清的泉水》等，都蕴藉着仫佬族的民族性格、心理和风格，唱出了仫佬人对党对社会主义无限热爱的深情。

——王敏之:《仫佬族作家文学创作概析》,《中南民族学院学报》1988年第3期

也许还从来没有一个仫佬族诗人如此自豪地为他的民族代言和歌唱，包玉堂的诗歌不仅让读者感受到了广西这片土地的魅力和生活在这片土地上的少数民族极富才华的艺术想象力，而且，它也让人们发现，这个因新的时代获得了某种民族自觉的民族，他们对这个新的时代有着非常纯洁、动人的理解。

——黄伟林:《广西文学六十年（上篇）》,《南方文坛》2009年第5期

罗盘·工地

柯　炽

罗　盘

这是一个苏联罗盘，
一直伴随专家工作，
从他大学毕业直到获得功勋的老年，
他们到过哈萨克、顿巴斯和巴库。

荒山野林一座座消失，
工业城市一座座出现，
年华消逝，

作者简介

柯炽（1933— ），广西宾阳人，1950年开始发表作品，1980年加入中国作家协会。著有长诗集《姑娜》、《娜媚》、《五凤山之歌》(合作)，叙事长诗《蛇郎》，长篇传奇文学《刘三姐》等，编辑《广西情歌》。曾获首届广西文艺创作铜鼓奖、广西政府有突出贡献荣誉称号和勋章。

作品信息

原载《诗刊》1959年第5期，收入《友谊之歌》(春风文艺出版社1960年2月出版)。

罗盘上的商标、花纹也已看不见。

专家来到南中国的山岑，
罗盘伴随他又工作了两年。
白天，它指引着道路，
夜晚，静静地躺在他身边。

在这百里不透阳光的老林，
依靠罗盘我们跑出一条线，
追踪矿体整整三天，
终于在悬崖寻到那有远景的矿点。

专家完成任务，笑着回国了。
留下的工作放在我的肩，
他笑说：“我会做的你都学会了，
留下个罗盘作纪念。”

我有了一个苏联罗盘，
我用绸子包着它，使它一尘不染。
罗盘的指针永远指向北方，
我们的友谊，万代相连。

工　地

一架苏联的巨型发电机，
被送到南中国芭蕉林里，

猫头鹰之家的阴暗老林呵，
突然水晶般皎洁和美丽。

看这身躯魁梧的起重机，
一下把几十吨钢铁轻轻举起，
然后挥起触云的长手，
向远方的友人表示谢意。

1960年代

刘三妹（节选）

依易天

四

太阳红丹丹，
山坡乐洋洋，
麒麟坡上舞，
绣球抛满山。

铜鼓咚咚敲，
后生们心房跳荡；
木叶声悠扬，
姑娘们心花怒放。

作者简介

依易天（1927—1988），壮族，广西龙州人，中国作家协会会员。著有长诗《刘三妹》《哈梅》，童话长诗《小石匠的幻想》等，曾获广西首届少数民族文学创作奖。

作品信息

节选自依易天长诗《刘三妹》第10—31页，作家出版社1960年3月出版。

铜鼓是怎样说?
木叶是怎样讲?
铜鼓是这样说,
木叶是这样讲:

“勇敢的后生呵!
放开歌喉吧,
唱个好听的山歌。

“劳动的姑娘呵!
扬起花裙吧,
跳个漂亮的舞蹈。

“鲜花,蜜蜂才来采,
新水,鱼儿才来游,
好日子啰,
我们才来团聚。”

五

后生们放声高唱了,
歌声在山谷中回响:

“噢,许多树木长在一起,
才成森林;
噢,许多山涧汇在一起,

才成河谷；
噢，许多青年聚在一起，
才成歌圩。

“树木多呀长得旺，
山涧多呀河谷广。
姑娘们多呀，
唱起歌来才欢畅。”

姑娘们放声高唱了，
歌声飘过十里山岗：

“嗳，一棵树有许多椏杈，
椏杈越多树身越大；
嗳，一只鸟有许多羽毛，
羽毛越丰越秀丽；
嗳，一场歌圩有许多后生，
后生越多我们越欢喜。

“树木大呀才有用，
鸟儿多呀才争鸣，
后生人多呀，
挑选情人才起劲。”

这边一群群，
那边一对对，

你唱一声“嘛啰”，
我哼一句“呢哑”。

你一声来我一句，
四面八方歌声起，
百歌交响在山间，
声音飘绕在云里。

六

唱歌的人呵，
多得数不清，
三妹歌声最引人。

三妹唱一声，
人人争来和。
可谁也唱不过刘三妹，
她的歌子比树叶还多。

她唱了三天零三夜，
唱得涧水不再流，
唱得月亮团团转，
唱得云朵不愿飞，
唱得太阳眯眯笑，
唱得百鸟飞来朝，
唱得江中鱼上岸，

唱得石头伸耳朵，
唱得人人张嘴结舌，
唱得歌手们呵，
无歌可对，
无话可说。

唱到第四天早上，
当太阳赶走了月亮，
刘三妹站在高高的地方，
笑着对大家讲：

“阿哥阿弟呵！
有歌就放声唱，
有话就大声讲。
若是大家没歌唱，
若是大家没话讲，
趁早转回家乡，
明年再来赛一场。”

话头刚落音，
忽然江边起歌声：

“板枧有个刘三妹，
能歌善唱到处传，
定要找她比一比，
歌书撑来四大船。”

刘三妹——
“唱歌的人哪里来?
谅你肚里不多才。
你见过多少条江水?
你踩过多少个村寨?”

树木摇摆起大风,
水溅波纹鱼游泳,
人们都瞪起眼睛,
看看来的什么人。

只见四个白面书生,
昂首来到人群中间,
开口就把自己夸耀,
哪晓得刘三妹正在眼前。

“我们都是名秀才,
不辞千里坐船来,
专门来找刘三妹,
找刘三妹把歌赛。”

刘三妹——
“不会唱歌你莫来,
不会撑船你莫开,
三言两句莫唱,

免得丢脸头难抬。”

秀才们——
“你这丫头哪里来？
爹娘生你笨口才；
我们不是名歌手，
哪敢千里坐船来！”

刘三妹——
“我是板榄小姑娘，
住在刘三妹村上。
你们各人姓什么？
要找刘三妹来赛歌，
不妨先来赛几个。”

秀才们——
“山竹耐得寒，
蚬木[1]熬得箱，
有歌尽管唱，
我们姓李姓祝姓石和姓陶。”

四个秀才刚讲完，
三妹接口应声唱：
“姓李不见李花开，

① 国家二级保护植物，椴树科，常绿乔木，分布于广西和云南海拔700—900米的热带石炭岩山地季雨林中，是中国著名硬木之一。

姓桃不见桃花在，
竹子烂在深沟底，
石板拿来垫西街！”

四个秀才又羞又气，
一句话对答不起，
目瞪口呆老半天，
你望我来我望你。

刘三妹——
“四个船来四个蛋，
一场大雨把船翻，
掉下河里喂鱼虾。
剩下空船搁浅滩。”

哄哄大笑四处起，
姑娘们笑得更得意。
笑声和着歌声响，
气得秀才们白瞪眼。

刘三妹——
“不会唱歌你也唱，
不会开船你也开，
口口声声把歌赛，

谁知肚里空无才。”

秀才们——
“你聪明，
一只大船几多钉？
一棵榕树几多叶？
问你江水共几斤？”

刘三妹——
“是聪明！
大船数只不数钉，
榕树数棵不数叶，
你舀江水我来称。

“你唱西估我也唱，
问你河水有几长？
河中鱼虾多少只？
山上鸟儿共几双？”

秀才们张口无话说，
众人齐声笑哈哈。
秀才们山歌底子浅，
心中暗计把身脱。

刘三妹——
“不会唱歌也要唱，

不会开船也要开，
夸口要把歌来赛，
为何没有歌答来？”

秀才们——
“谁说我们没歌唱，
只因三妹不在场，
我们专找三妹比，
旁人一概不搭腔。”

众人一听笑哄哄，
四个秀才脸发红，
自知自己无歌对，
急急忙忙把船撑。

七

风吹浪动波逐波，
星星出来颗连颗；
四个秀才唱输了，
一个商人又来和：

“天上星星多不多？
我能数得着；
河里鱼群多不多？
我能算得对。

“难解的西估我解过，
再难难不过数天星；
难答的西估我答过，
再难难不过算鱼群。”

刘三妹——
“山说山最高，
山顶还有树木长；
树说树最高，
树梢还有藤缠上。”

商人——
“十万大山我到过，
过桥比你走路多；
若问西估谁蠢乖，
你有歌子就唱来！”

刘三妹——
“唱就唱来你听啰：
三十六种豆，
哪种豆无壳？
三十六种石，
哪种石浮水？

“唱就唱来你听啰：

什么马尾弯上天？
什么龙尾弯下地？
什么竹子冒泉水？
什么树木会奔飞？

“唱就唱来你听啰：
荔枝树上荔枝果，
菠萝树上生菠萝。
为何荔枝树不结菠萝？
为何菠萝树不长荔枝果？”

一连唱了西估三十个，
商人一句答不出。
商人唱输了，
就反过来说：

“你唱的歌我答不着，
我唱的歌你也答不着。

“什么比石头还重？
什么比水还要平？”

“银子和金子，
比石头还重；

镜子呵嘛呢①，
比水还要平。”

“什么根生不落地？
什么花开在水里？”

“树上养天藤，
根生不落地；
池塘莲蓬花，
朵朵开水里。”

“什么果子东丁②挂？
什么果子一蓬蓬？”

“柚子和梨子，
树上挂丁东；
龙眼果呵咧③，
生成一蓬蓬。”

“什么果子一点红？
什么果子弯似弓？”

“四月荔枝果，

① 呵嘛呢，唱歌时的语音。
② 壮语译音，形容倒挂着的东西非常玲珑小巧。
③ 呵咧，唱歌时的语音。

点点似火红，
芭蕉果呵咧，
弯弯似把弓。”

“什么下水去生蛋？
什么上岸来造窝？”

“蛤蟆呵嘛呢，
下水去生蛋；
河里大龟鳖，
上岸来造窝。”

“什么屁股朝天上？
什么张嘴对太阳？”

“田里活田螺，
屁股朝天上；
鱼儿在水里，
张嘴对太阳。”

“什么树皮价最高？
什么草根价最贵？”

“林中肉桂树，
树皮价最高；
山里人参草，

草根就是宝。”

唱了一个又一个，
听的人越来越多，
商人唱穷了，
刘三妹才说：

“你的山歌歌底薄，
再学三年打转来，
若还三妹输给你，
替你三年背草鞋。”

商人抬不起头，
转身拔脚溜溜走。
就在这个时候，
来了风流财主佬。

风流财主开声唱，
声音像破锅：

“你的歌子算什么？
我有山歌满楼阁，
若是你唱不过我，
就做我的小老婆。”

三妹一听厉声唱：

“你有歌来我有陪，
黄蜂骑在乌龟背，
你敢伸头我敢锥！”

树叶沙沙响，
鸟儿扑扑飞，
刘三妹的歌呵，
叫人开心抹眼泪。

刘三妹——
“你有歌来我有陪，
一唱一答不吃亏。
什么人双手不沾泥，
终年吃得肚肠肥？

“什么人不种田地，
只会吃来只会吹？
什么人的心肠狠，
年三十晚把租催？”

财主刚张嘴，
碰了一鼻灰，
硬着头皮唱，
把大话来吹：

“你的歌子算什么，

哪比我的钱财多；
不管唱不唱得过，
总要你做小老婆。”

刘三妹——
“三妹从来不贪钱，
黄金万两也等闲，
有钱人家比蛇毒，
麻雀也怕近屋边。”

众人齐叫好，
财主气走了。

财主走走又回头，
一边傻笑一边瞅，
现在他才看清楚，
刘三妹美丽出人头：

——身材不高又不矮，
脸蛋绯红像仙桃，
唱歌好比画眉叫，
走路轻轻如云飘。
这时天地他都忘记，
刘三妹的美貌把他迷住：
“不能要她做小老婆，
也要拿她出出气。”

| 文学史评论 |

1960年他根据壮族民间故事创作的叙事长诗《刘三妹》由作家出版社出版。全诗17章，1200行，抒写了壮族能歌善舞、聪明勇敢、热爱劳动的姑娘刘三妹与特江的纯洁爱情故事。当他们的婚姻遭到财主的破坏时，刘三妹以“歌”为武器与财主进行针锋相对的斗争。在财主、土司的残酷迫害下，刘三妹虽然被害致死，成仙升天而去，但她的歌声却永远留在人间。

——李建平等:《广西文学50年》，漓江出版社，2005，第77页

壮族地区普遍流传刘三妹的传说，传说刘三妹能歌善唱，聪明过人，这是共同的母题。但材料比较零星，故事很简单，形象单薄。诗人为了表现刘三妹这位“为人所敬佩的歌师”，给人物设置了壮族歌圩的典型环境，并“用了较大的篇幅，来描绘她唱胜许多歌手的场面”(《刘三妹》附记)。从而充实和丰富了刘三妹的聪明善唱的性格。

——梁庭望、农学冠编著《壮族文学概要》，广西民族出版社，1991，第347页

| 作品点评 |

他诗歌创作主要成就是叙事长诗，根据民间传说创作的千多行的《刘三妹》，1960年由北京作家出版社出版。1960年全国第三次文代会，茅盾在作家协会的工作报告中有关少数民族文学创作的部分提到的较好作品有这部长诗。长诗塑造了刘三妹这个民间歌手鲜明的形象，诗句较自由而朴素，吸取了一些民歌的精粹。

——韦其麟:《壮族民间文学的拓荒者——怀念侬易天》，《广西文史》2011年第1期

侬易天深入到壮族地区，大量搜集刘三妹的传说，认真而慎重地分析研究，然

后进行再创作。在原来素材的基础上，作了改动和补充，加以扩大和引申，丰富和发展了故事情节，它比民间文学素材更加优美动人。长诗中的刘三妹既是一位能歌善唱的民族歌手，又是一位富有反抗斗争精神的壮家女儿。所以说，长篇叙事诗《刘三妹》，是民间文学土壤中成长的奇葩，带着民间文学土壤的醇厚气息，又具有作者辛勤劳动的汗水芳香。

——严毓衡:《侬易天与民间文学》,《广西民族学院学报》1992年第2期

|作者自述|

我写《刘三妹》这首长诗时，没有局限于原故事传说内容，作了许多改动和补充，把故事情节大大地加以丰富和发展了。

我觉得“刘三妹”原故事内容流传下来比较简单。情节不够完整，人物性格也不够突出。在原故事传说中，刘三妹是被当作一位天才歌师来刻画的，但原有的那些情节，都不足以表现她真正是为人人所敬佩的歌师。因此我用了较大的篇幅，来描写她唱胜了许多歌手的场面，并把她放在壮族人民所特有的歌圩的环境中去。我想，刘三妹既是一位歌师，就不可能是与歌圩毫无关系的，把她放到歌圩这样一种特定的环境中去“考验”她，更能显示出她的聪明善唱的性格来。

——侬易天:《关于“刘三妹”原传说及其写作》，载《刘三妹》，作家出版社，1960，第87—88页

瑶寨诗抄

莎　红

背篓姑娘

你的脸膛那么宽，
你的脸膛那么亮，
篓带紧贴前额，
在山路上赶着太阳。

你背起满篓金谷，
仿佛背起一座大山，
双脚踏碎朵朵云团，

作者简介

莎红（1925—1985），本名覃振易，壮族，广西贵县人，1979年加入中国作家协会，曾长期从事广西民歌的整理与编辑工作。出版有诗集《山欢水笑》《边塞曲》《唱给山乡的歌》，童话诗集《公鸡和鸭子》，童话集《在密密的林子里》，儿童诗集《写给孩子们的诗》，翻译整理了壮族民间长诗《布伯》、瑶族民间长诗《密洛陀》。

作品信息

原载《人民文学》1961年第4期。

歌声像草叶上的露珠滚圆。

双手摇着银镯叮当响，
花边裙子迎风飘扬，
疑是天边一片云彩，
飞进翠竹掩映的寨门。

高山瑶家姑娘呵！
我为你唱一支歌，
赞美你那光亮的前额，
像盛满阳光的葵花一样……

高山水库

重重高山裹云雾，
重重云雾缠高山，
碧蓝碧蓝的金水湖，
镶在高山白云间。

高堤栽下迎风柳，
紫燕穿梭柳絮间，
鸭群嬉戏在水面，
银鲤摇鳍漂上天。

从前瑶家千般苦，
竹筒打水上高山，

崎岖山路十八盘，
进得寨门水喝干。

雨天山洪张虎口，
吞噬寨房和牛羊；
旱天遍地裂龟纹，
山林冒火石冒烟。

啊！高山水库哟！
渠水悬在峭壁间，
千年干旱要淘尽，
换来绿水绕青山。

高山水库哟！
你把穷山变富山，
春天储进一湖水，
秋天倾出粮万担。

｜文学史评论｜

莎红反映少数民族生活，不满足于生活的表象，而是努力深入发掘少数民族劳动人民身上那种勤劳刻苦、艰苦奋斗的精神和向往未来的美好信念，从他们平平凡凡、普普通通的言行中捕捉诗情。

——梁庭望、农学冠编著《壮族文学概要》，广西民族出版社，1991，第364页

反映现实劳动生活，塑造普通劳动者的形象，表现他们的劳动、生活和爱情，

歌颂他们美好的心灵和高尚的情操是莎红诗歌的重要主题和突出特色。诗人善于从平常的劳动场景里发现诗意，加以艺术的想象，化平凡为神奇，使普通劳动者升华为闪光的艺术形象。

——特·赛音巴雅图主编《中国少数民族当代文学史》，漓江出版社，1993，第473页

莎红的诗民族风格鲜明，艺术形式完整。他描绘形象和画面时，注重优美和谐，用笔较为细腻曲折，作品的语言也富有音乐性。

——李鸿然:《中国当代少数民族文学史论》，云南教育出版社，2004，第346页

莎红诗歌的民族特色来源于民族地区人民的生活。他二十几年来一而再，再而三地涉足于壮、瑶、苗、侗、毛南、彝、京、仫佬等少数民族居住区，触摸人民的思想与情感脉搏，体验民族的性格和心理内核，才写出了富有民族性格的诗作，而所显现的民族特色也是极其鲜明的。

——李建平等:《广西文学50年》，漓江出版社，2005，第76页

翻开莎红的诗作，扑面而来的是那强烈的时代气息。莎红的歌唱始终紧跟着时代的前进步伐，热情反映民族地区社会主义现代化建设的热潮以及日新月异的变化，从而显现其现代性的色彩。

——雷锐主编《壮族文学现代化的历程》，民族出版社，2008，第264页

| 创作评论 |

他的足迹遍布桂西北的瑶山、苗岭、壮乡、侗寨及彝族、毛南族、仫佬族山区和北部湾畔的京族三岛，写下了大量富有地方特点和民族色彩的诗篇，发现、辅导、培养了一大批青年作者，为我区以至全国民族文学事业的繁荣和发展作出了突出的贡献。

——包玉堂:《广西当代少数民族作家丛书·莎红卷·后记》，载莎红《广西当代少数民族作家丛书·莎红卷》，漓江出版社，2001，第255—256页

莎红诗的风格，不妨可以这样概括：抒情、柔美、清丽；是民族风情诗，是献给少数民族山乡热情的歌，醇香的酒。

——农冠品：《壮族诗群三家之比较——黄青、莎红、古笛诗创作初论》，《民族文学研究》1988年第5期

翻开莎红的诗集，清新的时代气息和浓郁的民族生活气息扑面而来，使人感到他的诗具有民族色彩和时代精神。

——陶文鹏：《织出时代花纹的壮锦——论壮族诗人莎红诗作的民族特色》，《民族文学研究》1984年第3期

在少数民族生活领域里，他作了深刻的探索，形成自己的见解。他不是不看到昨天狂风暴雨给这世界留下的创伤，而是觉得，诗人应站在更高的角度来观察世界，努力去把握这现实生活最本质的东西，深入发掘少数民族劳动人民身上那种勤劳刻苦、艰苦奋斗的精神和向往未来的美好信念，从他们的平平凡凡、普普通通的言行中捕捉诗情。

——农学冠：《谈谈莎红的诗歌创作》，《广西民族学院学报》1982年第2期

于一般事物中寓以深义，从普通景象中挖出新意，把“民族”与“时代”合而为一，让“历史”与“现实”紧密相连，将“平凡”与“特色”融为一体，以简洁画面传达丰富内涵，这正是莎红抒情诗最鲜明突出的特点，也是它最成功、感人的所在。

——陈驹：《论莎红的诗》，《学术论坛》1985年第9期

走坡新歌

包玉堂

奶奶的嘱咐

太阳照透山腰的浓雾，
林中百鸟齐唱着晨歌。
姑娘在房里换衣修容，
白发的奶奶一旁嘱咐：

今天是公社的休假日，
孙女儿要到野外去走坡。
老奶奶没有什么赠给你，
送几句真心话儿作礼物。

没有好样子莫绣花，

作品信息
原载《人民文学》1961年第6期。

没量好身腰莫裁布；
第一首情歌比金子还贵呵，
可不能轻易让它飞出心窝。

姑娘穿好美丽的花衣，
又从柜里拿出玉镯，
老奶奶帮孙女把手镯戴上，
嘴唇凑向姑娘的耳朵：

你要学会试探小伙子的心，
不要被漂亮的脸孔迷住，
有的人做活比南蛇还懒，
漂亮只是一具骗人的躯壳。

你要学会观察小伙子的手，
白嫩嫩的小手不值得爱慕，
那样的手举不起一把锄头，
只知道坐在家里贪吃喝。

还要练成一对锐利的耳朵，
去辨别那芝麻一样多的情歌，
虚假的心唱不出高调，
诚实的心才会开出幸福的花朵。

性急的姑娘把老人挣脱，
“奶奶，你真是太啰唆！”

老人跟着姑娘走到堂屋，
把竹篮挂在姑娘的胳膊。

情歌集锦

一

未曾出门先看天，
未曾连情妹讲先：
要学西河滔滔千年流，
莫学半滴露水在花边。

二

那天看见妹开荒，
高举锄头响当当，
去年闻了一次桂花蕊，
如今我，心还沉醉鼻还香。

三

上山听见金鸡叫，
下山看见凤凰飞，
金鸡凤凰成双成对飞去了，
勤劳的哥哥哟，
你瞧那情景多么美……

四

上塘采莲遇着藕，
下塘挖藕遇着莲；
勤劳哥连上了勤劳妹，
我的妹妹哟！
未来的日子定比蜜更甜！

壮山瑶峰

黄　青

壮山瑶峰

铁青铁青的壮山瑶峰，
耸立在云雾中；
太阳一点，天空像一个熔炉，
树——火青，霞——焰红。

壮家瑶家，你们在炼山？
来回像拉风箱，闹起千山风！
劈山头铺路，垒梯地，

作者简介

黄青（1919—1989），原名黄熙，壮族，广西武鸣人，1979年加入中国作家协会。曾在《作品》《诗刊》《广西文学》等刊物发表《红河渠遐想》《海南岛风采》《右江二题》《我们女英雄的一对眼睛》《早晨，我回望红河》等诗歌，出版长诗《生死的友谊》和诗集《山河声浪》，获全国首届少数民族文学创作奖、广西首届少数民族文学优秀作品奖。

作品信息

原载《诗刊》1964年第11期，收入《山河声浪》(漓江出版社1984年11月出版）。

烧石灰制肥，烟正浓。

把崖壁炼熟，把垌场炼熔，
芭蕉石上长，包谷石上种；
芭蕉吊红心，包谷挂红缨，
处处吐火花，满山一蓬蓬。

一炼山呵二蓄水，
筑起山塘挂在高山峰；
山水顺着竹笕流进屋，
高山上面养得龙！

休息一会，听崖水叮咚，
谁在把毛主席的诗词朗诵？
青年上俱乐部听广播，
对准北京敲响的时钟……

壮家瑶家万双手呵，
使石山翠绿葱茏；
那是你——高山公社的形象，
铁青的群峰耸入蓝空！

山中取胆人

天不怕，地不怕，
瑶家弟兄蓝老大！

虎背熊腰，
高山霹雷眼不眨。

坚山顽石呵，
单人独马怎开发？
穷思苦想心眼开——
找火药给社员去炸！

火药在哪？
岩洞里去挖——
敢取山中胆，
才能拔山的石獠牙！

一口岩洞深沉沉，
百条竹竿往下架；
竹架扎成入地梯，
不往上爬往下爬。

岩洞黑呵黑如漆，
想起开山满山亮煞煞；
岩洞窄呵像鼎锅，
想起辟山飞人马。

挖了又熬，
熬了再挖；
不见过白天，

三月成一夜。

一朝背出千斤火药，
分发社员埋山岩；
炮声轰隆轰隆炸，
满山满峰石开花！

石路闪，山塘亮，
山山玉米邀火麻；
壮山瑶峰红光里，
发出蓝老大的光华！

| 文学史评论 |

他的诗，贴近生活，且持之以恒地追求豪迈的气势，创造宏伟的境界，可见他年岁虽大，仍保持着战士的气质。当然，由于十多年来生活道路的坎坷，他思索着现实存在的许多严峻的问题，因而他诗中的气势增多了深沉、苍劲的韵味。

——梁庭望、农学冠编著《壮族文学概要》，广西民族出版社，1991，第341页

黄青的诗，把壮族人民的革命斗争作为中心内容，并以浓墨重彩歌唱了壮族人民的革命斗争。在诗的风格上，具有壮族民歌的浓郁的生活气息和热情奔放的情感。

——李建平等:《广西文学50年》，漓江出版社，2005，第77页

| 创作评论 |

诗，要有想象的翅膀，无它，诗思就飞腾不起来。读黄青的诗，每一首都有它的奇特点。

——农冠品：《壮族诗群三家之比较——黄青、莎红、古笛诗创作初论》，《民族文学研究》1988年第5期

由于作者对本民族的多灾多难的生活历史和多姿多彩的传统文化（特别是歌谣）比较熟悉和热爱（他虽然少写民歌体的诗，但他也能随口唱出不少传统壮欢），他善于从壮族歌谣宝库里选取那种出人意外的立意、构思和那种抒情、叙事有时偏爱单刀直入的方式和方法。

——黄勇刹：《山河声浪·序》，载黄青诗集《山河声浪》，漓江出版社，1984，第Ⅳ页

他的诗，没有个人的缠绵悱恻的低吟和优伤，只有血和泪交织的呐喊；他的诗，没有田园春色花前月下的恬静和安谧，只有深沉的怒吼与愤懑。如果把他和同时代的几个壮族诗人相比较，黄青的诗无疑是更富于战斗性的。

——姚正康：《壮族人民的战斗心声——读诗集〈山河声浪〉》，《民族文学研究》1986年第2期

1970年代

红河渠遐想

黄　青

新开的红河渠通到哪里？
那据点那线路纵横交织，
贯穿高山深谷前世后代，
连着历史长河，开创长河历史。

已经开辟，正在开辟，还要开辟，
壮丽的花纹刻遍祖国大地！
在无穷无尽的宇宙中，
又发现了新的银河系。

银河系乃亿万星球的公社，
各自纷飞又沿着轨道井然有序；

作品信息
原载《诗刊》1979年第1期，收入《山河声浪》(漓江出版社1984年11月出版)。

新的银河系也是亿万星球的长城，
其中有多少运行人间的星体。

马克思主义小组那些明亮的眼睛，
是最初形成的第一批；
井冈山上星火，长征路上红旗，
此起彼伏，前仆后继。

解放战场支前的滚滚车轮，
长江浪上万船强渡的英气。
接着红河渠工地人头攒攒，
铺天盖地纷飞的汗滴；

还有穿通隧道的风钻，
测量地下水的仪器，
以至勘测大地宝藏的人造卫星，
数着宇宙数据的电子计算机。

星体星云无边无际，
那不就是新的银河系；
乘着火箭上天回望，
红河渠浩浩茫茫，流向未来的世纪！……

寄自南方边境

敏　岐

箭　镝

铁路是鸣响的弓弦，
列车是飞驰的羽箭，
心，是一颗锋利的箭镝，
向南！向南！向南！

是不是：
南方的山最青？

作者简介

敏岐（1935—），本名许敏岐，四川富顺县人，中国作家协会会员。1959年毕业于四川大学中文系，分配到中国作家协会《诗刊》编辑部任编辑，1964年《诗刊》停刊，到《人民文学》任编辑，1973年到广西大学中文系任教，1991年到广西师范大学中文系任教。曾任中国散文诗学会副主席、中国散文诗学会广西分会主席、中国当代文学研究会广西分会会长。主要作品有诗集《风雨集》、散文诗集《绿窗集》《荒原的苦恋》、散文集《霜叶集》。

作品信息

原载《诗刊》1979年第5期，《甘肃文艺》1979年第5期转载。

南方的水最甜?
南方的北部湾上,
有着花朵一样的风帆?

是不是:
南方有我的亲人?
南方有我孩子的笑脸?
南方边境的城市呀,
花开四季，深荫常掩?

不呵不!
为了还击越南侵略强盗,
我的战友正在英勇作战。
祖国已经把强弓叩响,
是箭镝,
怎能不呼啸向前!

边境秧田

沉雷式的炮声还响在山那边,
一队民兵已在山冲里插田,
阳光照着发亮的枪口,
在他们肩头一灼一闪。

插呵，插呵，头也不抬一抬,
眨眼就染绿了一片蓝天,

插呵，插呵，头也不抬一抬，
眨眼又映绿了几重青山。

他们今晨刚从前线归来，
手上还带着缕缕硝烟，
无怪那横竖成行的秧苗，
也像战士进攻的散兵线。

不到南方边境，
很难理解战士的情感，
就连炮火下一片片绿秧，
却透着战士的性格和威严！

| 文学史评论 |

敏歧从60年代就开始写诗。他的诗歌深沉、大气，有男人式的多愁善感。他的创作大致分为两个时期：六十年代时期和七八十年代时期。前一个时期多是一些生活小诗，饱含激情，追求优美的意境，显得十分的纯，诗作在当时有一定的影响。写于1961年秋的《拉骆驼的黑小伙》和《九里里山圪十里里沟》在一个时期广为流传，并被谱成了曲子在全国传唱。

——李建平等:《广西文学50年》，漓江出版社，2005，第240页

1980年代

茶　歌

莎　红

白毛茶山绿了，绿了，
绿了白云，绿了山巅，
壮姑披起了花头巾，
三月的茶歌流出唇边。

歌哟！轻轻地流，轻轻地流，
像深谷里滑过苔藓的琴泉；
歌哟！轻轻地飘，轻轻地飘，
像春风吹拂着人们的心田。

歌声里唱出了茶姑的欢乐，
歌声里唱出了茶姑的心愿，

作者信息

原载《人民文学》1981年第5期，收入《边寨曲》（漓江出版社1982年10月出版）、《广西当代少数民族作家丛书·莎红卷》（漓江出版社2001年9月出版）。

她们唱着，她们采着，
翠绿丛中飞舞灵巧的指尖。

茶姑的新歌是唱不完的，
茶山的新茶是采不完的。
采哟，采哟，采了一片，
采哟，采哟，新绿一片。

片片新绿，层层翡翠，
茶山新景，日日增添，
哈！多么迷人的画卷，
像绿色彩绸铺上蓝天。

茶歌从天上飘下来了——
带着露珠，带着红霞艳艳
飘进了山下的茶坊里，
揉茶机的歌儿更动人心弦。

它比茶姑的歌唱得还美。
它比茶姑的歌唱得还甜，
不！揉茶机和茶姑在合唱哩，
歌唱着边寨茶山绿色的春天！

灯　火

莎　红

夜幕笼罩着边寨的群山，
彝家的寨子上一片灯火，
这里的一切沉浸在光的海洋里，
这里的灯光胜似天上银河星座。

我来到这山乡投宿，
本想寻觅边寨牧歌，
每一扇窗口睁开了明亮的眼睛，
纺麻、织锦、谈笑，一片欢乐。

不时传出了切切细语，
话音像窗外月色般柔和；

作品信息

原载《人民文学》1981年第5期，收入《边寨曲》(漓江出版社1982年10月出版)、《广西当代少数民族作家丛书·莎红卷》(漓江出版社2001年9月出版)。

不时传出了口弦声声，
弦声像金莺在唱着夜歌。

那扇窗口为什么这样明亮，
闪出的光线照亮了半山坡？
它是科研组成员的家哩，
年轻人在灯下把科技探索……

呵！多么迷人的夜景，
呵！多么动听的夜歌。
山下传来了电站马达声声，
夜里的山村绽开金花银朵！

写在丝绸之路上

敏　岐

赠西安

风也多情，
雨也多情，
洒在车窗上的两滴，
多像留别时，
你泪水模糊的眼睛。

西安，我也依恋你
　　钟楼的庄严，碑林的精工，
　　骊山的幽思，雁塔的风铃，
　　历史橱窗里的强大，

作品信息

原载《诗刊》1981年第12期，收入《振兴中华新诗选》(广西人民出版社1983年1月出版)，陕西省地方志办公室编《历代咏陕诗词曲集成 近现代部分(下册)》(三秦出版社2007年12月出版)。

　　地下废墟中的繁荣……
甚至是你那
　　太多的秋雨，
　　喧闹的市声……

我别你，急匆匆，
是因为你只是起点，
我还要沿着丝绸之路，
去重温
　　昨日历史的足音，
好迈上
　　今天生活的行程。

小雁塔，你在哪里

——雨急风斜，登大雁塔遍觅小雁塔不得

拨开秋雨，我四处寻觅，
小雁塔啊，你在哪里？

是太浓太浓的雨雾，
隐没了你的身躯？

还是这初秋的寒意，
已使你离群飞去？

不啊不！你绝不会飞离

你眷恋了千年的土地！

我呼唤你，我寻觅你，
出于这样一个急迫的心意——

我要亲自用手去抚摸，
大地抖动时给你留下的痕迹；
我还要你告诉我：新的创伤竟会
使旧的创伤愈合的秘密？[①]

秋风卷着冷雨，
小雁塔啊，你在哪里？

月牙泉

——月牙泉在敦煌城西南，嵌在一片大漠中间

跋涉在千里戈壁荒原，
是你拨亮了我惊喜的眼帘！
棕黄的大漠嵌一弯碧水，
悠悠地映着白云蓝天。

秋天，芦花正在放白，
晴空里有点点飞花扑面；
红柳掩着泉边的土屋，

① 小雁塔历史上经历过两次地震，第一次地震，塔被震裂开，但第二次地震，又使第一次地震留下的裂口合上了。

浓得像一团紫色的烟……

当地人都叫你月牙泉，
因你形似新月一弯；
我倒觉得你更像一张弓，
时代的臂膀正在把你拉满。

那晶亮晶亮的泉水，
不就是一支鸣响的箭，
只要一声弦响，
大漠就绿了一片……

星城风采

黄勇刹

巍巍青山塔，
塔下满山星，
不见牵牛和织女，
但比牵牛织女更含情；
颗颗眨着笑眼，
点点欲语无声，
远客问我此何地？
我道南国花果城——
南宁，绿海金星春常在，
南宁，柑星橙星香醉人。

作者简介

黄勇刹（1929—1984），原名黄玉琛，壮族，广西田阳县那塘村人。1940年代开始发表作品，1979年加入中国作家协会。歌剧《刘三姐》的主要执笔者，出版有论著《歌海漫记》《壮族歌谣概况》《采风的脚印》，与人合作出版有民间叙事长诗《马骨胡之歌》、《莫一大王》和长篇山歌体纪实文学《歌王传》。

作品信息

原载《民族文学》1982年第1期。

莽莽五象岭，
岭下满地星，
不见启明和北斗，
但比启明北斗亮晶晶；
近看弯弯蛾眉月，
远看盏盏聚光灯，
外宾问我此何物？
我道南国香蕉林——
南宁，香蕉产地曾断种，
南宁，如今蕉梳摆满城。

宽宽城中路，
路旁满树星，
不见金木水火土，
但比它们更迷人；
扁桃芒果菠萝蜜，
相思树挂相思心，
远朋问我此何珠？
我道王维红豆情——
南宁，红豆树下撑花伞，
南宁，两重荫盖过路人！

滔滔邕江水，
倒映满河星，
数不完的天星地星，

看不够的山星树星，
千帆竞发星起舞，
百舸争流星送行，
战友问我此何去？
我道披星戴月去长征——
南宁，好比大鹏展双翅，
南宁，飞向四化万里程！

| 文学史评论 |

黄勇刹的文学创作，虽然也积极吸收汉族文化和西方文化的素养，但在更大程度上是依附于本民族的传统文化。因此他的作品显示出强烈的壮族审美意识。

——梁庭望、农学冠编著《壮族文学概要》，广西民族出版社，1991，第373—374页

卓有成就的民间文学研究家、出口成章的民间歌手、才华横溢的诗人。

——李鸿然：《中国当代少数民族文学史论》，云南教育出版社，2004，第339页

| 创作评论 |

壮族民间文学这座绚丽多彩的百花园，熏陶着诗人、哺育着诗人；诗人也像一只辛勤的蜜蜂一样，在民间诗歌的花海中采花、酿蜜，使自已所创作的数万行诗歌里，处处闪烁着民歌艺术的光彩。

——覃录辉、冯艺：《民歌给了他诗的翅膀——浅谈壮族诗人黄勇刹诗歌的民族风格》，《中央民族学院学报》1986年第1期

他的精力仿佛山间泉水，总是那样充溢，总是那样永不休止，总是那样不安分，时时刻刻都向前冲击。除了民歌，对新诗的创作，同样重视而付出了心血，极力为新的世界，新的社会，新的人民，新的英雄事业，尽情放歌颂扬，终于获得可观的成果。应当说，把他看做仅仅是一位民歌手，显然未见其全貌，诗人的行列也该有他的一席之地。

——陆地:《衣带渐宽终不悔——纪念黄勇刹》,《民族文学》1987年第2期

忧郁与欢乐

韦其麟

忧　郁

被苍茫的云雾所封裹，
初升的太阳未能喷薄而出。

被高耸的大坝所阻拦，
激流变成转弯的旋涡在回环。

烈日下的绿叶在低垂，
而生机并没有枯萎。

哲人站在历史长河的岸上，

作品信息

原载《诗刊》1983年第4期，收入《含羞草》(湖南文艺出版社1987年9月出版)、《广西当代少数民族作家丛书·韦其麟卷》(漓江出版社2001年9月出版)。

让庄严的思想展开沉重的翅膀。

欢　乐

丰年的稻穗在社员心中摆荡，
纯洁的愿望在晴空自由飞翔。

蜜蜂为酿蜜而辛劳，
鲜花为结果而开放。

溪水去农田途中的匆忙，
竹笋穿过岩缝的艰苦与向往。

痛楚净化了灵魂的污浊，
真理在医治岁月的创伤。

国境线写意

莎　红

独户人家

边山幽径，
林荫苔滑，
踏着战士巡逻的脚印，
来到了高山独户人家。

屋中壁上挂着猎枪一支
熊掌、兽皮到处张挂。
主人是位老猎手，
百发百中不虚夸。

就凭着他手中这杆枪，

作品信息
原载《民族文学》1983年第8期。

多次活捉乱窜的熊罴；
就凭着他的一颗赤胆，
多次挑衅枪声被吓哑。

随我来访同志对我介绍，
他曾三次戴上了光荣花。
猎手自豪地笑了，笑了，
壁上猎枪闪着灼灼光华。

别看这里是独家独户，
千山万水日夜伴着它，
窗口——祖国的眼睛，
门槛——边关的铁闸！

彩色的糯饭

喜逢旧历三月三，
家里煮好五色饭，
彩色的糯饭香喷喷呀，
为何饭菜上桌未进餐？

阿爹焦灼地等，
阿妈热切地盼，
等着盼着饭菜都凉了，
等着盼着心里很不安。

妹仔匆匆跑，
跑呀跑上山。
哎！她边跑着又边喊，
声音好像鸟儿弄舌尖。

边防阵地静悄悄，
只闻空谷在答还，
妹仔甩着辫梢又往前赶，
哈！警戒线上多森严……

忽闻一阵枪声响，
林海怒涛卷硝烟，
边防阵地流水喧哗鸟歌唱，
战士踏着夕阳走下山。

哈！走呀走下山，
彩色的糯饭更香甜，
军民同举胜利杯，
欢度壮家三月三！

炊　烟

边寨浴着金秋的夕阳，
暮霭林中处处鸣归鸟，
座座竹楼火塘红，
升起炊烟袅袅……

淡蓝淡蓝的炊烟呀，
轻轻地飘，轻轻地飘，
像轻纱千缕，
像柔丝万条。

在暮霭中相约，
在霞光里相邀，
飘向峡谷，
绕上山腰。

谁不喜看这样的炊烟呢，
边寨秋天的黄昏多美好，
收工的社员笑了，
下山的牛羊笑了。

笑了，笑欢了小溪，
笑了，笑乐了林涛，
笑声随着炊烟飘得老远，
笑声随着炊烟飘得老高，

高高飘逸的炊烟拴着饭菜香，
高高飘逸的炊烟系着丰收调，
带去边民无声的语言，
飘到边防前线的岗哨。

哨卡里的英雄战士，
手握钢枪喜上眉梢，
他像承受火塘边的阿妈
——深吻！——问好！

夜里的歌

谁说法卡山下歌墟散了，
边寨的歌墟没有睡眠，
篝火在亮，
灯光在闪。

巡逻归来的勒包①来了，
插秧能手的勒俏②来了，
歌海潮涌，
浪花飞溅。

更深人未静，
夜半月更圆，
夜里的歌呀唱得更欢，
夜里的歌呀唱得更甜。

最新最美的歌——
唱给壮家边寨的春天！

① 壮语译音，即男青年。
② 壮语译音，即女青年。

最新最美的歌——
唱给八十年代的春天！

唱哟唱得边寨山更翠，
唱哟唱得边关更森严，
唱落了满空的星星，
唱亮了三月的夜天！

假　日

扁担儿，颤悠悠，
汗珠儿，滴答流，
歌在天上飞，
人在云中走。

她是谁，她是谁，
肩挑筐篓步声稠？
哈！商店模范营业员，
顾客谁不把她夸在口。

今天是她休假日，
假期闲着不好受，
边防前线摆货摊，
商店搬到山沟沟。

牙膏、香皂、手巾，

酥糖、饼干、蜜柚，
一声声笑扑进战士怀，
一片片情送到战士手。

别了哨卡走营房，
踏着战士脚印走，
一串步声响遍战斗英雄连，
个个战士好像迎来新战友。

新战士呵活雷锋，
同个壕堑御敌寇。
云里笑声像把货摊抬起来，
乐得枝头鸟儿吱啾，吱啾……

船家娶亲

——漓江速写

敏　岐

土铳在响。
迎亲队伍一路花伞，
在水影山光间摇晃。

“哪一个是新娘？”
一路奇峰探头，
都在新奇张望。

“呵，美得像一轮月亮！”
鬓边茶花一朵，
腰间柴刀闪亮。

“哪里是她的新房？”

作品信息

原载《诗刊》1983年第9期，收入《中国现代千家短诗萃》(广西师范大学出版社1991年1月出版)。

一叶隐隐红帆，
泊在迷蒙风浪。

这是山与水的婚礼，
山，增添了几分妩媚，
水，溶进了几分粗犷……

山村学校

张丽萍

山村学校

是那样偏僻，那样偏僻
鸟在这里垒巢，云在这里栖息
城市不知道你
电视教学网不知道你
山村学校像一口
不为人知的清潭
静静地躺在山村里

作者简介

张丽萍，广西宜州人，80年代初开始写诗，1984年参加中国作协诗刊社第四届青春诗会，在《诗刊》《诗歌月刊》等刊物发表诗歌，出版诗集《南方，女人们》《昨天的月亮》《广西当代作家丛书·张丽萍卷》等。

作品信息

原载《诗刊》1984年第2期，收入《南方，女人们》(广西民族出版社1985年8月出版)。

你没有睡去，没有睡去
琅琅的读书声醒着
苦楝树下的思索醒着
土垒的墙报哨兵似的林立
醒着的还有上面写满的
物理、化学习题
甚至就是古榕下破旧的吊钟
都向荒野透露出你
生气勃勃的信息

没有一堵墙一根柱
经过现代的粉刷
任何一块斑驳的青砖
都是古代砖瓦匠的杰作
（现代的主人竟使它不朽）
黄沙土球场的小草
尽是随意长的
只有教室旁平整的冬青
分明经过匠心的修理

山村学校静静地
躺在山村里
你映着星，星像花一样美丽
你繁衍着藤，藤像钢缆一样坚毅
你把山村的未来
静静地酿就在怀抱里

老校长

山里的秋霜
凝在你头顶了
你把几千个日日夜夜
奉献给了你的学校

你是虔诚的
尽管你不是求佛的香客
而学校早不是当年的庙宇
雁来了几批
雁过了几批
你倒像铺路石碑上的篆刻
死心塌地留在了这里

留在这里
跟水碾旁苦涩的歌作伴
跟土房里期待的心作伴
跟每一双从牛蹄窝、稻草堆
　　走来的脚印作伴
你和山里的希望在一起
你和山里的未来在一起

由于你和你的诚意
有一天，那么一个明丽的早晨

山村会抖落她的贫穷愚昧
露出她新娘般的辉煌艳丽

民办老师

照乡里人的说法
他是吃谷的
能脱出白花花米的谷
能舂成艾馍糍巴的谷
能包成香喷喷粽子的谷
能做种子的谷
养育了他这个民办老师
不是牛，但他挤出来的是奶
无论上课和下课
都有一群羊羔似的学生
簇拥着他，问这问那
上至天文，下到地理
他是学生随时可以
翻开的百科全书

学校总务的购粮册上
是没有他的名字的
但这又有什么关系
写着他名字的责任田
嵌在广袤的田野里
他愿自己也变成一颗谷

撒在需要播种的山村里

学生宿舍

四根立柱架一顶草棚
大地便让出这方草地
接纳他们课前的匆忙
接纳无声或有声的早读
接纳熄灯后他们的
每一个飞向未来的梦

简陋得不能再简陋
泥糊的竹篱笆
常常漏进些清脆鸟啼
雨天，屋顶还会滴落
颗颗晶光闪闪的水珠
他们用盆用碗接着
这好听的声音拌甜了
他们多少清苦的日子

一年四季都很潮湿
潮湿的房屋，歌声不湿
课前，饭后，从女生初红的唇边
从男生刚刚发育的胸腔飞出
很晴朗，没有阴云一丝
中学生的活力和朝气

挤得寂寞空虚没有位置
十三四岁的自信乐观
仿佛就生于这简陋屋里

啊，学生宿舍
你是骄傲的
作为人生的第一个驿站
你提供给山村孩子的
不仅仅是知识……

| 文学史评论 |

诗人把她在生活中获得的这种美——被我们这个躁动的时代忘却了、遗漏了，甚至是有意忽略不计的一种美，甚至一种人生心态——化作精美的诗行，送到我们面前。

——李建平等:《广西文学50年》，漓江出版社，2005，第265页

| 创作评论 |

从素朴写实主义发展而来的张丽萍，既有一般女性诗人直觉很好的特点，也有男性文学家尚真求意的特点。正如她在女子清柔多情的性格里自然流露一种洒脱豪爽的刚质一样，她的艺术个性也是柔中寓刚，真中含美，素朴中见出华彩。

——吕嘉健:《以如许的期待生长于斯——张丽萍诗集〈昨天的月亮〉解读》，《南方文坛》1994年第4期

从张丽萍的创作来看，她比较擅长的是从现实生活中一些平凡普通的人物、场景中过滤动人的诗意，撷取柔美的诗情，真切地贴近人们的心灵。

——张兴劲:《诗美意向的倾斜——读〈法卡山，法卡山〉》，《南方文坛》1988年第3期

南方的女人

张丽萍

诗人用比喻的金线替你织网
画家们给你的身形以永新的不朽
——泰戈尔

石榴妈

石榴开花时你生下一个女儿
所以你有一个花一样的名字
挂在全村人的口上

其实，你早开过花了
现在，是躲在密密的枝丫间
躲在浓浓绿绿的希望里

作品信息

原载《诗刊》1984年第8期，收入《南方，女人们》(广西民族出版社1985年8月出版)。

躲在红红火火的向往中
为充满玲珑秀气的南方乡野
为石磨般旋转着的悠长日子
镀一层痴痴迷迷的芬芳

清晨，山村还在梦里
你就起来了，轻手轻脚
井边，两只木桶吊出几声鸡唱
灶门口，划一根火柴
点燃温馨的炊烟
点燃开始流汗的匆忙

南方的天老是多雨
雨，缠绵而又清凉
你竹叶纺织的斗笠
像石榴花一样常常戴在头上
在田野，在山冈
即使会有突然而来的暴雨
你的心却永远晴朗

你喜欢穿深颜色的衣裳
上面缀着你亲手纽成的布扣
（也像石榴花形状）
你总打着赤脚
把宽宽的裤脚挽起
这样方便，到河边洗衣

下水田插秧
你赤脚走到哪里
哪里就照亮一片春光

在你默默无闻的劳作里
你的女儿石榴花般开放
她上大学念书了
（胸前有一朵比石榴花还美的徽章）
望着她闪出那片甘蔗林
你心里就流出了蜜糖

石榴妈，石榴妈
你自由自在地
走在你开遍石榴花
结满石榴果的村庄

那串钥匙声

我认识你
记得你那串钥匙声

那天，行走在山路上
电闪雷鸣在我头顶穿梭着恐怖

大雨抹去了青山，抹去了丛林
整个世界仿佛沉入水底

隐隐听见
　　是一阵鸟鸣？是一声召唤？
你丁丁零零地跑出门来
把我引入窗明几净的房间
一瞬间，我
卸下了沉重的孤独和陌生

啊，那一串钥匙声

在悦耳的丁丁零零中
你跑着给我倒来一杯热茶
递给我一条擦脸的毛巾
你用人世间最温暖的情意
留住了我这个困顿的过路人

啊，那一串钥匙声

我们很快就熟悉得像姊妹了
你丁丁零零的话语
使我知道，一村子姑娘
就你吃上了“国家的粮”
叔嫂们说你走运
姐妹们羡慕得红了眼睛
这些你都郑重地穿入钥匙圈里
把招待员的责任和钥匙一起
牢牢地挂上了腰身

从此，奔忙于这个傍着青山的小院
接待每个路过的行人
你的生活变得
像腰间洒落的钥匙声一样动听

过去多少年了
当我在风雨的山路上行走
耳边总响着
啊啊那一串悦耳的丁丁零零

棉纺厂的女儿

都说这里是女儿的世界
花的王国
都说这里的小伙子
再丑也不愁找不到老婆

可是小伙子们都了解
花儿好看并不好惹
谁要投去一丝鄙夷的眼神
或一声轻浮的口哨
那荡着湖水的眼睛会突然冒火
再漂亮的小伙子
也会被骂得灰溜溜的
而且那嗓门
跟织布机声一样如大雨瓢泼

当然，小伙子们也了解
女儿世界的公主们
司管着柔情，主宰着快乐
当她们从织机声中走出来
就像一群翩翩的天鹅
世界有多丰富她们就有多丰富
她们喜欢《白朗宁夫人十四行诗》
迷恋健美和深奥的哲学
当柳丝般的柔发垂向厚厚的书本
谁都相信，这个世界不再荒漠

在她们手中一根细细的毛线
也能织出小伙子的赞叹和惊愕
小伙子们懂得
（并非想入非非）
她们现在是巧女儿
将来一定是巧媳妇
一定是巧妈妈
谁能得到她们，即使天天挨骂
也是很幸福很幸福的

醒来的大山

农冠品

愿作大小匀称的石头
把那大厦托住。
愿作薄厚均匀的砖头
把那豁口合严。
摇篮中成长的年青一代的思想
放射着永不熄灭的火光。

我倾注我全部的爱慕
热爱我的祖国。

作者简介

农冠品（1936—），壮族，笔名夕明，侬克，广西大新人，中国作家协会会员。1960年毕业于广西师范学院（今广西师范大学），曾任广西文联副主席、广西民间文艺家协会主席、中国民间文艺家协会副主席。出版诗集《醒来的大山》《泉韵集》《爱，这样开始》《相思在梦乡》《晚开的情花》《岛国情》，散文诗集《风雨兰》《热土草》，作品合集《广西当代作家丛书·农冠品卷》，评论集《民族文化论集》。曾获广西文艺创作铜鼓奖、全国民族团结征歌二等奖、广西民族文学优秀奖、广西壮族文学奖。

作品信息

原载《民族文学》1984年第11期。

我要以鲜奶般纯洁的理想
点缀我的祖国。
我要给祖国插上翅膀
飞向最理想的高峰。
我愿祖国的各个角落
响起惊雷般的歌声。

朋友，你是否游览过
巍然屹立的高楼大厦？
你是否看见过
把太阳和高楼大厦同时托起的举重者？
我在阳光的摇篮里成长，
你在太阳的暖流里酣睡。
我胸中的激情
伴随着高楼大厦升腾。

影　印

太阳，还没有
露出它的脸面。
在大山深谷里，
洁白的雾迷茫，
淹没了崖石、杂草，
淹没了山间木屋……

雾深处，

传来几声鸟叫，
同时，传来铿锵的
锄头与顽石的撞击声。

是山民，
赤裸上身，在给
责任山挖树坑。
他年轻的妻子，
默不作声，却微笑着助阵，
双手，把刚栽的苗扶正……
小两口，同培育
金色的希望，以及
致富路上的信心……

雾，消散了。
朝阳照亮大山。
早醒的夫妻，
站在家乡的
大山之巅。
霞光，将他俩
高高的身影，
影印在家乡的土地上，
——那是大写的
山的主人！

石头与鸟

这小小山寨，
曾被历史遗忘，
在沉寂、偏僻的深山。
晨间，妇人默默地
升起无声的淡蓝色的炊烟。
夜间，几盏小油灯，
闪着微弱的光，
在山风中摇晃。
山崖的流泉，
多少日月，
无休止地流淌，
为山里人家的命运，
发出长长的悲叹！

不知是什么时候？
茅舍，一座座拆除了，
砖砌的新屋，
石灰粉刷过的墙，
映着山花，绿树，
青山和小电站……
新居的屋顶上，
生长起挺拔的“信息树”。
“信息树”，接收来——
每天的新闻，

世界的风光……
展现在荧光屏上。

是的！连山间古老的石头，
也睁开沉睡的双眼，
在把今日深山的一切瞩望——
静谧的洞房，
垂着花绸帘子的窗，
立体音乐从那里轻扬。

深山里的鸟儿，
也默默地扪心自忖：
该更换老调儿啦，
丢掉单调和悲凉；
唱一曲《大山的苏醒》，
和醒来的山里的人，
以及他们似锦的前程……

蜜，流进……

是星星
落满他家的果园？
不！是金桔成熟啦，
树树亮晶晶。

天未亮，果园的主人

就打开他两扇柴门。
儿子，把拖拉机
开上果园的通道，
轰轰隆隆，空空腾腾，
把树枝上的露珠
抖落在
刚过门媳妇的花头巾上……

趁着太阳未出山，
一家人，忙碌采摘
流蜜的金果，
一个个，留着夜露的
阵阵芳馨……
老父亲，一边摘果，
一边尝尝新——
蜜，流进他曾经
浸透苦水的心，
也沾满他的
曾经干裂的嘴唇……
一只小蜜蜂忙飞来，
为他人助兴，
歌声嗡嗡，嘤嘤……

一车财富
一车欢欣……
儿子，开足马力

把拖拉机开上山道，
沿着潺潺的山溪，
穿过密密的树林……
身边，有他的妻子
一路香风艳丽的头帕
似一朵山花，与朝晖相映……

拖拉机的轰鸣，
山里勤劳的、早醒的人，
像深山报告黎明的
吉祥之鸟，把
这山，这水，这花，这草，
从长久的沉睡中唤醒！
早啊！大山里的专业户人家！
好啊！从梦中早醒的、赶在
时光前头的人！

| 文学史评论 |

农冠品的诗歌创作，格式多样。他从民间歌谣、古典词令之中吸收不少营养，也从国外自由体、半格律体的诗里学习一些有用的东西。古为今用，外为中用，使诗歌民族化，与时代同步，可说是诗人一贯努力追求的。因而他的诗歌语言清新，通俗，流畅，富有节奏感和音乐美。

——梁庭望、农学冠编著《壮族文学概要》，广西民族出版社，1991，第377页

农冠品的诗歌创作，内容广阔，形式多样，有着强烈的时代感和深刻的民族

意识。

——特·赛音巴雅尔主编《中国少数民族当代文学史》，北京十月文艺出版社，1999，第435页

他在作品中，既展现山乡的烂漫色彩，也表现了山乡的古老和贫困，写出了新时代新观念对山乡的影响。

——李建平等:《广西文学50年》，漓江出版社，2005，第245页

农冠品的诗注重从壮族民族性的内部挖掘，首先剔除其保守封闭的内容，在弘扬其从远古一直流传下来的人性脉流，把它们化作热情而焦灼地推动本民族前进的讴歌。

——雷锐主编《壮族文学现代化的历程》，民族出版社，2008，第308页

| 创作评论 |

农冠品大山诗给我们的启发是 ：只有从民族历史文化的深度，以立体的、客观的、全方位的艺术视野，抒写大山里山民们的泪与笑，开掘民族精神的善与恶，展现民族灵魂的美与丑，从而在严峻的现实中给人感奋的力量，鼓起民族的精神斗志，铸造崭新的民族灵魂。这是包括农冠品在内的各位民族诗人的文学责任和历史使命。

——黄桂秋:《大山的泪与笑——读农冠品的大山诗》,《南方文坛》1988年第2期

农冠品的诗歌，绝大多数都是对生活有了真情实感之后，从心灵深处喷涌出来的感情的泉流。诗人的感情与人民的感情、民族的感情以及时代的感情息息相通，他的诗折射了时代的光照。

——黄绍清:《抒发真情 开拓诗境——读壮族诗人农冠品的诗》,《广西民族学院学报》1984年第2期

淙淙山泉，在翠绿的山间，奔腾跳跃，叮咚作响；金色凤凰，在壮乡的大地上，展翅翱翔，悠扬歌唱……这是壮族诗人农冠品诗歌给人的感觉。他的诗，感情自然充沛，情调昂扬激越，给人以乐观向上的力量。

——农作丰：《金凤凰的歌——壮族诗人农冠品及其诗歌创作》，《民族文学研究》1991年第4期

| 作品点评 |

《醒来的大山》，热情赞颂了“醒来的”山民们。改革的潮流汹涌澎湃。城市、工厂、平原当然首先赶来一大批“弄潮儿”，但是，在农村，在边远的山区，在几乎与世隔绝的深山里，改革的风潮也无阻无碍地奔来了，唤醒了年轻的山民夫妇。

——梁庭望、农学冠编著《壮族文学概要》，广西民族出版社，1991，第375页

走向花山

杨　克

一

欧唷唷——

我是血的礼赞，我是火的膜拜

作者简介

杨克（1957—），生于广西南丹大厂矿区，在《人民文学》《诗刊》《新华文摘》《十月》《中国作家》《世界文学》《上海文学》《花城》《当代》《中华文学选刊》等发表了大量诗歌、评论、散文及小说。诗文收入《中国新文学大系（1976—2000）》《中国新诗百年大典》等350种选本，在人民文学出版社和台湾华品文创有限公司等出版《杨克的诗》《有关与无关》《我说出了风的形状》等11部中文诗集、4部散文随笔集和1本文集。日本思潮社出版了日文版《杨克诗集》、美国俄克拉赫马大学出版社出版了英文版《地球苹果的两半》、西班牙萨拉戈萨大学出版社出版了西班牙文版《地球苹果的两半》，蒙古、韩国、罗马尼亚等也翻译出版了他的诗集。主编《中国新诗年鉴》《朦胧诗选》《他们》《给孩子的100首新诗》等多种诗选。曾获中国当代诗歌贡献奖，首届中国双年十佳诗人奖，广东第八届鲁迅文艺奖、第七届广东“五个一工程”奖、首届广东德艺双馨中青年作家、“广东特支计划”文学领军人才，广西首届文艺创作铜鼓奖，第二届青年文学创作奖，第三代诗人杰出贡献奖，“刘禹锡诗歌奖”首奖，台湾第二届石韵新诗奖第一名，台湾《创世纪》40年优选奖等多种奖项，获评百年新诗人物，百年百位诗人。曾担任茅盾文学奖评委，2018年鲁迅文学奖诗歌奖评委会副主任。

作品信息

原载《广西文学》1985年第1期，收入《图腾的困惑》（漓江出版社1990年8月出版）、《广西当代作家丛书·杨克卷》（漓江出版社2004年5月出版）、《太阳鸟》（广西民族出版社1985年出版）、《广西诗歌地理》（广西师范大学出版社2017年9月出版）。

从野猪凶狠的獠牙上来
从雉鸡发抖的羽翎中来
从神秘的图腾和饰佩的兽骨上来
我扑灭了饿狼眼中饕餮的绿火
我震慑了猛虎额门斑斓的光焰
追逐利箭的铮锹而来
践踏毙兽的抽搐而来
血哟，火哟
犷厉的美哟
我们举剑而来，击鼓而来，鸣金而来
——尼罗！

从小米醉人的穗子上来
从苞谷灿烂的缨子中来
从山寨垌场和斗笠就能盖住的田坝上来
我是血之礼赞，我是火之膜拜
抡着砍刀的呼啸而来
仗着烧荒的烈焰而来
血哟，火哟
丰腴的美哟
我们唱欢[1]而来，雀跃而来，舞蹈而来
——尼罗！

绣球跟着轻抛而来

① 欢，壮族山歌之一种。

红蛋跟着相碰而来
金竹毛竹斑竹刺竹搭成的麻栏[1]接踵而来
白米糍粑打上我的印记
五色糯饭飘出我的诱惑
我是血的礼赞，我是火的膜拜
血哟，火哟
崇高的美哟
我们匍匐而来扬幡而来顶礼而来
尼罗——尼罗

二

一支支箭镞
射向血红的太阳，射向
太阳一样血红的野牛眼睛
兽皮裹着牯牛般粗壮的骆越汉子
裹着
斗红眼的牯牛一般咆哮的灵魂
脚步声，唔唔的欢呼
漫山遍野
踏过箭猪的尸体的同伴的呻吟
把标枪
连同毫不畏惧的手臂
捅进豹子的口中

① 壮族双层建筑民居，上住人，下养牲口。

山，被血液烧得沸腾了
心旌，森林
卷过凄厉的穿林风

香喷喷的夜晚
架在篝火上
毕毕剥剥的湿柴
迸出了满天星星
迸出了
布伯斗雷王的传说
妈勒访天边的故事
羽人梦

火灰，早已湮灭了
只有亘古不熄的昭示
仍在崖壁上的熊熊燃烧
比象形文字还要原始
比太阳还要神圣

三

连风都被杀死了
狼藉的山野，躺着
吻剑的头颅，饮箭的血
血染的尸骸

躺下了纷乱的马蹄
丁丁当当的杀戮、宰割
残忍和冷酷
只有“嗡哄嗡哄”的铜鼓
召唤弓、召唤剑、召唤着藤牌

母亲，没有绝望地哭喊
部落的废墟
崛起了年轻的村寨
文明跟随野蛮又一次穿越过死亡
那位用断臂擂响红铜鼓的美丽少女
被山歌传颂着
获得了一个民族的崇拜

被利刃割断的炊烟
在河岸上茂盛地生长
血泊的沼泽
遗弃了英雄的铜鼓时代
可战争却一直没有生锈
神圣的血，罪恶的血
波动着鲜红或黯淡的色彩……

四

穿过风卷起的浪，穿过浪撕碎的帆
跳上无帆的独木舟

追赶淌着血的熊，追赶射杀熊的箭
奔向佩箭的猎手
朝打鱼的奉献
朝撵山的奉献
美的裸露，力的温柔

积血消融了，浪花将孤独卷走
崇山峻岭间，奔泻着爱的湍流
鱼和熊掌黯然失色
青春和心，点亮炽热的红绣球

| 文学史评论 |

1985年春，他在《广西文学》发表了组诗《走向花山》，连同当时开始的“百越境界”讨论，立即产生了极大反响。他的这一类诗，展现的是神秘、粗犷、原始的气韵和辽远、神圣的诗歌境界。

——李建平等:《广西文学50年》，漓江出版社，2005，第258页

| 创作评论 |

杨克的诗有一种让人浑身炽热和焚烧的力量。的确是红土如焚，波浪如焚。以红河和红土为象征，他让人意味到火和血，那火既是现实的新生，又是烛照远古幽暗的那一抹微光。

——谢冕:《南方寻找语言——序〈图腾的困惑〉》，载杨克诗集《图腾的困惑》，漓江出版社，1990，第5页

从倾听、观望、追忆到漫步姿态；从变形、晕眩、记忆到言说；从声音、时间、

空间到元素的意象，杨克的创作似乎完成了一次战略性合围。但是，诗的精灵的脚步还在中途舞蹈。前方是天堂抑或地狱？这恐怕不能乞灵于街道两旁的算命先生，而应当乞灵于精灵强劲有力的脚。

——张柠：《裸舞的精灵——论杨克诗歌的几个基本意象》，《文学评论》1996年第1期

虽然杨克写了广州的酒吧、机场、火车站等等当地的都市景观和空间，但我们不如放大来看，杨克实际上代表了中国都市化转型和都市诗歌的一个高度，更为重要的是，杨克的诗歌写作有一种全球视野。

——何言宏在南国书香节举办的“杨克诗歌作品研讨会”上的发言，转引自《穿越现实物象的精神呈现》，《深圳特区报》2016年8月30日第B01版

杨克直接参与了最近30年中国诗歌的精神、思想和文化运动，并在这个过程中成为一个极具实力的有重要意义的诗人，因此，应在一个更长的历史跨度和更大的格局上来看待杨克的写作。

——张清华在南国书香节举办的“杨克诗歌作品研讨会”上的发言，转引自《穿越现实物象的精神呈现》，《深圳特区报》2016年8月30日第B01版

杨克是实力派诗人，也是有行动力有远见的诗歌史家。他既写下了属己的诗歌个人史，也借用年鉴学派的办法记录了90年代以来的诗歌总体史。

——胡传吉：《杨克诗论——兼谈世俗生活的入诗之道》，《当代作家评论》2017年第5期

在青年诗人中，杨克是很有见识、很有成就的一个。

——敏歧：《美的祭奠——读杨克的三首诗》，《阅读与写作》1996年第7期

从寻根大地到漫步城市，从沉寂旷野到喧嚣市场，从水与土到火与金，这是杨克个人生活的轨迹，也是他诗歌创作的轨迹。一个值得称道的诗人是始终处于变化之中的，没有转变的诗人永远只是工匠而不是艺人，工匠只知低头砌砖，而艺人则在思考着该建什么样的房子以及该如何把房子建起来。杨克三十多年来不断更新着的诗歌创作轨迹让我们看到了他日渐的成熟与从容，我们也希望他在以后的诗歌创作生涯中能够踏出一条更加独立更加深刻的艺术道路，那将是中国新诗的大幸。

——黎学锐:《从大地寻根到城市漫步——文化诗学视野中的杨克诗歌创作》，《歌海》2011年第5期

图　腾

杨　克

那天在博物馆你轻轻叫一声
我突然悟出那被唤醒的名字是我
在白莲洞捕盲鱼的高颧骨塌鼻梁微突下巴的柳江人是我
蹲葬在桂林甑皮岩蹲了一万年蹲成化石的是我
皮肤上斑斓如壮锦如侗锦如苗锦的花纹隐去
只在红的灰的印纹陶片上留下辉煌记忆的是我
左耳挂着太阳右耳挂着月亮灵魂随悬棺沿岩崖壁升高升高
走进永恒走向无穷成为遥远的是我
那个拥衾抱雏坐于寝榻称为产翁的父亲是我
那个不落夫家招婿入赘崇尚舅权的女人是我
棯子花谢了山楂果谢了星星也谢了
一直坐在岩石上唱山歌岁岁年年唱山歌的肯定是我

等待逝去岁月的是我
记得将来一天的是我

作品信息

原载《青年文学》1985年第8期，收入《图腾的困惑》(漓江出版社1990年8月出版)、《广西当代作家丛书·杨克卷》(漓江出版社2004年5月出版)。该诗所属的组诗《红河的图腾》获第二届青年文学创作奖。

去年在洛杉矶你低低吼一声
我突然发现那用砍牛膂力挺举中华骄傲的好小子是我
从航天研究所傻乎乎飞出的羽人梦是我
在未来学年会上宣读论文随后去扭迪斯科的是我
唱着祈雨歌跳起蚂蜗舞
从花山石壁一跳跳上周氏兄弟画布的土红人是我
穿过金田烽烟右江弹雨
旗帜上永远像眼睛一样睁着的伤口是我
那棵鬼柳树上古古怪怪学黄婉秋唱情歌的咧咧鸟是我
那个能说英国话日本话广东话普通话的漓江船牯佬是我
江河改向了山川改向了风雨也改向了
一直鲜红奔流远远久久奔流的红水河肯定是我

逝去的现实等待的是我
将来的历史铭记的是我

那天在街上看见你的面孔他的面孔拥拥挤挤的面孔
妈的我突然明白原来我就是你你就是他他就是我

| 作品点评 |

在《图腾》一诗中，以并列跳跨式的意象排列，把人们引入这种民族生活、民族文化的氛围，诗中的“我”是具有超时空意义的、高度抽象的“图腾”的化身，成为了无时不在、无所不在的氛围感的主宰。

——兴劲:《追求氛围感和历史感》,《青年文学》1985年第8期他看到一个古老民族的图腾。他的诗的意蕴都从这个图腾中生成："那天在博物馆你轻轻叫一声，我突然悟出那被唤醒的名字是我。"我作为现在存在方式的个体，本身就是那个过去生命和未来生命的总构成的一个成分。他正"走进永恒走向无穷成为遥远"。这个微小的个体积淀了历史和整个民族全部的文化心理和品质。

——谢冕:《南方寻找语言——序〈图腾的困惑〉》，载杨克诗集《图腾的困惑》，漓江出版社，1990，第5—6页

山之阿　水之湄

林白薇

走进你赭红色的吟哦

走进你赭红色的吟哦
想起祭神祭牛祭青蛙
祭得雷声云声
自天边响入青铜鼓
睡成云雷纹
　　啊，山上是谁在唱
　　啊，山下是谁在唱
　　骑上矮种马

作者简介

林白薇（1958—），现用名林白，广西北流人，中国“女性主义文学”重要作家之一。1970年代开始写作，1997年出版《林白文集》4卷。著有诗集《过程》，长篇小说《一个人的战争》《说吧，房间》《万物花开》《妇女闲聊录》《致一九七五》等，出版中短篇小说集《子弹穿过苹果》《致命的飞翔》《同心爱者不能分手》《回廊之椅》等，散文随笔集《丝绸与岁月》《德尔沃的月光》《像鬼一样迷人》等。其中，《妇女闲聊录》获华语文学传媒大奖年度小说家奖；《北去来辞》获十月文学奖、《当代》年度长篇小说“五佳”、新浪中国好书榜年度十大好书之一、第三届人民文学长篇小说双年奖、第五届老舍文学奖，曾获首届及第三届中国女性文学奖和第九届茅盾文学奖提名奖，作品被译为日、韩、意、法、英等文字在海外出版。

作品信息

原载《广西文学》1985年第8期，收入《过程》(辽宁人民出版社2017年6月出版)。

赶歌圩

走进你赭红色的吟哦
盘歌排歌嘹歌
在你腰间翩然如零陵草
唱远了火塘
唱近了星星
唱成南方的黄月亮
　　达努，达努
　　啊，不要忘记，不要忘记
　　到了夜晚
　　去踩月亮

你的吟哦无伴奏
就那样赭红在我的血液里
就那样黛绿在我的头发里
一唱唱了一百年
一唱唱了一千年
那个拉马骨胡的后生至今没有老

没有老在山上
没有老在水边
唱歌呀
唱歌呀
骑上单车像骑两枚月亮的姑娘唱歌呀
骑上太阳像骑九辆摩托的后生唱歌呀

樵　歌

山皂角野芝麻猎猎风响的记忆
咿咿哑哑哦哦
从石头隙挤出
就是那只白肚子鸟
那片黑白相间的羽毛
　　先民的翅膀
　　是樵歌

是谁
曾经站在那里
年年缭绕不散年年年年
一片风一片雨
就是那样呼应
就是那样

甜甜的稔子红红的太阳
缠在头上的布巾
敢喝烧酒的女子
摺被歌锡茶壶火塘的喧嚷羽人的
　梦境

黑水河红水河
全是樵歌变的

咿咿哑哑哦哦
流转，渗透
如同生命
如同爱
渴望飞
有一群人，还有一群人
木头做不成翅膀
歌却柔软而顽强

林　妖

没有鞋子穿没有衣裳穿
林妖
你嫉妒谁

只有山歌
只有满山满河你的击掌声
由于美丽
便绿绿地睡成山峦
绿绿地站成森林
林妖
你好自在

扎一只木筏
从山林到山林
摘一张木叶吹成歌

跳着你的赤足舞
远处，有人敲响铜鼓
也有人凿一幅崖画在江边
欢腾，跳跃
从古到今

你呢，林妖
我知道你想放一只
红气球

七月十四

　　夏日河边
漂了几双鞋子
小木屐
　　浅蓝，浅黄
漆了花上了桐油钉了一条红胶带
那几双小木屐
在夏日的河边

七月十四是鬼节
圭江河里的水就绿绿的
绿绿的像水晶宫
绿绿的像王母娘娘的大翡翠
芭蕉叶也掉在水里了
龙眼叶也掉在水里了

　　河水就绿绿地眨着眼睛
眨着眼睛孩子们很高兴

木屐便没有人穿了
漂在夏日的河面
　　孩子们呢
　　河里的水妖呢
夏日的河面
绿得静静静静的
小螺串竹哨子铁弹弓木陀螺
被吸走了
　　被水吸走　　在
七月十四的河边

只有妈妈们的哭声
很细很细
像岸上的柚加利花
米黄米黄
漂落河面漂得很远

老人们妈妈们孩子们
都说
七月十四
不能下河
不能游泳

南方的根

黄 堃

垦

小小的一片山地
浅浅的一秋丰收
都让山风传得绵长绵长
——垦荒的前夜
所有的人都向着密林肃立
庄严举起锄柄
祈祷成熟祈祷萌芽

作者简介

黄堃（1962—2006），壮族，广西武鸣人。有小说、散文、诗歌、评论、财经论文近200万字散见于海内外百余家报刊。出版诗集《远方》，散文集《远离天堂》。曾获全国第五届少数民族文学奖、广西文艺创作铜鼓奖、广西首届青年文学奖。

作品信息

原载《中国作家》1985年第6期，收入《广西当代作家丛书·黄堃卷》(漓江出版社2004年5月出版)。

垦
祖先们的声音在人群头顶轰鸣
生存的心愿
不属于悠闲的等待
不属于坐在石头上的痴想
——仅仅向野生的枝头索取
是密林人的耻辱呵
创造的血液
在他们的血管内拍出自信的潮音

垦，选择一处向阳的圣地
默默，没有伐木时惊喜的呼喊
没有拉纤时期待的喘息，默默
在烧得焦黑的处女地上
翻起油黑湿润的土块，悄然
为种子们
准备了一个温暖的故乡
从此，土地唱给太阳的情歌中
把垦荒
当作序曲

诱惑节

走进密林最深处的男人都会回来的
都会回来
在晚秋的最后一天

在诱惑节

女人们的心绪坦然涂在唇上
月亮好热
用嫩嫩的甜茶树叶围住腰围住胸脯
背对山溪背对辽阔的林涛
让月色缓缓洗净噪音
——这个夜晚
即使夫妻也被月亮隔开
唯一的诱惑
是越过山和水和月光的歌声

夜色让歌声摇得晃动晃动
一千次地唱起初约时的那个山岗
在妻子们的遥望里
往日粗犷的男人，这个时刻
都像一次接吻时的少年
于是，不知不觉滑落的泪水
原谅了一次令人伤心的失约
原谅了一个因醉酒
被忧怨打湿了的晴朗秋夜

哦，密林深处珍藏着一个
在月光面前
变得单纯了的节日

长发舞

瀑布。温情的崖
落霞野蜂蜜一样稠野蜂蜜一样稠的落霞
涂满一串久久回旋的
鲜嫩，同时散着树浆气味的声音
——晚浴
峡谷，这是女人们的时刻

傲岸地宁静地裸着
风中楠竹般柔软的腰肢，裸着
像绒草初发的土坡一样丰满的乳房

峡谷深处，风
羞羞的心跳着走过来
走过来

不小心掀起树的衣袖，叶
哗啦啦哗啦啦
瀑布的情绪，淡了

山里的女子是不剪发的
悠长悠长像无月的春夜般的长发呵
是山风孤独时的朋友
——长发飘忽
长发飘忽

汉子们不再躲在石块上吸水烟筒了
他们互相亲热地骂着自己的女人
却骄傲地走进篱笆门
升起笨拙的炊烟，隙间
用甜滋滋的手势
破天荒地给儿子或女儿讲叙
一个又一个大山里温情的趣事
一群少年吹响木叶
盲目地越过几道山梁
面对翘首的松林站着
把忠诚而倔强的背影
留给峡谷

湿漉漉的长发飞扬
湿漉漉的手臂飞扬
自由的舞姿
透出播种时的喜悦
透出对整个冬天的宽容
而自尊的神情，时时刻刻
闪烁
——当她们和夕阳一起
交融成一片迷蒙的热情时
山林　一片金黄一片金黄

| 文学史评论 |

新时期壮族诗坛人才济济，黄承基、黄神彪、黄琼柳、黄堃、黄风英（蓝焱）都有可观的成绩。

——李鸿然：《中国当代少数民族文学史论》，云南教育出版社，2004，第352页

黄堃诗作的主要艺术特征是浪漫主义。强烈的抒情，虚幻的艺术图像（如白色鸟、金属蝴蝶、女儿），理想化色彩，高贵的气质，神话与史诗要素的参与，以及后期的激愤豪放的气势，等等，都在显示着他的诗的浪漫色彩。

——李建平等：《广西文学50年》，漓江出版社，2005，第264页

成长中的黄堃，在对生命的执著追求中将民族精神融入对生命的探索和思考。这比他的前辈们走得更深更远。诗人的作品中有大量关于民族精神和民族性格的诗作，另一方面诗人又肯定现代文明对传统精神的颠覆带来的一些进步影响。这是诗歌现代化的重要体现。

——雷锐主编《壮族文学现代化的历程》，民族出版社，2008，第317页

黄堃的新诗创作，注重作品内涵的挖掘和表现，着力寻求独特的表现角度和观察视野。避免诗歌失于轻浮和浅薄，尤其在诗歌语言的运用上，诗人青睐于那些生动形象，多层多意的语言形式，造成触目惊心的艺术效果。

——特·赛音巴雅尔主编《中国少数民族当代文学史》，北京十月文艺出版社，1999，第442页

| 创作评论 |

是的，黄堃是一个诗人，一个很诚实地思考生命、人与自然的人。由于诚实地面对人生，由于正直地拷问人间天堂，黄堃激情无比，黄堃忧郁无比。那是一种对

现代人心灵的逼视、对变革时代生命的感悟中诗人灵魂震颤的忧郁，一种对民族对人生始终怀揣蓬蓬勃勃炽情的赤子之心。

——张燕玲:《天堂的守望者——论青年诗人黄堃》,《南方文坛》1994年第1期

黄堃的诗歌以青春意识为底蕴，写现代人的精神追求和灵魂历险，无论形式还是内容都颇具现代性。

——黄伟林:《不断自我超越的广西当代壮族文学》,《民族文学》1998年第12期

对南国红土地以及生长在这片土地上的人们，黄堃一直不吝自己的歌声，始终是给出深沉而又真诚的爱和拥抱。但是在爱与拥抱中，他并没有为了获得一种廉价的民族认同感与自豪感而陷入偏激狭隘的民族自恋情结与民族主义泥潭，而是有着自己清醒的认识和思考。

——黎学锐:《绽放的生命花朵——读黄堃的诗》,《民族文学研究》2007年第1期

蝴蝶　蝴蝶

琼　柳

痴人说梦

命运重演一回
我也愿十次与你在一起

让我学会一点耐心
把乱七八糟的慰藉和光亮贮存起来

不要向人解释怠倦的情感

作者简介

琼柳（1956—），本名黄琼柳，壮族，生于广西柳州市，著名诗人黄勇刹之女。1970年代开始诗歌创作，1980年代她的诗歌产生较大影响。1986年底，参加了全国青年创作代表大会，1988年应邀参加荷兰国际诗歌节，荷兰著名翻译家恒卜龙与柯雷共同翻译了她的诗作《屋檐下的歌》《蝴蝶　蝴蝶》《似梦非梦》等。之后，诗作入选荷兰出版的中国先锋十人合集《苍茫时刻》。在《诗刊》《中国作家》《北京文艺》《当代》《人民日报》《诗歌报》等多种报刊上发表诗作100余首，被收入多部诗歌选本。出版了诗集《望月》《蝴蝶·蝴蝶》《梦影集》，散文集《梦花帖》，小说集《梦魂录》，札记集《梦笔亭》。

作品信息

原载《诗刊》1987年第2期。

大雨中会有一双快乐的靴子
踏水而去

漂浮在你的臂中我无需惶惑
换个姿势远离雷电风云
重叠时没有影子

噢！镜子里我是陌生人
而你却是我
我要撕碎自己

有一天我参加自已盛大的葬礼
我将为你哭泣

意　境

雨水化为女人
地面上的石头全部开花
红颜上许多泪珠
公开嘲笑

真实是一种飘忽的鬼火
使情欲获得成功
三度空间
再不是静物
游动起纯蓝色形象

无论什么样的距离

悲剧学会了微笑
烫平伤口

斜　阳

坐着静静等待
以为会有一种庄严的神圣产生
于是坐在发烫的岩石上

相当优美的造型
橙色肉皮瓦瓷盆一样光滑

手掌上那一条倒霉的情爱线断了
幸灾乐祸的眼睛跟落日也没差多远

一般人难以接受的暗示
红气球隐没在峡谷中

病房里连气味都散布恐慌
第一次进了医院
以后就会经常到那里消磨阶梯

太阳与蛇的语言缠住了耳朵
身子划成一弯弧形

去喝一杯浓咖啡
不，白兰地

咎

诱惑庄子梦中蝴蝶的精灵摇着扇子
没有骨头的长蛇在深红地毯上失重

所罗门的小瓶子不再居住保护神
钥匙制造者无法打开永远沉默的山

忽冷忽热的季节相交在合欢树下
红风痴呓全部死去在感知当中

一双手托盘而出端上奉供的高桌
冰凉凉的墓碑上又是新的断头台

重叠的灵性挥洒在美酒的毒液里
膜拜的日子掩埋了一纸荒唐

穿越时空的心脏遍地开花
我从梦中惊醒发现自己不是梦中人

| 文学史评论 |

冷色调朦胧诗人。这是黄琼柳在80年代十年里为自己塑成的一具雕像。

——李建平等:《广西文学50年》，漓江出版社，2005，第267—268页

黄琼柳并没有继承壮族传统的诗歌创作和民族精神，她走上了20世纪80年代诗坛流行的朦胧诗的创作方式。这种冷色调冷抒情的朦胧诗、意念诗并不侧重内容，而是对创作技巧的刻意追求。所以黄琼柳的诗歌较为艰涩难懂。这种现代派的创作方式，对诗歌现代化有极大的积极启发。黄琼柳在诗歌创作技巧方面属于先锋诗人，走在时代的前列。

——雷锐主编《壮族文学现代化的历程》，民族出版社，2008，第330—331页

| 创作评论 |

黄琼柳的诗歌集壮族风俗意识和现代女性体验于一体，既有神幻迷离的感觉，又有敏锐细腻的风韵，成为最具个人魅力的壮族女诗人。

——黄伟林:《不断自我超越的广西当代壮族文学》，《民族文学》1998年第12期

七色花

史晓京

你丁香淡淡的忧郁
真是从秋色漫漫的往事里走来的吗
山谷里的歌声总在纷纷扬扬
可真正歌唱的　只有你
　　你很孤独

用孤独的歌铺一条小路
　　或许也很美呢
可如果你不是沿着它去寻忘忧草的
　　就别低头

作者简介

史晓京（1954—2000），陕西省大荔县人，从小在广西桂林市生活。曾在《诗刊》《当代》《人民日报》《北京文学》《文汇月刊》《萌芽》《河北文学》《广西文学》《山西文学》《绿风》，以及新加坡的《赤道风》、香港的《世界华文诗刊》等报刊上发表作品一百多首，出版诗集《此心依旧》，有诗被收入多种选本。

作品信息

原载《诗刊》1987年第2期。

去数夜里自己留下的
不知所措又歪歪斜斜的
　　脚步

相遇相知相离
使海棠叶般厚厚的回味
　　变得迷乱变得富足
涌出又归返的心事汇成旋风
把新芽和落叶一起吹进
　　记忆深处
沉重时便一点一点漏出
　　使灵性泯灭

爱得很深期望很深失望很深
把自己押给那若有若无许诺的
　　不仅仅是你
岁月盯着我们时
总是
　　睁一只眼
　　闭一只眼
使你我都不敢懈怠

其实你何尝没有悟出
被你来来回回抚摸的七色花
已变得似是而非
迟早要成为雾霭弥漫的界线
　　在早上八点和晚上八点之间

| 创作评论 |

一方面是传统的坚固，价值重建具有难以想象的难度；另一方面，价值重建者自身的素质也不尽如人意。自我虽然一度成为显赫的旗帜，但自我的内涵随着时光的推移变得空洞乏味。史晓京的诗中出现了大量的自我意象，充分地展示了女抒情者在现实中的困境。这不仅是对具有普遍性的心态情绪的细腻把握和传达，同时也加深了人们对社会、对个体的认识。

——黄伟林:《史晓京：认识世界 认识自己》，载黄伟林《转型的解读》，接力出版社，1996

就是这河

杨　克

跌　　跌　　撞　撞　的波浪
若六万大山九万大山十万大山芭蕉串
似的自高原倒挂而下就是这河　哀哀
若盘歌嘹歌排歌那大山裸露的筋那祖
祖辈辈的脐带就是这河　哦哦这血性
之河生活的担子断了死也不拄讨饭棍
抡起扁担杀人越货骑矮种马打牛皮哨吹落罂粟
花当土匪红他的眼热他的眼就是这河水珠是殷
殷红豆河汊是榕树气根佤氏夫人[1]乳房淌下金
戈铁马一泼泼生生死死在山岽间流的就是这河
从刘三姐嗓子里流出　是扯也扯不
断的五彩头帕　金丝银线缀成了这

作品信息

原载《诗刊》1987年第11期，收入《图腾的困惑》(漓江出版社1990年8月出版)。

① 佤氏夫人：明代抗倭壮族女将领。

河　汉子硬朗如青㭎木女人妖妍似
马樱花阿哥阿妹野得坦荡野得风流
赶风流街唱风流歌风风流流就是这河这河这河

岑逊王[①]的神牛
死去　师公的傩面
黯淡　羽人如秋叶　如秋叶
飘零　浪花上的生命　一朵一朵
凋谢

穿着翻毛皮鞋像驾驶T32大黄车水电大军被夸
父感召大禹诱惑从康定情歌京韵大鼓黄水谣江
南丝竹川江号子开来汇成草浪的野唱汇成这河
半坡彩陶上的纹鱼从秦灵渠游进蜡染
游进雕塑家叮叮当当的钢凿之下
高压线绷成牛腿琴拌和楼耸起芦笙弹吹满江红
罗宾斯掘进机开向日头卜卦的鸡骨缤纷为石雨
呵呵　红土如焚　波浪如焚　机声水声人声风
声的雷霆在雷公滩跳霹雳舞灿烂如焚
在隧洞中延伸在血管中延伸
从从容容流泻激情流泻温暖流泻六千万个太阳
的就是　这河　这河　这河

① 岑逊，壮族传说中用牛犁出红水河的先祖。

| 作品点评 |

这无休止的撞击，让我们喘不过气。力度不仅来自这河的悠远的往昔，而是由于它的杂陈和综合。我们从他的图腾和神话的古旧以及现代色彩的有意杂糅中，看到基于现实感受的文化历史的建构的力量。他把南方和南方的河的表现，推到了有异于前的境界中。

——谢冕:《南方寻找语言——序〈图腾的困惑〉》，载杨克诗集《图腾的困惑》，漓江出版社，1990，第2—3页

第一行由疏到密的间距及节奏的由缓到急，给人以大河天边隐隐而来，渐显姿容渐露峥嵘的想象。从第二行开始到第六行的顺势而下的梯形排列，展示了大河跌宕涌进、奔腾澎湃、一泻千里的雄姿和气势。以下几行的整齐平衡排列给人以宽阔浩瀚的印象。词语的连绵倾泻是河水不息的奔流，而高密度的挤满了河床的词语尤其是名词词语，既是那满河的叠浪更是那挤满历史河床的民族文化习俗、心理和品格。由此以及那粗犷、辉煌、轰轰烈烈、强力度的词语，使杨克笔下的大河不仅油画般鲜明、强烈而且涌现了它历史—文化生命的魂魄。

——杨远宏:《语言·象征——评杨克诗集〈图腾的困惑〉》，《南方文坛》1991年第1期

咖啡之外的情绪

邱灼明

一杯咖啡的感觉
是黑夜的感觉
因此我怀疑生命
是否也属于咖啡色

沉默是一条河
从我的杯中流过
往事的影子重重叠叠
都说岁月不像茶杯

作者简介

邱灼明（1957—），毕业于广西大学中文系，现系中国作家协会会员，北海市作家协会主席，曾任广西作家协会副主席，北海市委宣传部副部长、文明办主任等职。著有诗集《咖啡之外的情绪》《寻找螺号》，诗文集《广西当代作家丛书·邱灼明卷》，散文集《反弹琵琶》，主编有诗歌散文集《珍珠之梦》，诗词集《银滩百咏》《当代百家咏珍珠》，散文集《北海游记》，民间故事集《珍珠的传说》，文史资料集《北海文学三十年》等。

作品信息

原载《星星诗刊》1988年第4期，入选《广西当代作家丛书·邱灼明卷》(漓江出版社2004年5月出版)。

看得见底
然而我总想往下潜
一试深浅

我不敢说岁月像不像茶杯
我只想世界是一只圆桶
盛满热咖啡
你一杯他也一杯
因此失眠者更加失眠
因此清醒者更加清醒

|创作评论|

邱灼明的诗在艺术表现上质朴纯正，无论写形象和场景，都在一个诗意的集中点上来表达，清晰但不直白，语言运用俭省而不简单，能让人深思回味。

——朱先树:《心灵感悟与人生向往——读邱灼明的诗》,《南方文坛》2009年第2期

这些带有恒久魅力的思与情，因为得到邱灼明精心选择和营造的诗歌形象的承载，获得了一个意境隽永的表现。这样的诗显然不会被特定的时代所局限，它更倾向于供给不同时代的读者阅读，显示文学某种超越时代的审美品质。

——黄伟林:《论邱灼明的诗歌创作》,《南宁师范高等专科学校学报》2009年第2期

三月三

史晓京

年炮响过元宵滚过桃花飘过
岩画上诱惑的风从小木楼上吹过
所有窗子都打开了
坛坛罐罐都打开了
　　三月三就来了

太阳的金耳环
月亮的银耳环
火塘边的线耳环　摆摆
摆摆　把三月三摆成
　　最辉煌的节日

三月三是出远门的日子

作品信息
原载《诗刊》1988年第10期。

三月三是油茶最浓酒碗最满的日子
三月三是躺在河滩上的小伙子们
　　睡不着觉的日子
三月三是侗妹们一颗晃悠悠的心哪

手镯很圆颈圈很圆背篓很圆
笑涡很圆泪珠很圆
芦笙踩堂的舞圈很圆很圆
圆圆的三月三呵
依旧让百褶裙围了又围
依旧让绑腿缠了又缠
从前篦子篦出的一弯月亮
　　又载古老的歌谣来了
蘸着菜油梳洗的长发
　　又结成髻了
圆圆的希望
就结在木叶声里了

三月三是鼓敲出来的芦笙吹出来的
　　酒酿出来的
阿爸阿妈踩出来的
阿哥阿妹唱出来的
目光如帆　情歌如船

九十九条路中
这是最初又最后的一条了

岁月总在这里展示翩翩风采
三月三　三月三
侗家剪不断你这根脐带了

生命之盐最浓的时候是三月三
声音飘得最远的时候是三月三
三月三是一条浮光跃金的河流
三月三的河流里有许多会唱歌的石头
水涨也唱水枯也唱
山外的人　隐隐约约地听见了
　　都说这是支美丽的歌

坐　夜

史晓京

花炮声一落进三月的夜里
就化作一串串琵琶灯笼
在高高矮矮的山路上　流火般
　　游来游去
爬山过岭赶去倾倒一种渴望
不问何处不问归宿　旋律起时
　　就负歌而行
　　负歌而行　脚下
　　没有陌路

不用去敲紧闭的门窗
谁能让琵琶把大门逗得咧一下嘴

作品信息
原载《诗刊》1988年第10期。

连人带歌就会一块进去

　　成为夜的风景

侗妹的火塘是很久以前走坡时掉落的

　　红　月　亮

照得见一次热热闹闹的远嫁

　　凄凄楚楚的远嫁

而琵琶是山的语言

点得燃甜甜的桃花浪

　　行歌如船

彩线走成不安分的三月风

把油茶的回味吹得很长很长

把眼里那条水路吹得很长很长

岁月套印着褪色的裙子和苍老的侗笛

　　拍节而歌

这边一句　那边一句

在不产情书的山寨之夜

唱出多情的三更五更

羞意再浓

也不会有人

在这个露珠般的时刻

让板凳空着嗓子空着

等坐夜坐出深秋的意思
恋情会在如藤的歌声中
　　长成红红的草莓里
　　结于忘川之上
在来年的某一天
　　遥想此夜遥想此夜

带刺的玫瑰花（节选）

苗延秀

行歌坐月

桂花开放喷喷香，
隔山蜜蜂密密来。
三宝口寨一姑娘，
脸像玫瑰刚露葩。
目如秋水亮晶莹，
行人路见眼难离，
跌倒路旁也心甘。

作者简介

苗延秀（1918—1997），广西龙胜县人，中国作家协会会员。1942年到延安，考入鲁迅艺术文学院，之后任《东北日报》编辑。1949年回广西工作，曾任广西文联副主席、广西作家协会副主席。著有短篇小说《红色的布包》《共产党又要来了》《小八路》，中篇小说《稀榴花》，报告文学《南征北战的英雄》《南下归来》，长诗《大苗山交响曲》《带刺的玫瑰花》《元宵夜曲》等。叙事长诗《大苗山交响曲》获广西30年少数民族文学创作一等奖。

作品信息

节选自苗延秀长诗《带刺的玫瑰花》，第2—13页，漓江出版社1989年出版。收入《侗族诗选》（广西民族出版社2006年11月出版）。

深秋月明星稀稀，
茶油灯开花笑嘻嘻。
姑娘巧手纺双线[①]，
忽闻瓦顶嘎啦啦响。

过河投石想问路，
走寨投石试探人。
姑娘停车仔细听，
琵琶伴歌声铮铮：

“阿妹啊你人好勤，
纺车呢呢迷住我的心。
我想你哟你却不知情，
心肠想断几多根！

“阿妹哟阿妹！
你若有情就开门，
不结夫妻也跟我们坐一夜，
我有满肚子的话要同你讲。”

琵琶弹多弦欲断，
姑娘迟迟不开门，
推窗探头朝外望，

① 贵州榕江县车江寨侗族妇女，一手能纺双线。

罗汉两人窗下站，
高高矮矮一般齐，
都穿黑色粗布衣，
都缠头巾一大包，
是金是银好难分！

姑娘拿根竹笛吹，
清脆的笛声飘在木楼旁：
“进山要拜土地公[①]，
进屋要通姓报名。
我家门口没有结草绳[②]，
不必忌讳可放心。
只是妈妈还没有睡熟，
阿哥耐烦等一会再来。”

琵琶拨响轻声答：
“我们的先人结绳记事，
祖祖辈辈都不会忘记。
我俩同在口寨学堂念书，
有件事记在我心坎上永不泯灭。
阿妹啊我问问你：
我们逃学在大榕树下捉迷摸[③]，
男的被老先生抓住打手板；

① 土地神，设有小庙。

② 结草绳挂门口，表示添丁增口，或有不能让人看见的事，生人不要入门。

③ 捉迷藏。

女的要用朱笔往两眼画圈圈。

“两眼要画红圈圈像猴猴，
你躲在谁的背后打抖抖？
是谁为你向老先生求情？
受到双倍处罚赶出校门。”

月亮光光照四方，
琵琶声声诉衷情：
“我俩曾上山吃过甜梨，
你还记得这段情谊？
坐过的地方还没有长青草，
走过的石板路露水还湿；
石板还在路还在呀，
你怎忍心把我忘记？”

石磴磴架成风雨桥，
木头无钉也能牢。①
姑娘喜上眉梢记在心，
笛歌回答叫珠郎：

“我俩曾在学堂同读一本书，
同桌共念一首诗：
‘关关雎鸠，

① 风雨桥无一颗钉子，横跨江河几百年不垮。

在河之洲，
窈窕淑女，
君子好逑。’
如今人在书还在，
我怎能把你忘记？！”

“我俩曾坐在杨梅树下谈情，
知心的话儿常在梦里重念：
你若做那水不离田，
我就做那黄谷盖埂；
你若做那长流的河水，
我就做个鱼来上滩。
山拥着山啊才成溪谷，
花挨着花啊才能更香。
我俩心挨着心比吃杨梅还甜，
我怎能把你忘记？！

“珠郎哥啊珠郎哥！
雁鹅南飞有限期，
春暖花开又飞回。
你退学去已多时，
为何这么来得迟？”

知音之话不在多，
琵琶声声诉衷肠：
“娘梅妹啊娘梅妹！

你在南边我在北，
中间隔个大田垌；
田垌长长三十里，
莫怪情哥久不来，
只因活路太多摆不开。

“活路再多哟暂放开，
怀抱琵琶远处来，
一路想妹一路歌，
哥想和妹结交六十年。
难道我已来迟了？
藤上瓜熟别人摘，
水田青秧别人栽。”

该栽秧的时候为何不栽秧？
该播种的时候为何不播种？
笛歌悠扬把话答：
“江岸上的杜鹃花开得鲜艳，
放排下滩的几多腊汉[①]她都不想念；
哥是春风吹杜鹃，
我是杜鹃花开为你红。”

钟情的话一大箩，
好心要有一团火。

① 侗语，指男青年。

娘梅轻轻把门开，
珠郎随她走进炉堂来；
身后跟着一个人，
手拿木棒凳上坐，
他的名字叫兰妥。

兰妥是个罗汉头[①]，
陪伴珠郎口寨游。
木棒随身防虎狼，
有事应急好相帮。

有道是：在家靠父母，
出外靠朋友。
兰妥眼明心又精，
说声去买糖煮粥[②]就走开了身。

夜阑人静月更明，
娘梅喊妈妈不应，
老年人饿睡睡得深，
放心与珠郎订终身。

“三月花开到处有，
可都开得不长久。
我是玫瑰带有刺，

① 行歌坐月的带头人，先帮别人找到爱人，然后才给自己找。

② 侗家习俗，煮糖粥吃，表示甜蜜的爱情。

有心手痛也莫丢。

“茶油树结苞如玉白，
味甜怕死摘不得；
望哥莫拿竹竿打，
要学蜜蜂飞来采。”

一歌未停心连心，
娘梅声声诉衷情：
“高坡砍柴高留墩，
园中摘菜高留根；
三年不来留花在，
久留情义待哥来。”

珠郎一听喜在心，
眼亮晶晶看得清：
娘梅的头发真好看，
像孔雀的羽毛迎着东风轻轻飘荡；
娘梅的牙齿多么整齐洁白，
像白玉在阳光下闪亮；
娘梅的脸多么美丽，
像玫瑰红得似火烫人；
娘梅的脖子多么俊美，
像出水的白芙蓉喷香。

“上坡做工哟我天天想你，

下地犁田我步步想着你的情；
上床睡觉我夜夜梦中见到你，
下床穿你给我的鞋就看到你的心。
一心一意想情妹哟，
不怕爹娘刑罚多，
钢刀拿来当板凳，
铁链拿来当裹脚。
你若真的丢掉原鸠那表哥[1]，
我随时都可和你结成亲。”

“娘梅妹啊娘梅妹！
哥是芭蕉一条心，
再无岔肠连别人；
妹是一把天平秤，
莫把十两当半斤[2]。”

娘梅急急露真情，
妙语句句值千金。
“我想念的人哟，
隔山隔水我都想；
我不想念的人哟，
隔一条小水沟我也不去思量。
我想念的人哟，
他给我黄连也甜如蜂糖；

① 侗家习俗，姑妈的第一个姑娘，要嫁给舅舅的儿子。
② 旧秤，一斤十六两。

我不想念的人哟，
他给我蜂糖也像黄连一样。
我爱的人哟，
送我一双草鞋我也喜欢；
我不爱的人哟，
送我金山银山也不动心肠。
我爱的人哟，
他日夜要我干活我也情愿；
我不爱的人哟，
哪怕他成天服侍我也觉得讨厌。
表兄弟的情哟，
像嚼蜡那样没味，
像吃黄连那样苦口寒心，
他田塘再多我也不想念。”

珠郎听歌心里甜，
巧嘴对答情意绵：
“芭蕉直直叶子青，
越砍越直越标心；
只要我俩同心愿，
黄土地能变成金。”

高山岭顶一枝梅，
不怕风雪不怕雷。
娘梅本是农家女，
心清骨硬紧相随：

“结交恩爱记当先，
燕子双双过屋檐；
为妹抬头望燕子，
飞出飞进紧相连。
春天同来秋同往，
风风雨雨不得闲；
同含泥来忙做垒
辛辛苦苦不觉累。
白日双双同比翼，
夜来双双并头眠；
若哥学得燕子样，
妹愿随哥上九天。”

松树腊梅共岭生，
珠郎娘梅共条心；
相亲相爱不怕穷，
不怕茅屋四边风；
稻草当被身也暖，
凉水泡饭味也浓。

哥有心来妹有情，
不用媒婆来操心。
珠郎拿出一铜钱，
放在火炉石板边，

破钱盟誓订终身[①]。

“娘梅妹啊娘梅妹！
一个铜钱一个眼，
拿来砍破平半分，
妹拿一半为证据，
哥拿一半为把凭。
妹见他人莫起意，
哥见他人莫变心；
莫变心啊莫变意，
共个炉堂做伴六十年。”

情话绵绵宽无边，
雄鸡已叫四五遍；
枫树露头天已亮，
娘梅送珠郎到大路上。
石板大路青又平，
照出他俩双双的影子；
黄泥路松又软，
留下他俩送去送回的双双脚印。

| 文学史评论 |

苗延秀的文学创作，除了少数篇章是写战争年代的生活内容外，主要是写少数

① 侗家习俗，私自订婚，破铜钱表示坚贞，至死不变。

民族的历史与生活，不少作品是取材于民族民间文学。

——李建平等:《广西文学50年》，漓江出版社，2005，第73页

| 创作评论 |

苗延秀是侗族革命文学的开创者之一，是优秀的侗族作家、诗人，他在侗族现代、当代文学中的历史功绩是众所公认的，侗族文学界都尊称他为“苗老”。

——邓敏文:《侗族革命文学的开创者——苗延秀》，载苗延秀主编《广西侗族文学史料》，漓江出版社，1991，第839页

他对广西文学特别是少数民族文学事业的发展，是付出了许多努力和辛劳的，也作出了我们应该珍惜的贡献。

——韦其麟:《怀念侗族作家苗延秀》，《广西文史》2009年第2期

苗延秀是侗族第一个有成就的作家、诗人。他的作品，内容上有以民族民间故事为题材，也有反映现实生活的篇章；有反映侗族、苗族人民历史上的斗争，也有表现归侨现实生活的片断；有对红军战士的深沉怀念，也有对解放军英雄的热情歌颂，而以反映少数民族的生活题材见长。形式上有长篇叙事诗，也有抒情短章；有小说，有散文，有报告文学，也有文艺评论，而以民族形式的长诗成就为著。努力塑造英雄形象，热情歌颂人民的革命斗争和新的生活是他一贯的追求。风格上深沉、浑厚，有的明快、刚健，从中可看到民族民间文学对他的影响。

——蒙书翰:《侗族作家苗延秀》，《民族文学研究》1988年第2期

| 作者自述 |

我着手《带刺的玫瑰花》(原题《珠郎与娘梅》)长篇叙事诗再创作的准备，开始于一九五四年春节。当时，我到广西三江侗族自治县林溪寨搜集民间文学资料，跟当地的业余剧团到各寨“为也”(集体作客)演唱，用汉字和俄文记音，把侗话

唱的《珠郎与娘梅》叙事歌记录下来（长二百五十行）。其后，又陆陆续续地搜集故事、剧本和民歌，得到中国作家协会贵州分会给我的成套“民间文学资料”；三江侗族自治县的歌手吴居正、吴岩美等同志，也为我提供一些口头资料。在这基础上，我于一九五九年写出了长诗《珠郎与娘梅》初稿，长四千多行。其中“开荒”“收帐”“话别”“斗虎”四章和“后记”，曾发表于一九六一年十二月号的《广西文艺》。

——苗延秀：《带刺的玫瑰花·后记》，载《带刺的玫瑰花》，漓江出版社，1989，第106页

1990年代

红豆时节

苏韶芬

放排的日子去远了
热风裹着山歌
重重地抚摸着女人的心

红豆荚长长了红豆荚风黄了
女人到田里摘回韭韭菜
做了九九八十一盘绿油油的
长长久久　久久长长
到排佬流过的码头
等待　等待

水流驮着悠悠的放排号子

作者简介

苏韶芬（1957—），主要从事民间文化、文艺研究和文艺创作。曾任广西桂林市群艺馆馆长，中国民间文艺家协会理事、广西民间文艺家协会副主席、桂林市民间文艺家协会主席。曾在《青年文学》《诗刊》《绿风》《萌芽》《鸭绿江》《广西文学》等刊物发表诗歌作品近千首。出版著作有《八桂边寨的民俗与旅游》，主编《广西民间文学作品精选·桂林市卷·青山秀水桂林城》《桂林渔鼓传统曲目、优秀作品选集》，与人合著《奇山异洞》《桂林风情》《桂林民俗》《桂林民间艺术荟萃》《广西文场》等。曾获中国曲艺最高奖牡丹奖、文化部群星奖、广西文艺创作铜鼓奖、广西首届青年文学奖、全国四进社区文艺汇演金奖等文艺大奖数十项。

作品信息

原载《诗刊》1990年第1期。

如浪花涌来了
阿女面前的菜盘上
开放了一颗颗鲜亮鲜亮的红豆

红豆犁开了热风
红豆洗亮了排佬的双眼
高高的桅杆上
红纱巾迎着阿女飘飞

大把大把的红豆朝排头撒来
岸上的阿女笑着撒着
身后的女伴跳着笑着
忙得走南北的排佬
抖着衣襟兜满这爱情的红雨

| 创作评论 |

童年记忆代表了一种潜伏深远的美丽想象，它使得诗人在无论任何情境中都不丧失对生活的美的感受力。女性气质则造成了诗人的敏感和独特的体验生活的方式，也决定了诗人对诗意题材和诗歌意象的特殊选择。河流感发既是一种外界自然对诗人创作的影响，也未尝不是诗人内在生活的觉悟。……童年、女人和水在苏韶芬的诗歌创作中既是三种不同方向的动力因素，也未尝不是一种性质相通的特殊气质。可以说，童年记忆使诗意变得源远流长，女性气质使诗意变得敏感驳杂，而水意象则成为诗美的一个很贴切的表达形式。正因此，苏韶芬的笔一触到河流，就妙笔生花；正因此，苏韶芬的心灵一遇到河流，就柔情似水。

——黄伟林:《苏韶芬：童年、女人和水》，载黄伟林《转型的解读》，接力出版社，1996

致花山壁画

黄神彪

一

不是么
历史的风尘从这里滚过
你们从风尘里跳出
壁画凝固于悬崖
我们却嘲弄历史　转过脸来
自我得意地微笑
太阳哟

作者简介

黄神彪（1960— ），壮族，出生于广西宁明县。1983年开始发表作品，1985年毕业于广西民族学院中文系。在全国各报刊发表诗歌、散文诗、散文、小说、评论逾200万字，作品入选多种权威选本。出版有散文诗集《吻别世纪》《圣母的祝愿》《随风咏叹》《热恋桑妮》，诗集《远风俗》，长篇散文诗《花山壁画》，论著《海的魅力》。其中长篇散文诗《花山壁画》以宏大的格局、奇异的想象和浓郁的民族特色受到臧克家、李瑛、张炯等诗人和评论家的赞赏。

作品信息

原载《民族文学》1990年第10期。

恍然又成为另一种忧患

故乡的云朵向远山飘去
我们晶莹透亮的心绪
再不是谜一般的岁月
风火轮支撑的天空　刀矛主宰的世界
太阳哟
无声地托起另一种沉重的情感

快快拂去历史的滚滚风尘
悠扬的多声部民歌　已漫过歌墟
悬崖上那灿烂的舞蹈
而今看来已很单调
雷鸣般沉闷的铜鼓响彻天宇
太阳哟
历史的风尘仍从这里滚过……

二

我们沿明江河畔阅读你的舞姿
岁月朦胧　雨雾纷纷
硕大的木棉花
染红三月中
你们和我们所有的眼睛

远古酿造的秘密没有留下谜底

苍白无力的猜测　牵强附会
竟令你们自己顿胸捶背
集体敲起铜鼓铜锣
我们颇感幸福哩　以为那是远古的图腾

历史学家跋山涉水如鹰鹞远道而来
这里敲敲打打　那里打打敲敲
连同狂热的后裔们
似乎也把脸笑成
一面漂亮的红铜鼓　一面美丽的紫铜锣……

三

天地悠悠
在历史风尘漫卷之下
不见了当年顶礼膜拜的人群
唯有壁画粗糙的纹路
山河澎湃
生命悲壮

远处候鸟啁啾
春天木棉红硕
衬托荒野丛林
感悟生命之咒语
伴随铜鼓狂舞
命运与希望

如成熟的野果

显出生命的本色

天地悠悠

抛去所有虚妄吧

岁月的谜底　仍没有成熟的答案……

| 文学史评论 |

年轻的壮族诗人黄神彪，也在诗作中表现了鲜明的民族意识和强烈的民族感情。

——李鸿然:《中国当代少数民族文学史论》，云南教育出版社，2004，第356页

诗人站在本民族远古悠久的历史和活力四溢的艺术想象上，大胆地引进现代主义的创作方法，生动形象又奇诡地表现了现代意识观照下壮族的民族精魂和理想。壮族远古神话中颇为丰沛的艺术自由表现精神，两千多年来不断萎缩，日渐写实，今天终于在现代审美观的激发下，焕发出壮族诗歌的光芒。黄神彪诗歌创作的最大意义便在于此：艺术自由在很大程度上的获得。

——雷锐主编《壮族文学现代化的历程》，民族出版社，2008，第325页

| 创作评论 |

抒情时代的黄神彪尽管是从自然山川获得灵感，但他的抒情诗仍带有鲜明的个人性，哪怕是那些明显属于公有的山川景物，也被黄神彪“蛮横”地强加了他的个人色彩。

——黄伟林:《抒情　叙事　象征——论黄神彪的诗歌创作》，《民族文学研究》1996年第1期

黄神彪是最近几年活跃在文坛的壮族青年作家，已发表了100多万字的文学作品。他的创作主要以壮民族历史文化及生活为背景，体现出浓厚的民族特色和强烈的当代意识。

——晓赫:《黄神彪作品讨论会在京召开》,《民族文学研究》1992年第4期

红水河风光

韦其麟

红水河两岸
挺立多少峥嵘
——引自旧作《石山抒情》

望不尽的山峰，一座座擎天大柱，
拔地而起，风骨嶙峋，神采庄重。
银河因其支撑而不曾倾泻，
女娲的彩石因其举托而未松动。
默默地，安详，从容而坚韧，
擎着浩茫的万古凝碧的苍穹。

曾顶着多少灰暗岁月的坠压，

作品信息
原载《广西文学》1991年第5期，《广西经贸》2000年第8期转载，收入《苦果》(广西民族出版社1994年版)。

曾顶着满天乌云无法衡量的沉重，
没有喘息，没有呻吟，没有悲泣，
只有动地的长啸，热血的汹涌。
不曾有一杆脊梁变得弯曲，
不曾有一颗头颅颓然垂胸。

也曾擎起一个个希望，
像擎起无数朝阳，绚雨，火红，
而每轮旭日瞬息成为坠落的夕阳，
苍茫里，却托不住落日的匆匆。

既有高昂的头，挺直的腰，就不会
匍匐于地，消失于乾坤的迷朦。
而今，正举起一个亘古未有的年代，
如同初为人父者，兴奋而又稳重，
高高举起新生的婴儿，比霓虹更美，
迎着走来的明天，迎着世纪的风。

远离天堂

黄　堃

其实在城市
无论伫立多高的楼
都是看不到荒野的
城市用钞票点亮的灯光
会像蜂蜜涂满你的顽强
一直到你失败！放弃
内心最后的眺望

课本上说有利齿和爪子的荒野
最残酷的
但非洲荒原上静卧的狮子
将前脚朝天
强悍的爪子温和卷起

作品信息

创作于1991年11月，选自《广西当代作家丛书·黄堃卷》(漓江出版社2004年5月出版)。

此时的兽王看上去非常柔软
　　　　　　　　非常柔软
荒野千百年来
无数绝色鸟的羽毛
都让沉默的大地毁去了
人类自得其乐的时装
就荒野看来如同败草

因此我失恋的日子里
闭门不出
想象着自己是一棵杉树
大火卷席而来之时
站在同类们中间
无处可逃
死亡很亲切走过来
甚至不留给我们互相道别的瞬间

在夕阳中
我看见一群老人微笑着
讨论去天堂的时间
他们脸上的安详
令我泪流满面
从此我知道。枪口
能叩开的门
婴儿的哭声同样可以叩开
每个人最悲怆的夜晚

都有权利听到。地球
我们所依赖的
这颗幼稚的行星
祈祷的低语

草原的阳光

孙如容

你遍地泼洒的金黄
令大师的调色板苍白而绝望

熙熙攘攘扑进眼帘的
是你灿烂的色彩
密密集集落满衣襟的
是你热烈的光芒
就连风
都挟带着阳光辉煌的歌唱

作者简介

孙如容（1949—），浙江绍兴人，毕业于桂林师专，当过知青、园艺工人、教师，后供职于漓江出版社。1974年开始发表诗歌，作品见于《民族文学》《光明日报》《作家报》《广西文学》等报刊，出版诗集《海的变奏曲》，著有《宋代婉约词赏析》。

作品信息

原载《民族文学》1992年第11期。

我从阴湿的南方走来
来这里采撷阳光
衣衫上沾着锈迹和霉斑
或许还有来不及涮洗的思想

期待草原的阳光
痛痛快快翻晒心情
使我多雨多雾的天空
从此像北国一样晴朗敞亮

不要遗憾我匆匆而来
　又匆匆而去吧
草原　草原
你的美丽热情真挚纯朴我已装进背囊
还有那纯金一般的笑脸
在山岚四起的日子里
你的每一个微笑
都　是　太　阳

滴水岩听滴水

黄河清

水滴，从岩顶，
不时滴落幽暗的深潭，
发出古筝的叮咚。
瞬间的清晰，瞬间的优雅，
轻盈地消隐于无限的时空。
看不到潭水，但可想见
滴水荡起圈圈优美的波纹。
倚着岩壁静静地听着，
油然生出一缕羡慕之情。

作者简介

黄河清（1937—），壮族，广西钦州人，中国作家协会会员。1963年毕业于北京大学英国语言文学专业，曾任北京京字126部队翻译，广西日报社编辑、副主编，北海日报社总编辑，北海市文联主席，北海日报社调研员，广西作家协会理事，广西文联第六届副主席。1960年代开始写诗，出版诗集《醉人的风情》《唱给太阳和大地的歌》《秋歌集》《涛声的召唤》等。诗集《醉人的风情》《秋歌集》先后获第二届、第三届壮族文学奖。

作品信息

选自《秋歌集》（漓江出版社1994年出版）。

我滴落人间，
也一样在瞬间消隐，
但愿也能发出一韵
短暂而动听的琴音。

| 创作评论 |

诗人无论喻物、读史，都能透过表面现象而发掘出一种深刻的思想意蕴。从事理上升为哲理思考。另外，在语言运用上，既非一味陈旧调语的袭用，也不是刻意造作、玄虚莫测，而是从自然语中提纯，保持了自然语的鲜活，又有诗化语言的灵动。这即使是在一些叙述性诗句中也是如此。

——朱先树:《成熟的感受与表现——读〈秋歌集〉》,《诗刊》1996年第1期

黄河清写诗的历史是漫长的，黄河清诗歌内容与风格的变化是巨大的，他从对现实政治的无条件认同，到对少数民族纯美风情的歌颂，从凝重的反思历史反思人生到旅游诗的轻松随意，这个经历充满了曲折，但却给人重要的启示，也呈现了诗歌的多元生态。尽管黄河清的诗歌变化大、类型多，但有一点是一以贯之的，那就是他的赤子之心。从一个开始学习写诗的大学学子，到一个退休发挥余热的文联干部，黄河清对人生、对祖国、对故乡充满了赤子之情，正是这种赤子之心才使之总是能焕发诗情、炼就画意。作为北海新时期文学重要的一员，他对诗歌艺术的执著追求以及他对北海文学环境的积极建构，确实对北海文学的发展起到了重要的作用。

——黄伟林:《论黄河清的诗歌创作——北部湾文学系列论文之五》,《广西民族师范学院学报》2011年第4期

| 作品点评 |

这是很典型的言志诗，希望自己的人生能够有价值，有美感。这个志也许是每个人都有的志，不足为奇。但与作者过去写的那些宏大叙事的诗歌比起来，确实显得平实、质朴，更见真情。当然，从这首诗，也能看出诗人细腻的艺术感觉，他观察的细致以及捕捉景物的独到眼光，还是可圈可点的。简言之，水滴这个意象，由作者如此表现，有一定新意，而且，内容表现也比较幽曲。

——黄伟林：《论黄河清的诗歌创作——北部湾文学系列论文之五》，《广西民族师范学院学报》2011 年第 4 期

| 作者自述 |

这组秋歌的写作和过去却有不同的地方，除了技巧上的某些变化之外，过去写的作品绝大部分是想在报刊上发表，而这组秋歌则不然。自己在生活中有什么感受，便随手写来，并不在乎是否适合报刊的需要；写好了，即使自认是得意之作，也不急于给报刊投稿。我对自己作品的生命力，有了更多的信心。

——黄河清：《秋歌集·后记》，载《秋歌集》，漓江出版社，1994

此心依旧

史晓京

1

在灯火阑珊的对岸
我正踏着泥泞的笑意
向一个完整的黄昏走去
幸福的时辰两手空空
怀想把归途推得更远
世界一如既往地聚集在我的周围
美丽的日子　苦难的日子
　　静若止水的日子
　　徐徐舒展
柔软的波浪从这安抚的手掌中传来
宁静的水声中

作品信息
原载《当代》1996年第1期。

此心依旧

2

此心依旧
太阳高挂在中天
埋进星光的巨手
　　已有多年
汉字发出的声音是你唯一动听的言语
这一次又一次的梦境
让我和你彼此相认
让我沉浮而且动情

3

此心依旧
诗的手指在秋的风琴上奔跑
云朵、土地和大海吹来自由的风
太阳下的家园是我所能望见的
　　最真实的容颜
圣洁的旅程一经展开
就永远在心中涌动
依着你升华的目光
我怀抱西风
远远地触及水晶般的爱情
那一点点光芒

已使我一生纯净　一生
　　情深意长

4

缀满晨露的果实从灵魂的高地上
　　向我滚来
只需轻轻一步
我就重新拥入你的摇篮
此心依旧
在落荒而逃的地方
我用停在风中的泪水
　　解除一生的旱情

5

此心依旧
满含月色花香的双眼
仍然映出那一年的河边
风月无边　苍海为岸
一片叶子
从内心看不见的树林中
　　不安地落下
悄悄地盖住所有脚印
只有我　还在你的夏季中走动
这时你熟悉的名字越来越响

语言淡淡如水
把令人怀念的场景洗得
　　光洁无比

6

此心依旧
无论好天气或坏天气
我都要深深地注视　都要
　　徒步而行
在你的烛光中找到心爱的音乐
现在诗已吟诵了一半　另一半
　　在我的嗓音里疼痛
　　也在嗓音里生长

漓江素描

敏　岐

傍　晚

霞光熄灭之后
江边的夜色
在一点点加添

菜园里的人们
披着夜色归去时
随手把篱笆门虚掩

无意间
把溅溅的江声
关在了园外

作品信息
原载《诗刊》1996年第4期。

而园里却关着
簇簇峰峦

鱼　烛

红红的一粒光
闪在黝黑的船舱底

一粒　如血的一粒
若豆的一粒

难道就因为
在江风中摇曳不定
你也就叫“鱼”？

沾在竹竿上的鱼鹰
若一团团影子
凝然不动
成一串波纹
你真的就要向
黑玻璃般的江游去么

风还在挑逗
一下若涌动的浪
一下如凝固的记忆

音　乐

黄咏梅

想象一条长蛇
柔软地蜿蜒
擦着我的肌肤
清冷地直抵心脏
于是闭眼睑
我成了林立的绿丛
密而疏
五指伸入篱笆
五指伸不入门扉

作者简介

黄咏梅（1974—），曾用笔名草暖，广西梧州人，毕业于广西师范大学中文系，曾供职于广州《羊城晚报》。10岁开始写诗，出版诗集《寻找青鸟》《少女的憧憬》等，有“少女诗人”“校园作家”之称。著有小说集《少爷威威》《走甜》，长篇小说《一本正经》等。其小说《负一层》《单双》分别进入2005年和2006年“中国小说学会年度小说排行榜”，《病鱼》获第五届汪曾祺文学奖，《父亲的后视镜》获第七届鲁迅文学奖短篇小说奖。

作品信息

原载《诗刊》1998年第7期。

我低下头去
看脚下的水流
地壳瘫软
我随之下陷
音乐成一口井

诗　歌

黄咏梅

我写诗
一行行的排列
是拐杖
搀扶着我的心灵
上天入地
饮河流
嚼青山
擦拭蒙尘的岁月

我写诗
说最新的话语
爱最温暖的韵
让久违的夜莺复苏

作品信息

原载《诗刊》1998年第7期。

让子规啼血
灌溉我的诗丛
它们疯狂地蔓延生长
夷平了孤独的城

我写诗
我的嘴唇上长满潮湿的青苔
吻醒了公主沉睡的神话

我写诗
我的笔注满深情
为失血过多的灵魂……

2000年代

广州火车站

甘谷列

广州火车站，一部时代的进行曲
南方的一个鲜明的经济窗口
一部日常生活的连续剧，铁路的终点或起点
人们从四面八方而来，又向四面八方而去
接受南方的经济教育和社会经验
胸怀大志或者碰得头破血流
你身临其境必须承认它就是最基本的通道

南方的特色：上面写着“广州”两个大字

作者简介

甘谷列（1971—），出生于广西贵港，1988年开始发表作品，1996年毕业于广西师大历史系，曾创办和主编民刊《发生》和《方法》，担任“诗生活”网站新诗论坛的值班编辑和信息论坛版主。诗作散见于《诗刊》等多种报刊，并入选《中国新诗年鉴》等多种选本，著有长诗《黑色苍茫》《矿山诗章》《广州诗章》《艰难的旅程》《手底风云》等，出版诗集《曾经如此》。

作品信息

原载《作品》2000年第11期，《诗刊》2001年第11期转载，入选《跨越：纪念中国改革开放三十年诗选（1978—2008）》（作家出版社2008年10月出版）。

城市像庞然大物一样面对着这个进出口
公共汽车就密密麻麻地等在外面
一个火车站就是一个经济特区
一张车票就是一个命运的方向
你从这里出发又将归宿到哪里去呢?
你从异地来到这里目的是为了什么?
命运对着你好奇地问讯:悲欢离合的地方
你有一个什么样的故事?能不能炒作一番
成为一个社会热点?少女们暴富或沦落的起点
亿万富翁不屑光顾的地方,他们自有更好的去处
平民百姓最适用的运载工具,社会的大动脉
通缉犯们潜逃的藏身之所,城市的集散地
小偷们在其中如鱼得水,票贩子们天天倒卖车票
穿梭于旅客中不断地兜售:要票吗?从广州到武汉……

在南国烈日下的广场,人群汹涌,阳光猛烈
每天上万人聚集的广场,小偷和大盗出没的地方
大包小包的人们从四面八方而来,又向四面八方而去
6元钱起价的快餐:你要吃就吃,不吃就走开!
售票厅天天热闹非凡,十几条长队排得水泄不通
形形色色的人们出没其中,错综复杂,摩肩接踵。
一手交钱,一手交票:这古老的交换原则,在现代
商品经济中有时却并不适用,票没有了,你有钱也没有用!
各色各样的面孔,男人与女人,各式各样的命运和方向
拥挤在这里,无不希望乘坐上自己愿望中的那一趟列车
可是票没有了,你怎么办呢?
票贩子们出没其中,要票吗?广州到上海……

他们满腔热情，令人难辨真假
这个时代的发财梦，早已发到了见怪不怪的地步
你苦恼着，要不要出高价向那些票贩子们购买你需要的车票呢？
怎么车站没有票，倒是他们手中有票？它们会不会是假的？
……

广州火车站
这只巨大无比的胃
日日吞吐着人群和金钱
广州火车站，一部时代的进行曲
南方的一个鲜明的经济窗口
一部日常生活的连续剧，天天在这里上演
各式各样的悲喜剧……

| 创作评论 |

你有些过于自谦了。作为诗歌的“跳高运动员”，你其实已经跨越了许多同行的标杆，我们这样交谈更多是为今后定下更高目标着眼，也与你我说话行事作风比较低调有关。你的文本已经证明了你的实力，我相信你这个诗友和乡党在诗歌上还会有更为上佳的表现。

——杨克对甘谷列的评语，见杨克、甘谷列《一个人的写作跟什么有关？》，《广西文学》2005年第5期

甘谷列的诗稳重、厚实，与那些言辞花哨却内容空洞的作品形成鲜明对比，他的“矿山”系列，是广西青年诗人写作中少有的具有日常经验的作品。

——刘春：《广西诗歌：在波峰与波谷之间——关于新时期广西现代诗创作的10个问题》，《南方文坛》2011年第1期

命　运

刘　春

迎面而来的这群女人、步伐凌乱的女人
身上的气息干草青草般
泾渭分明的女人、表情复杂
的女人。她们走来
日光照耀着脸上的青春和皱纹

“草尖上的露珠。”这是

作者简介

刘春（1974— ），生于广西荔浦，1990年开始发表作品。2008年加入中国作家协会。著有诗集《忧伤的月亮》《幸福像花儿开放》《广西当代作家丛书·刘春卷》，诗歌研究专著《从一首诗开始》《朦胧诗以后：1986—2007中国诗坛地图》《一个人的诗歌史》，随笔集《或明或暗的关系》《让时间说话》《文坛边》等。作品入选《中国诗歌选》《中国新诗年鉴》等百余种选本。曾获首届华文青年诗人奖、第四届和第六届广西文艺创作铜鼓奖。

作品信息

原载《天涯》2001年第6期，收入《广西当代作家丛书·刘春卷》（漓江出版社2004年5月出版），《幸福像花儿开放》（天津社会科学院出版社2004年12月出版），《中国诗典（1978—2008）》（时代文艺出版社2009年1月出版），《三十位诗人的十年：华文青年诗人奖和一个时代的抒情》（漓江出版社2012年12月出版），《中国当代民间诗歌地理》（东方出版社2015年2月出版）。

对一种形象最恰当的描绘
她的脸，让我想起坡上的草莓
当风吹过，嫩绿的衣衫掀起桃色的隐私
这是走在最前面的一个
她成长的速度让身旁的母亲坐立不安

另一个，面庞光洁而沉静
双手操纵钟摆的节奏。如果
你爱慕，她不会躲避你的注视
哦，大大方方的姐姐
她面对世界的态度是如此坚决

有人会比我看得更远。第三个
在踽踽走动。她在喘气
她孤单的右手需要一根拐杖
很明显她是累了，她的目光
已打探到休息的地方……

这群从天尽头走来的女人
神秘莫测的女人，操着
各种方言、脾气好坏不一的女人
意念般直接潜入你身体里的女人

我遇到的绝不止一个
我会遇到她们的全体，并和她们
一一交往、恋爱、分手

在每一个夜里醒来
总会有一个声音在耳边幽幽低语

| 文学史评论 |

刘春的诗歌有着一种天然的纯净，与广西地区同时代的其他先锋诗人相比，他的诗歌的现代性更为温和，他展示的不是“破坏”的冲动与“自恋”的扩张，或是“肉体”的放纵，而是对生命的真情抒发。

——雷锐主编《壮族文学现代化的历程》，民族出版社，2008，第336页

刘春的诗，是客体的纯（描写对象）与主体的纯（诗人情感）交融而成的艺术生命。于是，他的诗，作为深层次上的一种纯美的事物，来到了我们的世界。

——李建平等:《广西文学50年》，漓江出版社，2005，第429页

| 创作评论 |

刘春的笔下也有“运草车穿过城市”之类的典型场景或“事件”，但他最擅长的则是《生活》这样的诗中所体现出来的对语词的串联能力，“说出这个词，天色就暗了下来……”这甚至已成了一个相当有名的句式，其间充满了结构主义的玄学味道。他用这语词活生生地串联起一个人生命旅程中的各种处境和标志性场景，使之化作了一帧帧或鲜亮或已褪色的照片。他的近作中关于“草垛”“雪”还有诸大师的体验性的抒写，都强化了这种倾向。与某些过于“自恋”的“知识分子诗人”相比，他对语词的迷恋结合运用了更可靠生动的经验细节，它们被嵌于文本之中，可说达到了“被置回到它的存在的源头的保持之中”（海德格尔语）的境地，丝毫不显得苍白和干瘪。

——张清华:《语词·闪电·如歌的行板——关于〈扬子鳄〉的感想片段》，《上海文学》2005年第1期

这些评论可以看出作者思想的睿智、精神的自由和指点江山的文字风格，它们每每都给人一种痛快淋漓的阅读感觉。

——程光炜:《直面“现场”的批评》，载刘春《朦胧诗以后：1986—2007中国诗坛地图》，昆仑出版社，2008，第2页

刘春的诗充满着激情和发现的冲动，他常常为诗的题材所兴奋不已，同时这种激情让他的诗歌充满了活力。世俗经验和精神的经历是他同样重视并且善于表现的诗歌领域，而认真处理这些材料所展示的是诗人较为宽广的胸襟与丰富的技艺。

——叶延滨对首届“华文青年诗人奖”获奖诗人刘春的评语，附录于《刘春诗七首》,《诗刊》2003年5月号下半月刊

诗与现实的关系，一直是困扰中国诗人写作的最大难题。那种“赝品时代的写作/事件的真相与虚伪被合法遮掩/当你阅读，薄薄的纸面上/堆放着多少被称为‘思想’的垃圾”(刘春《坚持》)。这是今天的诗人对曾经的“现实”所持的立场和判断。……说诗是对现实的“纠正力量”，该是诗对现实的混乱与无意义的超越，抵达的是精神的高度和人性的深度。

——韩作荣对首届“华文青年诗人奖”获奖诗人刘春的评语，附录于《刘春诗七首》,《诗刊》2003年5月号下半月刊

刘春诗歌的可贵之处，是找到了他自己的生活经历和感受最恰当的表达方式，在一般中写出个别，在熟悉中写出陌生，在不事声张、不刻意修饰之中“用它自身的冷发言”,“用内在的质地发言”。这是刘春在青年诗人中间引人注目的重要原因。

——梁平对首届“华文青年诗人奖”获奖诗人刘春的评语，附录于《刘春诗七首》,《诗刊》2003年5月号下半月刊

优秀的诗人是那些能在诗中建立起自己情感系统世界的人，注视自己的成长，表达一种真切的生命热望与疼痛，是刘春诗歌的命脉。在刘春的诗歌世界里，诗人总是很关心小事物，从小事物身上，或领悟到生活中的某种哲理，或洞彻一个普通灵魂的光茫，或向往一种宁静的境界，或诉说内心的愁结。刘春的诗“温暖、塌实，与土地和乡村有关”，“与一家人的生计和冬日的长度有关”(《坡上的草垛》)。在对细小事物的关注中，“带着无声的呼唤与倾诉”，“为那些细小的说不出名字的生物腾出位置”(《黑夜的纸片》)。由悲悯之情出发，诗人的梦想与诗中的纸片一起飞翔，“我确信我一生的苦难不会比一张纸更多”(《黑夜的纸片》)。

——周志雄:《刘春:“摇摆不定”的诗人》,《文艺争鸣》2008年第6期

歌声即将被人枪杀

吉小吉

歌唱着的小鸟，在枝头上
歌唱着。它们，用翅膀
征服天空，以飞翔
实现理想。可是，献给人类的
歌声，此刻，正被一杆枪
瞄准。歌唱着的小鸟
为什么还不展翅飞翔，快快飞翔
你们，那一点点宝贵的鲜血

作者简介

吉小吉（1974—），原名吉广海，笔名虫儿，出生于广西北流市。先后毕业于广西师范学院中文系、南京大学文学院。2006年加入中国作家协会。现为广西作家协会理事，玉林市作家协会副主席，北流市文联副主席，北流市作家协会主席，《北流文艺》执行主编，广西漆诗歌沙龙核心成员。在《人民文学》《诗刊》《星星》《青年文学》《天涯》等各级刊物发表过大量诗文，出版有个人诗集《声音》《岁月初程》，与人合作诗集《漆五人诗选》《漆诗人代表作》等，有作品被选载和收入近百种权威选本。

作品信息

原载《诗选刊》2001年第12期，收入《2001年中国诗歌精选》(长江文艺出版社2002年2月出版)、《中国新诗白皮书》(昆仑出版社2004年1月出版)、《70后诗集》(海风出版社2004年5月出版)。

撼醒不了，睁一只眼
闭一只眼的人类。真的不能
你们飞呀，赶快飞呀
怎么还在平静地歌唱，直到
把最后的歌声，送给
枪杀自己的人

| 创作评论 |

吉小吉的诗歌虽然质朴而不张扬，但率性的抒写后面让读者感受到了情感的细腻、哲理的深沉、现实的悲悯以及人生的况味，吉小吉为生活而歌的人生态度，昭示着人们脚下坚实的大地，既是诗人创作的灵感之源，也是诗意地栖居其上的灵魂之所。

——钟世华:《用诗歌触摸灵魂——吉小吉诗歌简论》,《南方文坛》2016年第2期

寒　风

吉小吉

我要将那些人们忘记关上的窗门
猛烈地摇个不停
直到摇碎所有的玻璃
我要他们都蜷缩在
被袄里、暖气里，不敢出来，做缩头乌龟

这还远远不够，对那些胆敢跑出来的
路上的行人，我要撕裂他们的脸皮
还要用劲甩出一万条鞭子，狠狠抽打
让这些人感到彻骨的疼痛，并且
连挂在脑袋两侧的耳朵
也不知道是否还在那里

作品信息

原载《广西日报》2001年12月9日、《北流日报》2002年4月10日，《诗选刊》2003年第1期转载，收入《2003年中国诗歌精选》(长江文艺出版社2004年1月出版)。

我要天下所有的人，都像重视春天一样
重视冬天，真真正正懂得我的存在

只一次

东　西

就像1999年只有一次
就像我只有一次出生
爱一次就够了
反正恨一次我就饱嗝连天

一年只抬一次头
那是有人告诉我今夜中秋
一天里电话只响一次

作者简介

东西（1966—），原名田代琳，广西天峨县人，与鬼子、李冯合称为“广西三剑客”。毕业于河池师专中文系，现为广西民族大学驻校作家、中国作家协会会员、广西作家协会主席。出版有《东西作品集》（4卷本）（深圳报业集团2005年10月出版）、《东西作品系列》（6卷本）（江苏文艺出版社2011年12月出版）、《东西作品系列》（8卷本）（上海文艺出版社2016年7月出版）。中篇小说《没有语言的生活》获首届鲁迅文学奖中篇小说奖，根据该小说改编的电影《天上的恋人》获第十五届东京国际电影节“最佳艺术贡献奖”。多部作品被翻译成法文、韩文，在国外传播。

作品信息

原载《作家》2002年第4期。

那是碰上别人误会的手指
所有的深夜只读一本书
暂时称它为生活
一秒钟打一次喷嚏吧
如果鼻子过敏的话
一餐饭我终身难忘
一次泪水我年年伤心

有一次真正的开心不再大笑
做过一次好梦再不睡觉
写一首好诗让电脑中毒去
发一次疯头脑清醒
生一场大病长命百岁

一次就一次
说话算数
不会有两个亲生母亲
不会有两个独生子女
一张板凳让我坐着苍老
一双球鞋使我走个不停

整理房间

栗　城

今天天气真好
阳光明媚　空气新鲜
我卷起衣袖　拉开窗帘
先把书籍分开
把桌子擦干净
今天天气真好
今天我打开箱子

作者简介

栗城（1967—），原名栗利仁，出生于桂林灵川。作品散见于《诗刊》《诗选刊》《诗歌报月刊》《星星诗刊》《诗潮》《青年文学》《中原》《黄河文学》《广西文学》等刊物，有诗歌入选《中国年度最佳诗歌》《新世纪5年诗选》《中国新诗年鉴》《文学桂军二十年》等选本。现为灵川县文联主席，《灵川文艺》主编。

作品信息

原载《诗潮》2002年第6期，收入《广西现代诗选1990—2010》(广西美术出版社2011年1月出版)、《自行车诗选1991—2016》(长江文艺出版社2016年12月出版)。

把从前的衣服一件件抖开
把天花板上的丝网扫掉
并且跟踪追击
打死两只蜘蛛
毁掉一个老巢

今天天气真好
我把所有的信都抽出来
发现以前的事情是多么美妙
以后的美妙还得靠我们自己去寻找
这时我有了写诗的灵感
给朋友们的句子
在我的脑子中左蹦右跳
今天天气真好
今天我把以前舍不得丢的
全部丢了

现在你看我的房间
简洁空旷　脉脉含情
恋人走进来
脸色绯红　样子轻松

下雪的天堂

刘　频

请原谅，当我写到天堂的时候
抒情的速度就慢了下来
一片片雪花像夜色般飘落
我想起了那位早逝的亲人
在天堂里，他冷不冷
在下雪以前，他是否找到了另外几位亲戚
此时，他们是不是也围在火炉边，搓着手
轻声的谈话，随一片片雪花

作者简介

刘频（1963—），柳州人，1983年7月毕业于广西师范大学中文系，做过教师，长期从政，现供职于柳州市政协，第十届、十一届广西政协委员。1981年以来在中国各级专业文学杂志发表大量诗歌，系广西新时期现代诗歌的在场者和实践者。作品选入国内多种权威诗歌选本并获多种文学奖，出版诗集《浮世清泉》《雷公根笔记》。先后被广西作家协会、柳州市作家协会特聘为文学桂军人才培养“1+2”工程诗歌导师、柳州市青年作家培养计划文学导师。近年获广西文艺创作铜鼓奖，广西首届年度作家奖。与友人创办广西麻雀诗群，担任《麻雀》诗刊主编。

作品信息

原载《诗刊》2002年11月号下半月刊，收入《中国新诗白皮书》(昆仑出版社2004年1月出版)、《新世纪好诗选》(黄河出版社2014年8月出版)。

落下来

温暖地覆盖我的稿纸

| 创作评论 |

刘频当年为骆一禾赞赏，正因为他向《十月》投稿的那十三首诗作中的文化、哲学、本源性的生命之思等意味。这是刘频宝贵的写作背景，是他的思想起点；而作为一个在现代生存境况中活着的人，他坚持着心灵的某种向度，“终身都在做着一件事情——/用一生的泪水，交换一颗露珠”；而作为一个抒情诗人，刘频在感觉、想象和经验的表达的能力上，也是高超、独到的。——这些因素使当代汉语诗坛出现了一种意蕴深厚的、洋溢着闻一多曾经盼望的“正面的美”的诗篇。这也是我所理解的为什么刘频的诗歌如此动人的原因。

——荣光启:《现代汉诗久违的“正面的美”》，载刘频诗集《浮世清泉》，中国文联出版社，2010，第17页

在一种宏观的系统论思维的导引下，刘频的诗歌具有了自己的范型，他的诗拿得起放得下，广袤的时空感和具体可靠的史料令他的诗歌具备了强有力的现实感和历史感，情感的丰沛和体系的完善拢住了细碎的知识碎片，庞大的吞吐能力建立在对象的细节和纹理的研磨之中。

……

刘频思索的力度带来了语言的锐度。形而上者为之道，形而下者为之器。技巧永远是器，器者永远是末，根本的东西依然是心灵。大象化于无形，真正的修辞是无修辞，器应是心的水到渠成的水，有如豆子磨出豆腐。刘频的诗歌语言体现了这种追求和成功。刘频的诗歌大多没有雄伟的意象、阔大的题材，反倒他的作品都是他身体接触到的，他的所见所闻、他的俯拾即是的东西。但刘频的诗读起来何以给

人以沉雄大气之势呢，实则在其内蕴，内蕴方为根本。

——刘玲:《在历史和现实的语境中磨制铜镜——刘频诗集〈浮世清泉〉艺术探微》,《南方文坛》2013年第6期

刘频是广西诗歌领域一位颇具实力而不张扬、不标榜、不随流，只一味地试图“在一张洁白的纸上挖出清泉”的诗人。他数十年如一日地坚持在浮世挖井，挖掘生活之井、生命之井、精神之井，从而挖掘出他独特的诗歌之井。他所挖出的这口诗歌之井充满了神性、智性和悲悯性，使其诗保持着神性的光芒，建构了智性的空间，怀抱着悲悯的情怀，呈现出刘频独特的诗质追求。

——罗小凤:《“坚持在浮世挖井”——论刘频的诗质追求》,《河池学院学报》2015年第3期

关于男孩刘浪

刘　春

他把石子一块一块搬开，要收养
一窝小蚂蚁，因为幼稚园阿姨说“要有爱心”
他管飞机叫“天鹅的妈妈”
至于什么是天鹅，——“麻雀的妈妈呗！”
他如此炫耀自己的学识

萤火虫已积够了五只，和他的年龄
正好相当，在空空荡荡的瓶子里
飞来飞去，像他终将面对的世界
广阔繁华、四周有看不见的墙壁

作品信息

原载《绿风》2003年第6期，收入《青春诗会三十年诗选》(作家出版社2014年10月出版)，《命运的火焰——桂林九人诗选》(太白文艺出版社2008年5月出版)，《广西当代作家丛书·刘春卷》(漓江出版社2004年5月出版)。

“猫和老鼠”是他的至爱，为此他声称
拒绝今后所有不合时宜的晚餐
一只弱势的小动物屡屡捉弄它的天敌
这过程让他呵呵直乐，却让他的母亲暗自担忧：
生活是否真的如此诗意？

令人恼怒的是他还精通爱情
我和妻子的小小的亲热被他撞见
他会老气横秋地鼓励我们“再来一个”
而关于这“一个”，他有个形象比喻：“吃口水”

其实他不够刁钻，一个五岁的小孩
玩出的花样终归有限
可他时常担忧我们会把他“卖掉”
“还有什么能比你们可爱的独生儿子更值得怜爱呢？”

| 作品点评 |

刘春有一颗赤诚的童心，一个五岁的孩子让他联想到生活的诗意和人格的完整。

——周志雄：《刘春：“摇摆不定”的诗人》，《文艺争鸣》2008年第6期

粤桂边城

朱山坡

1

我的家在一个桂东南的小城
与粤为邻
地表潮湿，植被茂盛
四平八稳的山像塞车一样
让雾气缠在这里
人们便倚山傍水而居
在山与山之间拣路而行

作者简介

朱山坡（1973—），广西北流市人。与田耳、光盘全称“广西后三剑客”。出版有长篇小说《懦夫传》《马强壮精神自传》《风暴预警期》，小说集《把世界分成两半》《喂饱两匹马》《中国银行》《灵魂课》《十三个父亲》等，曾获首届郁达夫小说奖、《上海文学》奖、《朔方》文学奖、《雨花》文学奖等多个奖项，有小说被译介到俄、美、英、日、越等国。现供职于广西文联，为广西作家协会专职副主席，江苏省作家协会合同制作家。

作品信息

原载《诗刊》2003年7月号下半月刊。

广东人什么东西都从这里拉走
唯独把雾留下来

我们需要豆腐、青菜、咸萝卜作为家常
吃的是白花花的米饭
都很清淡　因而我们说白话
我们的白话土音太重
孩子们平常都已经说广州话
开始我听起来很别扭
现在慢慢习惯

我的家乡与高州接壤
鸡犬之声相闻
许多时候能在路上遇上亲戚
我们的鸡越过粤界
下完蛋又回来

从我们这里去高州城
半天能跑三个来回
到广州也不过几个小时
广东的经济很发达
我的兄弟姐妹大部分在珠三角
乡亲们用广东的汇单盖起成群的楼
我们这里已经算富
但全国许多人以为我们还很穷
我不服气　外地的朋友来

我都让他们睁大眼看看

2

高州与我家乡一水之隔
我在这条河的上游

嘉庆年间
高州有一帮才子与我的家乡才子一比高低
三副对联和五首诗赋至今仍然流传
现在　两地的才子
枕着绵绵的黑山和飘柔的秀水
写诗或隔山击掌或隔水相悦
两广在这里以才气相连

每逢大节
我便去高州
在冼太庙上几炷香
三十年来我一直平平安安
南风徐来　高州炊烟和我们的雾气
把数不清的山和数不清的河
连成一片
整个地域歌舞升平

人们一直认为
江南以南山水至桂林为止

我却在岭南一隅笑
现在许多画家都想以桂林出名
我和高州的朋友说
“一群井蛙”

3

粤桂之间以此河为界
撑一叶竹排
我就自由自在地坐在粤桂的边界上
用白话唱歌
用水筒抽烟
篙子一回插在粤界一回插在桂边
看一看这边的村民
与那边的村民竟无两样
瘦瘦的诚信又精明

人们常为隔水的亲戚留着饭菜
炊烟升起的时候
我拿着酒杯大声呼喊
“来半斤米酒”
两岸回应　顿时满河酒香

我就这样无牵无挂地坐在粤桂边界上
这条河也不紧不慢不愠不火
摆脱竹遮榕罩

绕过无数的村庄和河湾
便汇入浩瀚的南海
自此以后
这条河便与日月为伴
数年未见回家

4

这里的山太矮
我扛着云梯
无论放在哪座山顶
也够不着蓝天

十二岁那年
我一口气翻越七七四十九座山
往高州寻找走失的牛群
从我们的清湾镇出发
走了两天两夜
在高州一个叫播阳的地方
截住了牛群浩浩荡荡的去路

现在我突然醒悟
这些牛向南一路狂奔
坚决得像永不长高的山
难道牛也有它们的追求
如果我们不日夜兼程

这些牛应该到了雷州
但肯定过不了海口

云梯再长无奈山太矮
不能依靠这些山向上攀登
将梯横亘在万重矮山之间吧
将牛群困在这里
然后我们从家乡出发
顺着梯子不用几个小时
即可越过高州
抵达广州

一个俗人的早晨

刘　春

从树林边走过。在清晨
我听到树木在交谈，它们的呼吸
轻柔恬淡，如果是冬天
我会幻想那是它们身上飘落的白色羽毛
而这是五月，天气状况
已允许市民穿着单衣
我因此有了闲情
我原以为它们是一个群体
靠一些理想、一些谎言相互取暖
雾气中，轮廓逐渐清晰

作品信息

原载《诗刊》2003年9月号上半月刊，收入《广西当代作家丛书·刘春卷》(漓江出版社2004年5月出版)，《幸福像花儿开放》(天津社会科学院出版社2004年12月出版)，《70后诗歌档案》(中国海洋大学出版社2008年1月出版)，《新世纪中国诗典》(群众出版社2011年3月出版)，《三十位诗人的十年：华文青年诗人奖和一个时代的抒情》(漓江出版社2012年12月出版)，《中国新诗百年大典》(长江文艺出版社2013年3月出版)，《命运的火焰——桂林九人诗选》(太白文艺出版社2008年5月出版)。

最后，我看到它们的样子：清瘦、独立
仙风道骨

一个俗人无权在这个纯洁的早晨说话
像山里的孩子看到狐仙
发不出一丝声响
有时候，我也会学着树木的模样
静静站立，想成为自己
而大地看出了的破绽——
只需一点时间
我的腰身就会不由自主地弯曲
只需一点饥饿
我的体内就会伸出无数只手指

｜作品点评｜

在一首题为《一个俗人的早晨》的诗中，刘春先写自己在一个早晨“从树林边走过”，“听到树木在交谈 / 它们的呼吸轻柔恬淡”，便“以为他们是一个群体 / 靠一些理想、一些谎言相互取暖”，而随着雾气中树木的“轮廓逐渐清晰”——“最后，我看到他们的样子：清瘦、独立 / 仙风道骨”。本来，仅仅从刘春对树林的绘写和他对树木们各自“独立”的辨认中，我们已能感受到他将自己从70后群体中“独立”析出的心情，非常类似于其如上所述的个体自觉。但是紧接着，在诗的后半部分，诗人一方面自承其“有时候，我也会学着树木的模样 / 静静站立，想成为自己”；另一方面，则更是对自己不无自嘲，自称“一个俗人无权在这个纯洁的早晨说话”，面对“清瘦、独立 / 仙风道骨”的树木，反省到自己在“压力”和“诱惑”之下“腰身”的“弯曲”和“体内就会伸出无数只手指”般的蠢蠢欲动、无有定力。

——何言宏：《诗歌文化的个体创造——刘春论》，《南方文坛》2018年第3期

在佛子岭

非　亚

在佛子岭，公墓接待科，我和妈妈在
桌子上，为爸爸的墓碑写字
我这样写：广西横县人
生于一九三一年四月六日
故于二〇〇一年十一月二十三日
因为必须
以母亲的口气
我接着写下爸爸的名字，以及

作者简介

非亚（1965—），原名谢建华，广西梧州人。1983年至1987年就读于湖南大学建筑系建筑学专业。1987年大学毕业后来到南宁，开始现代诗创作。1990年10月编印油印刊物《现代诗》，1991年6月和麦子、杨克一起创办诗歌民刊《自行车》，并主办至今，是自行车诗群的代表性人物。除诗歌外，还短暂地写过一些小说。著有诗集《广西当代作家丛书·非亚卷》《倒立》，自印有诗集《青年时光》《祝爸爸平安》。与人合编有《广西现代诗选1990—2010》《自行车诗选1991—2016》。曾获《诗歌月刊》首届探索诗大赛特等奖，广西首届青年文学奖，广西文艺创作铜鼓奖，《诗探索》年度诗人奖等。

作品信息

原载《青年文学》2004年第1期，收入《汉诗·十年灯》(长江文艺出版社2017年12月出版)。

我们这些供奉者的
名字。这一天，上午
坐车来的路上偶尔有雨
落在地面
中间，工作人员给我们
办理例行手续，我
在房间中游荡，几次走到门口
水泥围墙外，不时有汽车
呼啸驶过，水塘
静静的，一个多月后
爸爸将来到这里
树木涌动着
声音，听不见泥土下面的
寂静。

| 创作评论 |

非亚在诗学实践上富有清醒的理论自觉性和很强的调适能力。非亚的诗学发育历程走过了“朦胧诗接受期”“第三代诗群接受期”“自我调整期”，在21世纪臻于成熟。抽象与具象、繁复与简洁、社会介入与艺术本体、艺术的及物与艺术的自觉，这些范畴之间的平衡性，使非亚在21世纪充分显示出成熟诗人所具有的综合与平衡的诗学素质。他不仅在诗作中呈现了日常生活里人类共通的人性状态与生命体验，而且，对于中国特定生存语境下的特殊性问题，也具有清醒的诗学认识。

——《诗探索》中国年度诗人评审委员会为非亚撰写的“入选理由”，见《2011诗探索·中国年度诗人》，漓江出版社，2011，第2页

非亚，“自行车”的带头人，是一个不按成规出牌的具有独特探索意识的先锋

诗人，故我称之为“自行车群里的‘非法分子’”。在他身上，既体现了上世纪80年代以来诗人所走过的“共名”之路，也体现了作为一个“非法分子”的先锋诗人，非亚经历了诗歌史的“无名”状态，而发育成熟的独特历程。

——赵思运:《自行车群里的“非法分子”——非亚简论》,《2011诗探索·中国年度诗人》，漓江出版社，2011，第3页

非亚的诗风舒缓自然，颇受先锋诗界注目，新世纪以来，他不仅坚持创作，而且功力日益精进。

——刘春:《广西诗歌：在波峰与波谷之间——关于新时期广西现代诗创作的10个问题》,《南方文坛》2011年第1期

非亚诗中传达出来的是都市中人们即使受到了生活的禁锢，离开了感性、直觉、诗意的生活，诗歌仍能够把人从体制的禁锢下解放出来。 如果说口语诗是当下生活和诗歌的解构策略，那么非亚和以其代表的“自行车诗群”则是一种建构，抛弃了像“知识分子写作”的西方知识理论体系，关注周围，关注生活细节，关注本土的对一种积极生活方式的建构。

——董迎春、李冰:《诗无体·非亚的诗·自行车美学》,《南方文坛》2006年第3期

在非亚走向诗坛的八十年代中期，杨克、黄神彪、黄堃、林白薇（林白）等人在广西诗歌界倡导“百越境界”，倡导回归本土和文化的文学寻根意识，非亚绕开了诗歌地域经验的想象，关注着日常生活和现代经验，表现出与前代诗人不一样的写作取向。在全国的诗歌气候中，非亚同样告别了海子式的抒情模式，超越了汪国真、席慕容式的写作迷雾，直面生活，直达内心，简洁、平实、大气，因此他的诗歌也具备了切入日常生活的能力。

——钟世华、陈代云:《“是事物使我变得如此安静”——论非亚的诗》,《名作欣赏》2012年第8期

郊　外

吉小吉

黄昏。小鸟还在
小鸟们的悦耳笑语还在
微风走过来，告诉我
附近村庄的炊烟还在
野花们都还在
野花们就要把小路拦住了
但没把我的脚步拦住
而路边的牛粪还在
粪壳虫忙碌着。粪壳虫还在
这时有一头牛在喊我
一头牛在大声喊我。它喊我回到
一种遥远、熟悉而亲切的生活

作品信息

原载《青年文学》2004年第7期，《青年文摘》(绿版)2004年9月选载，收入《感动中学生的100首诗歌》(九州出版社2009年5月出版)。

这时夕阳照着我。这时夕阳还在

我摸摸胸口

我暗地里庆幸

我童年的心跳，还在

火把以及火把的影子

谭延桐

比所有的夜行人都要明亮
都温暖，懂得黑夜里的秘密，敢于揭穿
躲在暗处的假相。这样一支火把
握在神的手中，再也合适不过了
你看，难道它不正像长在神的身上的另一只发光的手臂吗
正是这只手臂，拿走了我们的寒冷和恐惧的

跟上这支火把，也便等于

作者简介

谭延桐（1962—），山东淄博人。毕业于山东大学文学院。先后做过教师及《山东文学》等杂志社的编辑、编辑部主任和主编。中国作家协会会员，读者杂志社及广西文联签约作家，广西壮族自治区委员会宣传部及广西文联签约音乐家，南宁文学院及多所大学客座教授。中学时代开始发表诗歌、散文、小说、评论、报告文学、歌曲等，作品散见于《人民文学》等海内外报刊，计1200余万字。著有诗集、散文集、诗论集、长篇小说共19部。部分作品被译为英、法、德、意、俄、荷、日等多种文字，作品入选500余种选本。曾获各类文学奖、音乐奖和优秀编辑奖200余项，系首批文化艺术国家荣誉金质勋章获得者。

作品信息

原载《绿风》2004年第2期，收入《中国当代汉诗年鉴》（大众文艺出版社2008年12月出版）。

跟上了神了，可是
脚下的坑坑洼洼总是在作祟，总是在我们快要接近神的那一刹那
和藤蔓一起狠狠地拽住我们，拽住我们的
力气。是的
有一种东西是无论如何也拽不住的
有一种东西就像空气一样
像空气一样的这种东西，谁拽住了
谁都会被里面的电流和霹雳击倒，死得很惨

那个人说，他就是坑坑洼洼
你踹了这种声音一脚。他说，他就是藤蔓
你又踹了这种声音一脚。踹到第三脚的时候
他就不再说话了，替他说话的
好像是一种命运。你又狠狠地踹了这种命运一脚
你知道这种命运是最经不住踹的

果然，你和火把之间的距离
就越来越短了，短得
就像是一把短剑
可惜，没有人读得懂这样的短剑
就连你自己，也似懂非懂
你不知道你和无数个你之间究竟是一种什么样的关系

管它什么关系呢，管它呢
你说，反正我注定了是那支火把的影子

| 创作评论 |

先锋性的追求有时候并不仅仅是表现在思想的异端上，而更多的是表现在卓尔不群的手艺上。在这方面广西诗人也应该有自信的理由，它可以说拥有一批成熟的、富有艺术个性的诗人……这个群体应包括来自外省、也已经加入了广西的谭延桐、花枪、龙俊等诗人，他们共同构成了今天广西诗歌生气勃勃的局面……谭延桐的惊警深邃的哲学意境以及顿挫奇崛的修辞感觉……都可以视作是这个群体的代表。

——张清华:《汉语在葳蕤宁静的南方：关于〈第二届广西诗歌双年展〉阅读的一点感想》,《广西文学》2008年第9期

在当代诗坛，谭延桐先生的诗独树一帜。读谭延桐先生的诗，会让我们明了为什么诗被称为文学的皇冠，为什么诗是一种超凡脱俗的语言晶体。

——冰虹:《超凡脱俗的晶体》，转引自冯正永主编《中国九人诗选》，团结出版社，2010，第152页

谭延桐的诗歌属于那种真正的“实力型”创作，总是在不显山不露水的自然状态中，让人感受到“冰山”的分量，领略到诗美的独特意义之所在。

……

进入宗教意义上的写作，并非人人可及，而谭延桐做到了。

——十品:《精神弥撒》,《广西文学》2002年第9期

考察谭延桐的诗歌，我们有趣地发现，他的整个艺术立场仍旧是超验主义的写作，身体是他精神书写关注的思想视角，也是诗歌表达的重要内容，更主要的是经他的想象、幻想、直觉、灵感式的启悟把身体/精神的边界打破，不断赋予自然生灵以生命、灵性，形成彼此对话的关系，神性写作变成一种自我的触摸与沟通，身

体/灵魂、社会/自然、现实/精神，这些对立的范畴经过身体，最终抵达诗人的诗心、超验性的生命感知，通过身体感应有效地走向精神契合。

——董迎春:《论“神性写作”及其话语启示——以谭延桐诗歌为例》,《文化与传播》2015年第3期

谭延桐是诗坛的一个“异数”，在诗歌上有他独特的追求，其诗被称为“超验诗歌”，蕴含着丰富的超验主义色彩，在诗歌场域里独树一帜，自成一格。他的诗试图建构一种人与自然的和谐关系，强调直觉，呼唤灵性的回归，以诗传达神秘世界的体验与感悟，构建充满童话色彩的寓言世界，提供了一批富有超验性的独特的诗歌文本。

——罗小凤:《论超验主义视阈下谭延桐的超验诗歌》,《玉林师范学院学报》2015年第4期

台　词

林　虹

是从一盏淡红色的路灯开始的吧
我坚信那一刻是时光的转折
山风　芦苇　松树的清香
故事的铺叙充满了戏剧的隐喻
只是水雾太重
总在出场时忘记了台词和方向
从夜色的深处望去
不被心灵束缚的思想

作者简介

林虹（1971—），瑶族，广西贺州人，中国作家协会会员，鲁迅文学院第二十二届高研班学员，上海戏剧学院2015高编班学员。曾在《作家》《诗刊》《民族文学》《散文选刊》等发表小说、诗歌、散文。有诗歌入选《2010中国年度诗歌》《2010中国最佳诗歌》《2016中国最佳诗歌》《2017中国最佳诗歌》等选本。有散文入选《散文选刊》《2015中国最美散文》《2015中国民生散文》《2017中国最佳散文》，出版有小说集《清澈》，散文集《时光深处》《两片静默的叶子》，诗集《十万朵桂花》。获2014年度华文最佳散文奖，2017年度中国少数民族作家学会文学奖，第五届广西少数民族文学创作"花山奖"，第八届广西剧展金奖、剧作奖。

作品信息

原载《诗刊》2004年12月号下半月刊，收入《广西文学》2012年第C1期，入选《2006中国最佳诗歌》（辽宁人民出版社2007年1月出版）。

为什么无法到达既定的目的
很多事刹那就成了时光的影子
而所有的人在记忆里走来走去
“我的手感受到了幸福”
最后一句台词戛然而止
悟与不悟却已是千山万水

| 创作评论 |

她写情、写光阴、写清闲日子里如风暴一般对爱的追思，写得让人过目难忘又惊艳叫绝。

——王久辛:《十万朵桂花》,《民族文学》2015年第5期

林虹细腻、温婉、安静的笔触，将我带入一个宁静丰饶而又神秘的世界，像激越的暗流涌出地面，清澈、旖旎而又柔韧地向前奔流，成为山间的溪流，映现着两岸的事物，也映现着四季更迭、日月往复的天光。就在这一束又一束光中，林虹的诗歌闪动着大自然的气息，俊美、明亮，溢出欣喜与淡淡的忧伤。

——娜仁琪琪格:《安静的光芒，在时间的河川之上闪烁》，载林虹诗集《十万朵桂花》，宁夏人民出版社，2016，第1页

林虹的诗深得宋词神韵，意象轻盈而意境古典，长短句式的运用娴熟洗练，在轻与重间分寸把握，腾挪有致，不失节奏乐感。

——何向阳

她的诗歌带有浓郁的抒情性的哲理性，对意象的多角度审视，显示出独特的创造力。

——黄晓娟主编《中国当代少数民族女性文学研究》，上海文艺出版社，2014，第174页

生在鬼门关

朱山坡

过了鬼门关
就是一个叫北流的县城
我生在这里
在鬼门关穿来穿去
像在时光隧道中进进出出
因此也似乎忽死忽生　忽梦忽醒

我爱我的家乡
我的家乡有一水朝北
在离北京还很远的地方折流南去
还有一座望夫山
山上的女人已成石头
依然多愁善感

作品信息
原载《诗刊》2005年1月号下半月刊，收入《广西诗歌地理》(广西师范大学出版社2017年9月出版)。

我不敢离家远游
害怕有女人为我伤悲成石
便安贫乐道地在城里写诗
因此我的朋友遍天下
阴风怒号的日子
我都在鬼门关口
焦虑地等待远方客人

我的父母兄弟都在这里
我还有一伙诗朋酒友
鬼门关是我的一盏杯
我的酒来自五湖四海
越喝江水越涨
越喝望夫的女人越伤悲
然而我看到了云舒云卷
和辽阔的长空　浩瀚的苍海

我生在鬼门关
我数日子不用年月
鬼门关
过了一次算一次

我只想给郑州补下一场春雨

朱山坡

在郑州街头　不费吹毛之力
碰上了三年前的女友
面对面四条河流
在郑州城下交汇
黄河顿时异常清澈　既不泛滥又不枯瘦

三年前我们彼此红肿的眼
悬挂在郑州的每个十字路口
像红灯一样　令许多男女
戛然而止
千万辆车堵在一起
直到我们都与另外的人结了婚
我们一直在寻找

作品信息
原载《诗刊》2005年1月号下半月刊。

从广州至郑州
最近的路
但每一条路都隔着长江黄河
我们都在遥望
但彼此看不到对方
我们依旧相爱　如一条河的两岸

三年前那天　郑州大旱
刚溢出的泪水便被挥发
所有的萌芽都被枯萎
所有的爱慕都被分离
一场大旱耽误了季节
我知道　这都是我的错
这一次　我从南方带足了水分
　　只想为郑州补下一场春雨

家里的女子

琬　琦

洗　头

低下头，低下头去，
我看见白色的水花盛开，
有冷香涌来。那么多泡沫，
像我的幸福一一呈现。

低下头，低下头去，
我的头发渐渐变得洁净，

作者简介

琬琦（1977—），本名肖燕，广西容县人。中国作家协会会员，广西作家协会会员，漆诗歌沙龙核心成员之一。在《诗刊》《星星》《作品》《广西文学》等刊物发表诗歌，出版个人诗集《远处的波浪》。曾获《诗刊》全国“周庄”同题诗歌比赛一等奖，广西青年文学奖，红豆年度佳作奖。

作品信息

原载《诗刊》2005年3月号下半月刊，其中《晾衣服》一诗入选《2005中国年度诗歌》（漓江出版社2006年1月出版）、《双年诗经：中国当代诗歌导读暨中国当代诗歌奖获得者作品集·2015—2016》（四川人民出版社2017年4月出版）。

十八岁那年就是这样的洁净，
在傍晚的风里轻轻散在肩头。

温暖的水流一直不断，
我闭着眼睛，摸到耳朵
头顶、额下，摸到我浅浅的眉。
那么多芬芳的泡沫随水飘走。

毛巾是我用惯了的，
上面的图案已经模糊。
我的头发还不够长，在水里，
它们像短短的水草，朝下生长。

总是朝下。一个女子的头发
此刻最是温柔。而我喜欢黑色，
因为它们本来就是黑色的。
低下头去。水流不断。

晾衣服

脱了水的衣服有一种
让人意想不到的清
整个阳台上，只有我在
整个午夜十二点，只有我在

月光是熟悉的，小小的

花布衫，红裤子，小小的袜子
那是我的女儿，她一笑
眼睛就弯成了月牙儿
此刻，她正在床上安睡
以为妈妈一定在她身边

一件蓝色衬衣突然让我
一阵心痛，衣领有些磨损
袖口的扣子昨天刚刚钉过
那一场婚礼昨天刚刚结束
那个男子，我的丈夫
他尚未回来。但是他的衬衣
一定是干干净净的

最后才是我，白色的裙子
在微风里轻轻晃动
像一只潮湿的翅膀
溶进月光
所有的衣服都晾好了
这支参差的队伍是我全部的爱
全部的牵挂。但是此刻
只有我在

扫　地

扫出来了，这昨日的尘灰，

中间有女儿小小的餐具，
擦过眼泪的纸巾，空的瓜子壳
像一架架淡红的小飞机，
多日以前失落的一枚蓝色发夹，
都扫出来了，归为一起。

我让扫把领路，走走停停。
每一次弯腰就是一次不舍；
拾起玩具，发夹，别针，硬币，
中了五角钱奖金的啤酒瓶盖。
甚至女儿涂鸦的半张白纸，
也要小心地拣出来。

生活突然变得简单：
A 或者 B，丢弃或者收藏。
也许丢弃更简单，垃圾铲就在身后。
收藏多少要些耐心，
清洗，晾干，归类，腾出地方，
在狭小的居室里，怎样才叫善待？
这不是第一次，也不是最后一次，
那些明明擦洗过的东西
在沙发底下出现。而到底是什么原因
我还是要把它们捡起来？
一年到头，扫把都累得萎缩了，
垃圾铲里还是浅浅的一层尘灰。

鞭　炮

小年夜，灶王爷返回天庭的时刻，
午夜十二点，零星的鞭炮声悄悄围扰。
我不知道我为什么哭了。
在宿舍的后面，隔着两条马路，
一条小河，一座小山之后，
那些按计划收获和播种的农民，
满足地嗅着鞭炮炸开的气味，
看着灶王爷微笑而去。

我的丈夫和女儿已经睡了，
安宁的鼾声，像墙上时钟的脚步，
多么平静。但是我无法平静。
我不知道我为什么哭了。
窗外的星星越来越淡，
羊年就要过去，即使我从未珍惜，
即使我的眼睛越来越多。
没有哪一种姿势可以阻挡。

鞭炮们渐渐没了声息，
仿佛一个节目已告结束。
也许我应该擦干眼泪，
蒙上被子。我知道，
更多的鞭炮已经跃跃欲试，
准备在大年三十的晚上集体亮相。

我不知道我为什么哭了。

从来没有一个时候，我是如此害怕。

| 创作评论 |

在我过往的阅读印象里，琬琦的诗温和而轻柔，她恪守传统美德，以美化的生活细节来表现“家里的女子”也就是一位母亲、妻子的日常忙碌，从两情相悦走向两性战争，似乎一个“好女子”强迫自己扮演“坏女孩”，从中可窥见广西女诗人的多舛命运。

——杨克:《反向推进：从身体后退到语言——广西女诗人散论》,《南方文坛》2008年第5期

“粉碎”“破碎”，这些感觉如同“战栗”“空洞”一样，其实是我们生命中、思维中的常态，诗人没有回避这些直接的赤裸的字眼，这使得我们对生于70年代的琬琦的写作有了更深层的理解。

——郁葱:《我看见重重叠叠的自己——琬琦诗歌的深邃和曼妙》,《广西文学》2007年第11期。

壁　虎

黄土路

两只，不过冬的壁虎
像房屋检修工
爬上楼顶
他们像人那样
把目光投向远处的街道

然后　他们挽起袖子
开始干活
只见胖的那只

作者简介

黄土路（1970—），原名黄焕光，壮族，出生于广西巴马，中国作家协会会员，广西作家协会理事，作品主要发表于《作家》《花城》《青年文学》《天涯》《上海文学》《小说界》《文学界》《散文》《美文》《诗选刊》《中华文学选刊》等杂志，著有小说集《醉客旅馆》，散文集《谁都不出声》《翻出来晒晒》，诗集《慢了零点一秒的春天》等。曾获第六届全国当代少数民族文学研究园丁奖，第三届广西少数民族文学奖，第四、第六届《广西文学》广西青年文学奖。

作品信息

原载《上海文学》2005年第11期，收入《北大年选·2005 诗歌卷》(北京大学出版社2006年4月出版)。

揪开楼顶的隔热层
把头往里探了探
隔热层就是隔热层
里面并没有什么
只有在夏天的时候
你才会感到
它确实隔开了一丁点的热气
即使隔不开
你有什么办法呢
你不还得叫它隔热层吗

那天上午我听到楼顶的歌声
来自一只
瘦小的壁虎的身体
它音节很短　节奏缓慢
在楼顶
谁也没想到会下起雨来
直到次年的春天
雨水，还在沿着墙上的电线
往下爬
像两只身体透明的
液体的
壁虎

过眼云烟

盘妙彬

忘山又忘水的云朵从眼前过
炊烟直，炊烟歪，河山这边妩媚，那边乱
田地里劳作的农人抬起头
他们的脸无奈，忧虑，快要下雨的天空慢慢倾斜

这低的天空回复着山水，回复着炊烟
这家乡，人人都有一份。若是异乡，人人都会痛

旧路通往事，白树长如我，不知是何时何地
眼前物只有云朵，它从闲处向急

作者简介

盘妙彬（1964—），1986年7月广西大学中文系毕业。主要从事诗歌创作，国内主要诗歌刊物头条推荐发表，参加诗刊社第二十届青春诗会，作品入选《中国新诗总系》《中国新诗百年大典》等权威诗歌选本，著有诗集《广西当代作家丛书·盘妙彬卷》《我的心突然慢了一秒》等。系中国作家协会会员，广西作协副主席。现居广西梧州。

作品信息

原载《诗选刊》2006年第5期。

忘了吧，忘了。此时只是短
片刻的宁静，花掉从前二十年
村镇，车站，所谓时光有慈恩是吾心的否定
之后肯定

| 创作评论 |

盘妙彬大概有绘画的功底，他善于采用色彩不同且千变万化的微妙的光线加以调和，把一首诗变成一幅活生生的画，摆在你的面前。但是，这一切却又那么难以置信，更难与“现实”联系起来。由此可见，他是一个经验型的诗人，他知道该把读者的阅读往哪里调整。

——程光炜:《那无形的存在 ——读盘妙彬的诗》,《广西文学》2002年第12期

盘妙彬是一个诗歌风格很独特的诗人。他对美有一种天生的敏感，他的诗不仅美在语言和形式，更多的是内在的、精神上的美。那些优美而自然的句子，像早晨盛开的花朵，鲜而不艳、清而不淡、嫩而不娇。词语组合简洁诡秘得近乎梦呓，细细品味却自有其合理性与精致感。

——刘春:《广西诗歌：在波峰与波谷之间——关于新时期广西现代诗创作的10个问题》,《南方文坛》2011年第1期

因而他所建构的诗歌世界亦与众不同，是一个人与自然和谐的“远方”，一个充满童话、寓言色彩的世界，一个充满神性的世界，而这个独特的诗歌世界，是以诡秘的诗语传达与构造而成的，由此建构了他独树一帜的诗歌特质，形成了当代诗歌领域一道独特而重要的风景。

——罗小凤:《心在云端：论盘妙彬的诗歌特质》,《南方文坛》2017年第2期

江山闲

盘妙彬

一行人沿河而上，水稻，古窑遗址，陶的碎片
闪光的东西归于宁静
我们的童年，青春，欢乐的阳光和妩媚的青山
这些碎片，我们找到它们

木桥，竹筏，这里不通车，这里不通皇帝那里
流水中不见朝阳出，不见落日落
江山闲，我们慢
时光在这小小的河谷，舀去一勺，可能是一个朝代
可能是一小半天
我把它搬走，从此地到别处
以一只陶的身体，并且带走这条河

让一条河生活在别处
让看不见的看见，像三百年前，像三百年后

作品信息
原载《诗选刊》2006年第5期。

约等于蓝

羽微微

异　乡

她说她是一片落叶。她在
整个冬天，都穿着黄色的风衣
那些日子一直在下雨，天空显得很挤
她的翅膀，很久也晾不干
她累了便长在一棵树上，湿漉漉的
仿佛整个雨季
全盛在她的身体

作者简介

羽微微（1977—），本名余春红。广东省茂名市人，广西作家协会会员，现居梧州。曾在《人民文学》《诗刊》《青年文学》《广西文学》等刊物发表诗歌，作品入选多种年度选本。出版诗集《约等于蓝》及《深蓝》。曾获2005年度《诗选刊》年度诗人奖及2012年度人民文学奖。

作品信息

原载《诗刊》2006年11月号上半月刊，《涉世之初》2007年第4期转载。

远方有人要去远方

远方有人要去远方
远方有人接电话，说谢谢
安静地收拾行李
那个地方很高，有稀薄的空气，有俯冲下来的
鹰，带走渴望栖息的灵魂
雪白的羊群正走在最蓝的天空下
有悠扬的歌声
仿似前生
你也站在山峰上这样
呼喊，另一座山峰

花房姑娘

天堂鸟开了，勿忘我开了
紫色熏衣开了，金色百合开了
美丽的名字都开了
只是不要留意我
我要慢慢想，想好一瓣
才开一瓣

允　许

已经很久了。我突然想停下来
允许自己哀伤，长时间地。

允许影子和我一起回忆。我允许
我比影子，略微淡灰
允许有个声音问我：你，究竟在哪里？
我允许自己走在大街上，是冷的。
我一天比一天更冷。我允许
自己，一天比一天
更冷。

约等于蓝

不可能一开始，就是蓝
要若无其事地泡泡茶，想想别的
打几个电话。或者把屋子里的书收拾好
如果外面不是阴天。就站在阳光下
假装是一株蔷薇，正在微笑
你知道，美好的事物都是慢慢开始的
不可能一开始，就是蓝

一个中年人

一个中年人，愿意变甜。愿意有一个秘密
像果籽般大小，掉在地上，就长出叶子
但保持沉默
哪怕是风吹过来，也不说
哪怕是春天的风吹过来，也不说
一个中年人，羞于甜蜜及无助

羞于被比喻
关于上面的句子，他只对“保持沉默”
感到满意。

旧名字

我用的
还是旧名字。你看它，日显沧桑
幸好音韵尚如往昔
你若缓慢默念
当忆起，我那时，秀发齐肩
略带惊惶

蓝花花

天黑了。月黄了。
我说爱你，我说爱你的波浪
涨潮了。
鼓点明亮了。樱桃红了。
你是一个热的感叹号，进入我
潮湿的句子中。
我，我的，我的呼吸，
我的呼吸深蓝了。

鸽 子

推开暗绿的门，我看到鸽子睡着了不会飞
我带着童年稚嫩的手，触碰它那坚硬的翅膀
我触碰了死亡。死亡是坚硬的
多少年后，谁人拎起我无翅的身体
却没有洁白的羽毛和灵魂

| 作品点评 |

“不可能一开始，就是蓝。”在《约等于蓝》一诗中，羽微微用不容置疑的口气写下了这句诗。突兀、决绝，然而并不是没有来由，我们分明可以领略到一颗历经燃烧的心的丰富，它是透彻理智的，“不可能一开始”，似曾沧海难为水啊，那种虚幻的蓝，那种假象已经不可能欺骗、撩拨起诗人的心了。这颗心又是理想的，热情的，不改初衷，尽管有过磨砺，有过种种幻灭，诗人仅仅是说“不可能一开始，就是蓝”，并没有绝望到说“没有蓝”，一句诗已经可以打开一个通向诗人心灵的暗道了。

——向武华:《蓝色之前——读羽微微的诗》,《西江月》2018年第3期

阳朔一去十九年

盘妙彬

阳朔处处是山，到处是人，行船要收钱问我去不去
十九年前的光景，能不能抵达

某一个小村，在漓江边或者漓江的支流上
一个人撑船和捉鱼
山水，云烟，人家，三者不知谁在上，谁在下，谁在其间
这乾坤中，鱼得水，我得鱼水

十九年的山水不曾搬走，尽管来过欧洲人，非洲人，美洲人
来过总统，百万富翁，小偷
那年我找过齐白石，一个人在漓江上来去几次，一个人在春风
那年得得的马蹄声，阳朔空无一人

作品信息
原载《作品》2007年第1期。

到处是人，是错，非生活的样子，亲爱的阳朔
昨日有，今日无，明日分两地
我有忧伤我带走，此地空留那么多人，那么多黑夜与白日

夜深了

陈　琦

夜深了
你说再聊聊
你说遥远的故乡
海水将细细的白沙
铺到你的窗前

你将灯光调得更暗
开始说那些
摸上去有点烫手的话

作者简介

陈琦（1969—），广西北流市人。广西作家协会会员，广西作协第八届理事会理事，玉林市文联副主席，漆诗歌沙龙核心成员之一。1991年起在《人民文学》《诗刊》《星星》《绿风》《诗歌月刊》《诗选刊》《百花园》《漓江》《广西文学》等文学期刊发表过一定数量的小说、诗歌、文学评论，与人结集出版《南方抒情诗》《漆五人诗选》等诗集。有作品入选《2006年中国诗歌精选》《中国诗歌白皮书》《中国年度最佳诗歌》等选本。

作品信息

原载《人民文学》2007年第3期。

你越靠越近
斜睨着我抽回来的手
扁着嘴发笑

没有谁来敲门
没有一阵刺耳的
电话铃突然响起
上帝一直住在罗马
我往下沉
心里是情愿的
委屈的
白净的

| 创作评论 |

陈琦的诗其实是在世俗与理想的多元交织、抗辩中建构了一个独特的诗歌世界，既呈现了诗人内心在世俗与理想之间的矛盾、挣扎，又呈现了诗人诗歌世界的独特性，而这主要体现在意象的选取与构造上。

——罗小凤:《在世俗与理想之间》,《玉林日报》2014年8月20日第B04版

做一只白色的蝴蝶

陈　琦

做一只白色的蝴蝶
做一朵抵达大地后
还可以飞翔的雪

比一只蜜蜂飘逸
比所有的蜜蜂鲜艳
百花中
没有甜蜜的事业让我操劳
也不会被往事顽固地缠住

让故乡在更遥远　更细小的
地方守望
愿我的一生

作品信息
原载《人民文学》2007年第3期。

只是美丽而短暂的一次展翅

将春天，轻轻驮过山冈
不知筹谋　不知道路　不知方向
像纯净到没有一点杂质的爱情
在阳光下来来往往

慢了0.1秒的春天

黄土路

我记得你　身高1.72米　腰围58cm胸围
68cm　很好地裹在一件
比基尼里　多么美丽　正走向T形台

仅仅是慢了0.1秒的时间
我看出你的犹豫
就像春天的到来
也慢了0.1秒
——慢了0.1秒的花开　慢了0.1秒的微笑
冻在空气中
0.1秒　你想起　遥远的河流　风中的眼睛
篱笆墙　影子　大学时代的时代　他踮起脚尖
的热吻

作品信息
原载《红豆》2007年第5期。

灯光亮了　多么炫目　灯光里没有人
音乐响起　慢0.1秒
你赶不上　就像12岁的夜晚
他突然长大　父母气喘吁吁
再也跟不上
你的成长

| 作品点评 |

我不知道黄土路在日常生活中比常人慢多少，或许也就仅仅是0.1秒，然而正是0.1秒，让黄土路看到了许多被常人所忽略的东西，如同这首诗中0.1秒所包含的东西，这也让他具有一种化平淡为神奇的魔力。

——罗四鸰:《慢0.1秒的乐趣与恐惧》,《文学界》2011年第6期

雪

黄土路

你的亲人在天上住久了
会到地上陪你一会
他悄悄地来
洁白　轻盈　飘舞
像曾有过的灵魂
有时候他来一会就走了
有时候他会多待一会儿
就在路边树叶上　麦地里
房屋上　街道两边
他以寒冷的方式存在
这就是生与死的距离
有时候你出门不轻意踩着了他
心不由温暖了一下

作品信息
原载《红豆》2007年第5期。

刀锋上跳舞的天使

谭延桐

她是怎么爬上去的，这不是关键问题
关键是，她爬了上去，并且在跳舞
就似乎，一道一道的锋芒，本身就是她的道路
打这里路过的人，无不惊讶
看着她，就像是在看着一个新道理
这年头，新道理，还不是有的是？
只是，她的新道理，并不同于别人的新道理

她跳得越来越轻盈，轻盈得
就像是一片云，或一团雾，或一股气
完全忘记了，她是在危险的刀锋上
跳舞。一不小心，就会划伤自己嘴里念诵的那个极为脆弱的词
她当然知道，从远方涌来的

作品信息

原载《山花》2007年第7期。

暮色可以划伤，甚至皮肉也可以划伤，唯独
就是不能划伤这个正在成长的词
词的成长就如同一个人的成长
别人不来呵护，自己也要来亲自来呵护
无论自己正在面对着怎样的一些大事，从一开始
她就抱定了这样一个主意

把最后一丝力气
也舞没了，她还在舞，舞，舞……
就似乎，世界上根本就没有累这回事儿
舞着舞着，她
就变成了她脚下的刀子，割断了白天和黑夜的联系
也割断了许多人正要脱口而出的句子
比一块铁的呼吸还要困难
三天前这把剑还只是一块铁
火一劝再劝，铁就动心了，不再犹豫不再顽固抵抗了，过程极其简单
终于成了一把剑！铁想，我终于终于终于成了一把剑！
（也可能是，它被烧糊涂了）
一把剑的骄傲，从此就代替了一块铁的困倦
这个变化，许多人都看见了
甚至，还看见了里边的一些内涵
看来，怕疼是改变不了自己的，要彻底改变，就要经受火的考验
可临到关头，逃脱的身影依然像我们眼前留不住的时间

剑是今昔对比了。可一想到
还有许多的铁在生锈，在任人使唤，剑就禁不住扼腕长叹

它不忍心去削铁成泥
更不忍心去砍断众多活物的脉管
就这样，在主人的眼中，它成了一把标准的废剑

剑倒悬在墙上，比一块铁的呼吸
还要困难，可它无力改变
当主人不经意地将目光投向它时，它觉得，那目光才是世人眼中的剑

在提速的火车上

田　湘

窗外，一部浓缩的电影

窗外，一部浓缩的电影
没有语言和情节，只有我的目光
揽尽万山千山，一草一木
将漫漫长路浓缩成精彩的瞬间

让动变为静——那是我端坐的姿势
那是我宁静而舒展的内心

作者简介

田湘（1962—），生于广西河池市，曾就读鲁迅文学院第二十三届高研班，中国作家协会会员、中国铁路作协副主席、广西作协副主席、全国公安文联诗歌分会副主席兼秘书长、广西民族大学客座教授。著有诗集《城边》、《虚掩的门》、《放不下》、《遇见》、《田湘诗选》、《雪人》（汉英双语版）以及配乐朗诵诗专辑。曾获《诗歌月刊》年度诗歌奖，公安部金盾文化工程艺术奖，中国公安诗歌贡献奖，公安部首届签约作家，广西重点扶持作家，广西首届文化名家暨“四个一批”人才。

作品信息

原载《诗刊》2007年12月号下半月刊，收入《和谐铁路 诗歌卷》（作家出版社2007年出版）、《2008中国诗歌年选》（花城出版社2009年1月出版）、《中国铁路文艺》2010年第10期。

让静变为动——那是两旁的树开始飞翔
那是沉静的山开始缓缓移动

所有的草木都生机盎然，郁郁葱葱
所有的花朵都充满自信，温柔灿烂
一切自然而然，干干净净
只有这个时候，我才感到特别的富有

多好啊，这爱的加速器

我已等待得太久，太久
提速的火车，这爱的加速器
让我以全新的速度，去追赶爱情

多么美妙的感觉——
穿越时空，脱胎换骨
像一个获得新生的人，泪流满面

多好啊，这爱的加速器
让我抓住转瞬即逝的机缘
提前抵达幸福的驿站

| 创作评论 |

田湘的诗，我读过一些。读这些诗的时候，我心里总是回荡着我们那些古典诗人的身影。考察田湘的沉香诗，要把它放进传统背景中去，一是古典诗歌的大传统，特别是其中咏物抒怀的诗学风范。另一个是小传统，是“袅袅沉水烟”的传统，是大传统中的支脉，就是关于沉香这种物质，关于焚香这种生活方式的书写。

——李敬泽在田湘诗集《遇见》首发式暨研讨会上的发言，见《田湘诗集〈遇见〉首发式暨研讨会纪要》，《南方文坛》2015年第2期

田湘喜欢从日常生活中发新灵感发现诗情，然后从中提炼出有意思的有情感色彩的，保障了生命体验保障了水分的，提炼出其中精华的东西然后把它点染成诗句。田湘也是一个较劲的诗人，像逆时针啊，在加速的时代寻找缓慢的爱，他喜欢逆着来，我觉得这也是自己的一个本原本色。

——张清华在田湘诗集《遇见》首发式暨研讨会上的发言，见《田湘诗集〈遇见〉首发式暨研讨会纪要》，《南方文坛》2015年第2期

田湘的诗，并不空洞地抒情，他重视人与物的对话、凝视，进而从物中反观自己。他热爱世界，并在这个世界里，建立起了自己的物象系列，他的诗歌中，不仅有他的精神，也有物的精神。物象的建构，不仅使他的情感落地，同时也让一些看起来平常的事物具有了诗学的意义，使它们在诗的视野里获得了出场的机会。田湘试图以自己的方式对现代诗中普遍存在的黯淡品质提出抗辩，进而对生命、存在作出新的思索。他的诗，不是心灵的空转，而是落实于日常事物之中。他是一个有世俗心的诗人，他通过一系列核心物象的再造，建构起了自己的诗歌风格。

——谢有顺：《写出生命的热烈与凉意——论田湘的诗歌》，《当代文坛》2015年第6期

诗人独立于世俗红尘之外，对残缺现实抱以批评乃至否定态度；独立于趋同之外，对流行话语警觉保持距离；独立于内心世界，对回归自然、回归自由、回归真实、回归内心怀有一种强烈的内驱冲动，保有自觉的热情追求；独立于清澈旷逸

文本的创造，柔性表达对纷杂社会的清醒认知和反抗、对美好事物不再的伤逝与叹惋，对庸常生命中暗蕴的诗情哲思的惊喜发现；凝之于诗，也便充满对存在的现实追问，对遮蔽的不舍质疑，对人类终极关怀的温润坚持。诗人人格独立基于“人的觉醒”和“自我的发现”，这就使得他的人格体现为鲜明的现代性主体性人格。

——李一鸣在田湘诗集《遇见》首发式暨研讨会上的发言，见《田湘诗集〈遇见〉首发式暨研讨会纪要》，《南方文坛》2015年第2期

田湘之于诗歌是个鲁莽执着的赤子，在自然天地山河时光中左右冲突，裸露着好奇的叹息，寻找一种叫作诗的东西。

——郭艳在田湘诗集《遇见》首发式暨研讨会上的发言，见《田湘诗集〈遇见〉首发式暨研讨会纪要》，《南方文坛》2015年第2期

二十四节气

汤松波

二十四节气·立春

大幕开启
山泉从你身后悄然起步
裸露的歌声
放牧白云映照的田野
放牧连绵起伏的山峦

作者简介

汤松波，湖南新宁人，现居贺州。中国作家协会会员，中国音乐家协会会员，广西音乐家协会副主席。首批广西文化名家暨“四个一批”人才。著有诗集《有一盏灯》《灵魂没有淡季》《东方星座》《大风吹过故乡》，出版音乐专辑《触摸时光》。曾获广西“五个一工程”奖，共青团中央“五个一工程”奖，广西文艺创作铜鼓奖，《十月》年度诗歌奖，《飞天》十年文学奖，中国人口文化奖，中国曲艺牡丹奖，第三届全国各族青年团结进步优秀奖，广西第五届“五四”青年奖章。

作品信息

原载《青年文学》2008年第1期，其中《冬至》转载于《青春》2009年第6期，《夏至》转载于《文苑》2009年第7期，《立春》转载于《中国诗歌》2010年第9期，《夏至》转载于《知音》2016年第2期，《夏至》《立秋》收入《21世纪中国文学大系·2010年诗歌》(春风文艺出版社2011年5月出版)，全诗入选《诗意岭南》(华龄出版社2016年12月出版）以及“中国南京·现代汉诗研究计划2008年中国诗歌排行榜”中的“2008年度好诗榜”。

放牧浪花灵动的江河
以及故乡惜别渐远的背影

冰封已久的阳光
开始向自然的一切献媚
久住深闺的俏月
不失时机地展示娇容
今日立春
一切复苏的景象
在这洋溢暖意的感觉里萌动

气温　迈力地簇拥着我们的季节
不断上升
来不及细想　所有的前因后果
都因这周而复始的安排
走进了规定的程序
接下来　我唯一要做的事情
便是义无反顾地邀你与春天同行

二十四节气·雨水

密布的乌云
裂开一道道光芒的伤口
雨水袭来
我们从迁徙的路上
寻找落日隐去的轨迹

旷远的大地携雨水共舞
所有的往事
都在大雨纷至的追逐中苏醒
烟波千里的摇篮
被雨水冲刷得洁净无比

雨水无弦　知音何在
每一滴穿透我表情的水珠
都一言不发
随风演奏的
永远是无形的漂泊

二十四节气·惊蛰

春雷响动
鱼鳞似的瓦片上开始飞花
其中一朵
栖息到门前的水塘里
通过阵阵泛起的涟漪
传播春的消息

云是天空踌躇满志的旗帜
指向大地
一切蛰伏在冻土深处的顾虑
擦亮眼睛并开启耳朵
凝神谛听潮湿的光明

风　在远处浓缩着思绪
开往春天的地铁
似乎比以往快了许多
我们也该出去走走了
去季节留下的缝隙里呼吸
去看看午夜雨后惊艳的月光

二十四节气·春分

时间毫不犹豫地指向
春季九十天的中分点
这一天昼夜相等
相隔千山万水的你我
思念的重量和距离
是否相等

褶皱的村落
在春分时节焕然一新
石头从春梦中醒来
渗出一滴滴幻想
勾引野花的清香
遍布我寻找你必经的路口

春分在一年初始的季节
是一种无法翻版的绝唱

主宰天地万物的神啊
请允许我深入你的腹地
将春天所有的日子串起
寄给远方的爱人

二十四节气·清明

杏花年年如期开出四月
开出纷纷扬扬的清明雨
四月　从销魂的清明雨里走来
漱玉词一样悠长一样缠绵

伤感的古人
曾把忧怨埋进杯底
把宽大的衣袖摆了又摆
比兴出依依哟哟的调子
让清明雨落进四月的瞳孔

《千家诗》被淋湿了
牧童却还在吹他的笛子
清明雨　被他吹成
婉约的南方风韵

二十四节气·谷雨

穿针引线的山路

密密麻麻缝补着我的归期
乡愁　像一块沉默的石头
压得我喘不过气来

杨柳依依时
让我来告诉你
谷雨时节　雨生百谷
思念　在这个时候
拔节疯长

风从东边来
雨从西边去
走过烟雨朦胧的埠头
天已微亮　近乡情怯的情愫
已将满怀的疲惫装进行囊

二十四节气·立夏

数着繁星
想着远远的人
这个夜晚
就很别致了

立夏的时候
顺手递给你一个斗笠
不曾想

身后的千座大山
变成千个情感丰富的斗笠

那个叫阿夏的姑娘
哼着野性的小曲
邀我去河边
拾捡被水打湿的童年

二十四节气·小满

五月　映入眼帘的
到处都是长势喜人的庄稼
日历　在人们不经意的瞬间
翻到了小满
勿庸置疑
夏熟的作物开始饱满

我在夏风的授意下
走向母亲躬耕的田垄
微笑着与水稻交谈
此时　开朗大方的阳光
干脆让我贴近水稻身体的内部
聆听谷粒灌浆的声音

由此　我便想到
种子对水的期待

爱情孕育生命的必然逻辑
是啊　自然的法则谁也无法更改
小满即满
月盈则亏

二十四节气·芒种

镰刀的光芒
和飞鸟的影子
穿梭在母亲的责任地里
选择六月出发
我又一次回到久违的乡下

母亲全然不知我的归来
依然在地里忙碌
劳作的身影
以及焰焰烈日下
一滴滴荷锄下土的汗水
构成了整个夏季
最动人的景象

以母亲为证
一年中最繁忙的时节
便是芒种了
一边照看成熟将收的作物
一边播种另一些补贴生活的希望

年复一年的芒种
重复而又简单
成了人类社会
繁衍生息的根本要素
是母亲典藏喜悦和未来的粮仓

二十四节气·夏至

我们熟稔的花朵
如纯真的爱情
恪守自己的诺言
在夏至到来时
完好如初地开放

这一天　北半球的白天最长
而黑夜在白天的驱赶下变得极短
这一天　气温使劲上升
就像我们惦想往事的眼泪
无法控制

琴声在神秘的种子深处
我保持着酒的语言
用信函的方式向你描述
仲夏的村庄　河流以及
和水井保持暧昧关系的木桶

已经离别得太久太久

期盼你沿着夏至的痕迹

早日归来

我将用一路浑厚的花香

美丽你迢迢千里的行程

二十四节气·小暑

热风如期而至

形成浪

开始榨取父亲瘦小身上

仅有的汗水

父亲的故事

已经装订成一本

历经苦难的书

主题是水火交织的岁月

父亲用毕生的清贫和执着

忠诚于土地

并换取改善我们生机的

盐巴和玉米

爷爷说小暑只是炎热

但还没热到极点

父亲说炎热只是日子的表面

依着庄稼
温暖踏实的才是内心

二十四节气·大暑

不敢抬起头来　看你
我怕沸腾的钢铁之水
会沿着大暑指引的方向
把你灼伤
如同高温下
一根冰棒的消亡

季节上演三伏酷热的剧情
我依然别无选择
依然牢固把守
熔炉的出钢口
煎熬自己
恐怕是唯一也是最好的出路

渴望雨季来临
渴望一片湛蓝湛蓝的湖
从头到脚浸透我所有的夜晚
最后　让情感朴实得如同一块烘干的豆腐
让目光成为被雨淋湿的河流

二十四节气·立秋

不知道春天是哪天走的
风　穿越树林
迈着舒缓的步子告诉我
立秋了

暑去凉来　月明风清
秋的序幕
不动声色拉开了
我看见你宁静的上空
飘着无根的白云
身后树林的枝叶之间
闪烁着成熟的诱惑
摇曳着宣布闷热夏季
结束的快感
鸟儿的啼鸣以及飞翔的翅膀
让人无法觉察寂寞的存在
和忧伤的疼痛
在又一个秋天到来的时候
我数着亲人脸上的皱纹
孤独享受
岁月深处的沧桑月光

二十四节气·处暑

时令更迭
转眼便到了处暑
云　从四面八方赶来
把我堵在
气温逐渐下降的异乡

这个陌生而又熟悉的城市
耗尽了我的青春和勇气
谁也无法体会
我踽踽独行的艰辛
你们不要阻拦我
我要去赶路
去寻求寄托心灵的远方
而此时的远方已更远了

处暑　即暑由此而止
可我远行的计划还未跃然纸上
尽管日子消瘦容颜衰老
我顺流漂泊的小船
却始终不愿错失
下一个必经的渡口

二十四节气·白露

黄昏　细节被从容地锁进
阿妈升起炊烟的村廓
岩鹰翅膀抵达的地方
高高的凤尾竹
摇曳着昼暖夜寒的白露
向低矮的天空
沙沙抒情

我就坐在人们必经的村口
借着初升的月光
为你耐心地写诗
诗歌和贴近地面的草木一样
在一次次等待和守望中
全身结满了白色的露珠

白露的意志凝结起令人难以抗拒的寒气
直逼我孤单的身躯
琴声幽响的夜晚
因思念的起伏而久久不能入梦
渴望一盏灯
温暖你潮湿彷徨的心
让所有的忧郁苦楚
都消失在苍茫的雾里

始终没有你回来的消息
我依然坐在之前
为你描述的那个地方
向朴素的草叶讲述
失血的往事
而爱情　在这个时候
很有可能在顾盼的枝头
如露水般悄悄滑落
在泥土里
熠熠再生

二十四节气·秋分

太阳如约
将黄金般的光芒
不折不扣地直射在赤道上
又到了秋分时节
这一天　昼夜再次温柔多情地相等

日短夜长的岁月
我们别具意味的厮守
如葵花般灿烂
光阴无拘无束地
掠过我们的内心和额际
眼光的聚合
变得无比的清晰　动人

爽朗的心情
跟季节和气候的变化有关
跟眸子深处苗条的倩影有关
就像秋天对着果实的歌唱那样
不紧不慢　很准时的
向爱人捧出富裕的黄昏

二十四节气·寒露

从寒气袭人的窗台望去
远处忙着换装的草木
已开始触摸季节的深度了
它们枯萎的表情告诉我
露华渐浓的深秋
已深入生活的每一个细节

很少有人　像我这样
不怕冷地滞留在
小镇寂寥的街口
那些机灵的飞鸟
那些失魂落魄的花朵
早已撤离现场
只有我
还要在这儿执着地等

每个人都无法避免遭遇
人情冷暖
以及生活的艰辛
回来吧
我将用生命里最温暖的部分迎接你
我心里有一盆充分燃烧的火
正满怀豪情地邀你与寒风共舞

二十四节气·霜降

撕开梦的一页
霜降不期而至
思念凝成霜的时候
我便迎着你蓄意已久的霜桥
策马而来

寒风如剑
掠过我每一寸肌肤之后
便安静地停在你乌黑的发梢
专注地观察玉米和草茎
荒芜无边的时光
任沾满露水的马蹄声
在等待和期盼织出的弦上
纷纷溅起

我知道总有一天

我会彻底失踪
一去不返的后果无法想象
那么　就让我
在这霜花尽染的层林之间
尽情游荡
直到我找不到回家的路
直到失去开门的钥匙
然后　把所有的眷恋
镌刻进涓流
植入风尘仆仆的梦里

二十四节气·立冬

初冬的阳光随意飘动
将落叶的情绪和叹息
堆积窗外
扑簌声一阵又一阵
惊醒我午睡的梦

悦耳的鸟鸣已经远去
自然给我宁静
风吹过桥
流畅的草
已赶在立冬前全部消失

冬天以这样的方式来临

你不能不想起一些和冬天有关的事情
譬如有一盆火在冬夜照亮你的脸
譬如远航归来
停存在你怀里的
一瓣馨香

二十四节气·小雪

我手指的地方
下起小雪
它们在风中娴熟地追逐　飘洒
就是你在诗中描述的那种飞翔
致命的飞翔

现在又到了冬天
你是否飞过了记忆的村庄
那些厚重的云朵
已无法为你保持优雅的姿势
我很担心
茫茫路途中
你会不会像这雪花一般
飞舞一阵就再也不回家

白天连着黑夜
思念牵着等待
长久地缄默无语

如我　站成一棵雪树
为洁白的承诺
静静守侯

二十四节气·大雪

大地上最后一片树叶
带着眷念和伤痛离去了
随之而来的大雪
覆盖了我整个苍茫而又迷离的世界

大雪飞扬
来自云朵之上
来自寒气聚集的地平线
来自梅飘暗香的原野
来自你目光如铁轨般
铺向远方的远方

当思念和雪一起流浪的时候
我沉默的花园
已悄然站在雪枝之外
清冷的风
伴着真实的苍白
在怀旧的情绪里融化

如果此时有你温情的注视

任何疏漏的细节和痕迹
都将被缝补的针脚修复　还原
这个冬天呵
肯定比想象的更加温暖

二十四节气·冬至

作为人间的匆匆过客
我没有理由回避冬至
如果回避
简单的人生
也会缺少一种历练

阴极之至　阳气始生
我站在北半球的一角
看见昼短夜长的冬至来了
这一天　所有隐现的阳光
都将透过你握着风的掌心
直射在南回归线上
日子　便毫不犹豫地走进数九寒天

冬至如年
过节的气氛在乡村拥挤的圩市里
肆无忌惮地宣泄
我没有选择参与
依然和往常一样

陪着草垛伫立在寒风中
忆苦思甜

其实　许多带着寒意的往事
都会在逢年过节时想起
泪眼纷飞时
母亲便唤我的乳名回家
依着她暖暖的火塘
心　才会慢慢地亮堂起来

二十四节气·小寒

为了表达对幸福的默许
我把你送给我御寒的围巾
反复叠了又叠
然后　小心翼翼地放在
平常最显眼的位置

冷月如钩
挂在小寒阴沉的额上
照耀着我内心仅有的纯真和善良
天气虽还没有冷到极点
但我身体的内部和灵魂的深处
在渴望温暖的同时
已被岁月
注入了无法抗拒的冰凉

雪花　准确无误地
落在你绯红的面颊
而幸福也在这个时候
变成离别的场景
我迷失了方向
难道命里注定
所有的美好都只是短暂的花开

深不可测的夜
披着寒露的衣衫来了
别无选择　我只好
将短短的归途
踩成长长的离情
裹在围巾里细细咀嚼

二十四节气·大寒

转眼间
已到了一年中最冷的时节
凄风冷雨
天寒地冻
便是这个季节
不可替代的关键词

所有的鸟儿

都收拢了翅膀
把飞翔的渴望
藏在寂寞的天边
所有的梦
都穿得单薄
飞舞的霓裳
被黩武之风
层层剥落

我只能徘徊守望在
自己唯一的岛屿
企盼火种的出现
企盼风平浪静时
邀你一起出海
打捞温柔生动的日出

| 创作评论 |

很显然。《东方星座》的写法是至为精彩睿智的。他显现了一个胸有抱负的、一个好的诗人的才具与功力：局部的简洁活脱，和以点带面的吟咏点染，同整体上富丽宏伟的结构与主题之间形成了很好的统一。

——张清华:《星汉灿烂 若出其里——读汤松波诗集〈东方星座〉》,《南方文坛》2009年第5期

他的诗歌题材宽阔浩大，对五十六个民族、二十四节气和三十四个中国的省、市、自治区、特别行政区，都有诗的描述和表达。现在，能将这些文化符号写成诗

歌，相当不容易。写不好就容易变成简单的赞颂，变成了空洞的说教。可是，松波的这些诗歌，却给我们一种特别整体的结构主义形象，在细节上又非常生动，他善于从侧面和刁钻的角度来挖掘出诗意，来表达他对中华文化符号的强烈热爱，他把这些符号竟然都变成了汉语诗篇，具体、精细、严谨、整齐，在内部又充满了深沉的族群感情，无论诗歌表达的美学态度，还是诗歌写作的整体主义追求，都让我特别动容。

——邱华栋:《结构中华文化符号的整体主义诗歌》,《广西日报》2009年12月30日第015版

著名诗人叶延滨认为，汤松波代表了中国一个重要的诗人群体，作者曾是上世纪80年代的校园诗人，他的回归引起诗坛的广泛重视。阅读汤松波的其他诗歌作品，比照中可以看出《东方星座》独特的构思、取材，每首诗都从不同角度精心策划，它们提供了一个可供批评家研究的读本。

——叶延滨点评汤松波，转引自程红亮、张亚莎《深情礼赞中华民族团结——汤松波长篇组诗〈东方星座〉研讨会综述》,《广西日报》2009年12月30日第015版

汤松波以《二十四节气》重温农业文明，以《十二生肖》那种人与动物的关系来揭示中国传统文化中的民俗，以《锦绣中华》描述中国34个省市区的地域风情，又为56个民族各写一首诗，结集为《东方星座》……仅就题材与构思而言，就堪称“大手笔”。我只能用“大”来形容对汤松波诗歌创作的印象：大主题，大气象，大结构，大境界……

——洪烛:《呼唤新世纪的“新长诗”——读汤松波〈东方星座〉想到的》,《文艺报》2010年1月11日第005版

与同时代诗人的前卫或媚俗相比，汤松波一直保持了80年代的理想和热情。

作为诗歌来讲需要这份真挚，不管他执着的道路如何，哪怕为我们提供了试错的例证。但毕竟真诚对于诗坛来讲已显得弥足珍贵，这种不息的理想情怀在沉寂成词语化石的诗坛更像是一个燃烧的火炬。

——左春和:《认同性意志建构的东方想象——评汤松波诗集〈东方星座〉》,《理论与创作》2009年第6期

读了汤松波近年的诗作，感觉到一种清新的气息，特别是他的新作组诗《二十四节气》和长诗《东方星座》，是广西诗坛不可多得的精品佳作。

——潘琦:《汤松波和他的诗》,《广西日报》2009年12月30日第015版

汤松波是一个善于对写作题材进行规划和综合的诗人，他的大型组诗写作在广西十分罕见，其实按照他近几年发表作品的密度，他也可以算是“显态诗人”了。

——刘春:《广西诗歌：在波峰与波谷之间——关于新时期广西现代诗创作的10个问题》,《南方文坛》2011年第1期

在越来越喧杂浮躁、纷扰莫名的时代，也许真正能撼动诗人灵魂的事物和情景已经越来越少了，尤其是当越来越多的诗人沉浸于“个人性”和“叙事性”的虚幻的圭臬，越来越多的诗人抒写所谓的底层、打工、草根的时候，汤松波的这些带有公共性、民族性、时代性同时更不乏创造性、个人性的诗歌言说方式反倒是获得了先锋的性质。

——霍俊明:《在个人与文化的圆融中接续伟大的诗歌星空——汤松波〈东方星座〉对“主流诗学”的拓展与创设》,《理论与创作》2010年第2期

| 作品点评 |

《二十四节气》是一组有自传体意味的诗作。二十四节气本是中国农业的节气，它提示农人在不同的季节该做的事，带有浓郁的乡土气息和民族特色。在诗中，

二十四节气化为诗人胸中的情感流动，季节只与诗人的情绪相关，与诗人生命中的人相关，与童年的回忆相关，与爱情相关，与青春的迷茫和追求相关，与生命的期待和回望相关。诗作的基本结构是从描绘季节的特征出发，然后自然转入自己的情绪流动之中，在二十四节气的时序变化中凝视自己的人生之路，体现出诗人巧妙的诗思匠心。诗中提到的人主要有四个：我、你、父亲、母亲，这是与诗人生命关系最近的人，围绕这几个人，诗人在不同的季节阐释、回望亲情与爱情，咀嚼着人生的得失、沉浮、离别、期待、守望、徘徊、迷惘、悲伤、思念、漂泊等等。

——周志雄:《“除了诗，我别无选择”——读汤松波的诗》,《诗探索》2011年第1期

独白：我们是代表谁喝酒呢

莫雅平

假如真的如科学家所说
水分占人体的百分之七十五
人就是一种形状复杂的容器
我用右手把自己的左手抓住
就拿起了一个杯子或者一个水壶

很多人想不到自己是一个水壶
或者也想不到自己是一个酒杯
来吧哥儿们，干了这一杯

作者简介

莫雅平（1966—），湖南绥宁人。毕业于北京大学英语系，曾在漓江出版社任外国文学编辑二十五年，现在广西九宇律师事务所任执业律师。中国作家协会会员，有众多诗歌、随笔、文学评论发表，另有《魔鬼辞典》等十多种名著译作出版。

作品信息

原载《上海文学》2008年第5期，收入《诙谐与庄严》（漓江出版社2017年1月出版）。

哥儿们，别以为摇晃就是不稳当
我摇晃并不代表我没有立场
我这是在感受酒杯摇晃的滋味
你是否知道酒杯有酒杯的乐趣
你是否清楚自己身体里的水位

我没醉，你才醉呢哥儿们
不信我就出几个题目考考你：
世界上最厚的脸皮能厚到几毫米
思念的平方是多少立方又是多少
假如你始终是在追逐光明
除了光明的屁股你还能看到什么

我没醉，姐儿们别担心
请你为我留三个月的长发
懂得了头发的道理就懂了人生

来吧姐儿们，我喝完你随意
我跟你说吧，从今天起
你有快乐的义务，没有悲伤的权利
你去告诉那个仰天长哭的人
想得到幸福的人要把一生的泪水一天流尽

昨天在电脑上看到
有几个人代表人民睡着了
我们是代表谁喝酒呢，代表谁呢
我真的梦想能够代表一下谁

可是有人说你有梦想就说明你老了
让我代表大家把这一杯干了吧

来吧兄弟姐妹们，干了吧
完了就该干吗干吗去
我跟你们说啊，酒是黑夜里的阳光

明天我不会和你们一起去看朝阳
在十二点以前你们要把我遗忘
十二点以后再到我的窗户下来吧
就像站在一个古堡下那样大喊一声：
汉姆雷特王子，该起床啦

| 创作评论 |

他的诗歌保持着良好的语言控制能力和一以贯之的幽默气质，颇见知识分子气质。

——刘春：《广西诗歌：在波峰与波谷之间——关于新时期广西现代诗创作的10个问题》，《南方文坛》2011年第1期

莫雅平把自己的诗作分为“庄严的诗歌”和“诙谐的诗歌”两大类，这种分法耐人寻味。人生既有悲剧的因素，又有喜剧的东西，还时常是悲喜交加。明白了这种悲与喜的相反相成，估计就不难理解他的分类了。然而要寻到莫氏诗歌的真味，却不那么容易。它的诗意空间之大，令我吃惊；每次读来，都有不同寻常的意味，从他那明媚的诗行里溢出。

——郭秀荣：《甘蔗里的阳光之歌——浅读莫雅平的诗歌》，《文学界》2012年第2期

我写下的都是卑微的事物

刘　春

我写下的都是卑微的事物
青草，黄花，在黑夜里飞起的纸片
冬天的最后一滴雪……
我写下它们，表情平静，心中却无限感伤——
那一年，我写下“青草”
邻家的少女远嫁到了广东
我写下“黄花”
秋风送来楼上老妇人咳嗽的声音
而有人看到我笔下的纸片，就哭了
或许他想起了失散已久的亲人
或许他的命运比纸片更惯于漂泊

作品信息

原载《诗刊》2008年4月号下半月刊，收入《70后诗歌档案》(中国海洋大学出版社2008年出版)，《三十位诗人的十年：华文青年诗人奖和一个时代的抒情》(漓江出版社2012年12月出版)，《中国新诗百年大典》(长江文艺出版社2013年3月出版)，《2015中国年度作品·诗歌》(现代出版社2016年1月出版)，《命运的火焰——桂林九人诗选》(太白文艺出版社2008年5月出版)。

在这座小小的城市
我这个新闻单位卑微的小职员
干着最普通的工作
却见过太多注定要被忽略的事
比如今天，一个长得很像我父亲的老人
冲进我的办公室
起初他茫然四顾，然后开始哭泣
后来自然而然地跪了下去
他穿得太少了，同事赶紧去调高空调的温度
在那一瞬，我的眼睛被热风击中
冬天最后的那一滴雪
就从眼角流淌出来

我想听见泥土下面的声音

许雪萍

荒草下面，是不是有一个人的村庄
居住着他的牛羊，他的稻谷，他的云朵
是不是有温柔的夕光，抚慰他避开世俗的想法
那不再被岁月磨损的心，在残垣下幸福吗
灌木下面，是不是有一个人的花园
飞舞着他的蝴蝶，他的群鸟，他的星星
是不是有更辽阔的天空，安放他来不及实现的愿望
那不再被晨光惊扰的美梦，在黑暗中安宁吗
苦楝树上，落雨了，雨一粒一粒渗入大地
我想听见泥土下面的声音，我想知道
沉睡中的亲人，被雨水敲打着的亲人

作者简介

许雪萍（1976— ），壮族，出版诗集《河水倒流的声音》《广西当代作家丛书·许雪萍卷》。现居南宁。

作品信息

原载《诗刊》2008年7月号下半月刊，收入《同一条河流：中泰当代文学作品选》（广西师范大学出版社2010年8月出版）。

他过得好不好
我想知道，这些浮荡的轻风，薄霜，细雪，远雷
是不是还沉沉地压在他的身上
是不是这样，他才没有力气转过身来看看我
——我真的想知道呀

潮湿的木头

张　民

斧头和钝器是正当的
在这个地方
没有刽子手
木头早已记不清砍伐者的面孔
在阴湿的霉气中
她等待着自己腐朽的末日

但是　炭火
深藏不露的炭火被一只手

作者简介

张民（1966—），广西陆川县人。1988年毕业于大连外国语学院，现为天津师范大学文学院博士（在读）。在《星星诗刊》《广西文学》《诗选刊》《上海文学》《延安文学》《诗刊》《绿风》《芳草》《大诗歌》《诗潮》等刊物发表诗歌。有诗集《早晨的感觉》《沉痛与声音》及多部文学作品问世，另有韩文版诗选《虫豸的梦想》、散文集《金色的花香坠落到地上》出版。获2008年第六届广西青年文学奖诗歌奖。

作品信息

原载《广西文学》2008年第4期，《诗选刊》2008年第7期、《延安文学》2010年第1期转载，收入《21世纪中国文学大系·2008年诗歌》（春风文艺出版社2009年2月出版）。

　　拨亮了
深秋之后
腐败丛生
它的出现有点儿不自量力
但是　木头
潮湿的木头像听到了号角
她要从积尘的角落里滚出来
她要向那鲜红的炭火靠近

没有人理会一根潮湿的木头
郊外的林子表情严肃
淫雨的迷蒙中
城市的巍峨无可拒绝
那又有什么关系呢?
炭火的温暖里没有枯寂冷漠
　　或者高大与伟岸

木头!
那根木头!
那根潮湿的木头!
她记起了自己的本色与梦想
她努力向炭火靠近
向再生的坟场靠近

买　花

张　民

酒杯交错的地方没有真理
歌舞升平的夜晚
没有我的去处
路过杂货店的门口
我给自己买两朵花

插在桌面上
我的花儿亭亭玉立　一红一白
会读花的人
你能听得见　那好比是
两道崭新的伤口
阵痛中飘逸着芳香的言语

作品信息

原载《广西文学》2008年第4期，《诗选刊》2008年第7期转载。

我给自己买花
在这样的一个夜晚
这样的日子恐怕还在延长
所以　我还得继续去买

不要给夜色吞没了啊
不管日子有多难
花朵在鼓励我自己
我也在鼓励我的花儿

虫豸的梦想

张　民

如果我的这一生
只能在树叶的这一面爬行
我将会失去另一面也许更加灿烂的风景
如果我只沉迷于眼前舒心光明的事物
我将看不到我忧郁绝望的黑暗中洗练的光斑与倩影

为了看到另一种真实
我愿意一次又一次翻越那锋利高悬的绝壁
为了能够看到我自己那半张隐秘的面孔
我记得
我曾经试图

作品信息

原载《广西文学》2008年第4期，《诗选刊》2008年第7期、《延安文学》2010年第1期转载，收入《21世纪中国文学大系·2008年诗歌》（春风文艺出版社2009年2月出版）、《2007—2008中国诗歌选》（海风出版社2009年4月出版）。

一点一点地要将身上那些骄傲的骨头敲碎

也许，那绝壁与悬崖并不存在
也许，那悲伤与欢乐也不过是一时耽于感官的表象？
也许因为你寄希望于那一片孤悬的绿叶
所以你不敢将它咀嚼
不敢将它吃透

当无名的秋风响起
你会在孤立无援中坠落
那隐蔽于枯枝残叶间的真相
也会从局促的世界里展现
你也将在无所攀缘的过程中
看到自己的圆满　自由
没有障碍

失眠者

胡子博

当我发觉，路上的行人渐渐稀少
我才注意到　那些细节
已清晰可辨
风雨曾经过这座城市
晴日里，一把雨伞还在开开合合
人走过，身体里有水声
刚换的衣服一会儿就湿了
大家心照不宣　互相触摸影子
我很难适应　这种模糊的礼节
其中的分寸感　纤细而柔软
我想：我不能够

作者简介

胡子博（1972— ），出生于山东小镇张秋。漓江出版社编辑。曾在《诗选刊》《诗歌月刊》《红豆》《时代文学》《黄河文学》《广西文学》等刊物发表诗歌，出版诗集《不可知的事》。

作品信息

原载《诗选刊》2008年第8期，收入《不可知的事》（金城出版社2014年1月出版）。

可是那一年的天空由蓝变白
使所有人无话可说
我第一次发现
自己生硬、人为的界限
走不出去　又不能无所事事
为了消除方向我　故意把自己的脚印
弄得凌乱不堪
我拿起一个线团　依靠一种
复杂的缠绕方式
把自己扮成一名完美主义者
一个流浪汉
把前面的道路设计得曲折漫长
没完没了　我一次又一次拖延时间
对其中细微之处　反复描述
日渐累积的真实性　常常使我
像一件衣服　不得不
从它的上面滑落下来

| 创作评论 |

胡子博在诗歌写作中“一意孤行”，其诗意象纷杂，语言干净。由于风格独特和生性淡泊，胡子博很少发表作品，但在国内民间诗界具有一定的知名度。

——刘春：《广西诗歌：在波峰与波谷之间——关于新时期广西现代诗创作的10个问题》，《南方文坛》2011年第1期

耳鸣使我心地善良

胡子博

不知什么时候
我发现自己
竟然是一个耳鸣患者
我一直都不知道自己的耳鸣
始于何时
这个世界
和我原来以为的并不一样啊
这个想法
让我有点悲哀
也有点孤单

想想多少个夜晚
我倾听着内心的嘈杂

作品信息
原载《诗选刊》2008年第8期，收入《不可知的事》(金城出版社2014年1月出版)。

阅读、写作

耳鸣使我心地善良

我固执地相信

即使是在最黑暗、最寂静的地方

也一定存在冥冥中的声音

世界不是我们的

侯珏

今天我终于想通了
世界不是我们的
当然，世界也不是你们的
我们和你们都属于真理
而真理属于女人，膨胀或者萎缩

但是女人也不是我们的
我们只从女人的体内经过

作者简介

侯珏（1984—），原名侯建军，广西三江人。2008年毕业于广西民族大学文学院，2018年就读于鲁迅文学院青年作家高研班。中国作家协会会员，中国民主建国会会员。广西社科重点规划项目《新世纪壮族文学转型研究》课题组成员。广西相思湖诗群、麻雀诗群发起人之一。至今已发表有著作《两粤宗师郑献甫》及散文、小说、评论作品百余万字。诗歌入选多种年度选本，参与主编《广西诗歌地理》一书。现供职于南宁文学院《红豆》杂志社。

作品信息

原载《广西文学》2008年第9期，入选《2008中国新诗年鉴》（花城出版社2009年10月出版），《广西文学》2012年第11、12期合刊转载。

就像粮食不是我们的
粮食由上而下，从我们的体内经过

鲜花和掌声不是我们的
高楼和高速路也不是我们的
时间和金钱不是我们的
就像火不是木头的，但是火从木头走过

河流与村庄不是我们的
地球不是我们的
只是我们的双脚被她深深地吸住
我们，一颗颗坚硬的钉子
悬挂在梦境之中
但梦境也不是我们的

｜作品点评｜

能不能在充满物欲的生活中给精神留出一点空隙？——这是我读侯珏《世界不是我们的》之后写下的问号。我想，这个问号也是侯珏写给所有读者的。

——刘春：《红水河上的八幅肖像》，载大朵等《来宾诗歌八人选》，中国文联出版社2010，第5页

把钟声赶回一口铜钟

刘 频

必须以铜的速度，追回
从一口古钟里悄悄逃逸的钟声
不让它们冲垮阡陌，石桥，小河，炊烟
和我书册上铺开的那卷红木质地的黄昏

必须把那些迷路的钟声一一找回来
不让它们像失散的羊群在荒地上流浪，过夜
没有铜的养育，钟声会饿死
要把它们引领回家，不让钟声
在与狼共舞的人或与人共舞的狼的蛊惑里失踪

一波波钟声，继续在烦热的空气中消失
贮藏在一口古钟里的钟声愈来愈少

作品信息

原载《诗刊》2008年9月号下半月刊，收入《2008年中国诗歌精选》(长江文艺出版社2009年1月出版)。

必须把钟声赶回铜，赶回那精美高贵的工艺
就像把滚烫的血，逼回内心

在喧噪的风里
必须让一口铜钟经得起外力的一次次撞击
在一次次撞击中
依然保持铜的缄默和自尊

日子在出租屋里悄无声息地展开着

丘清泉

日子在出租屋里
悄无声息地展开着
像天下每一对贫贱却幸福的夫妻
月亮升起来了
某种并不高级的化妆品的味道
以及高跟鞋的滴答脆响
在夜风中肆意萦绕、回荡
她熟稔于他每晚的呼吸
或均匀或急促或几近于无
却对他每一次翻身发出的

作者简介

丘清泉（1984—），女，广西荔浦人，2006年毕业于柳州师专中文系。有诗歌散见于《人民文学》《星星》《诗选刊》《诗歌月刊》《青年文学》《广西文学》《红豆》等期刊。桂林文学院签约作家，现供职于桂林日报社。

作品信息

原载《诗选刊》2008年第11期。

无意识的轻微叹息
感到心悸不已
她想也许他真的疲于每日的生计
就像疲于这场
不再起微澜的婚姻和爱情
心在身体之外的地方
狂烈地跳动着。那些相互不了解
或者羞于承认的思念
仿佛是那尾挂在树梢上的鱼
一只仰望的猫，不，是两只———
为了防止其它物类的掠夺
而终日迟迟不肯离去

| 创作评论 |

桂林诗人丘清泉，诗歌构思精巧，常有出人意料之句，是广西首位登上《人民文学》的“80后”诗人。

——刘春：《广西诗歌：在波峰与波谷之间——关于新时期广西现代诗创作的10个问题》，《南方文坛》2011年第1期

我　们

丘清泉

我们住着不属于自己的房子
有时候用着不属于自己的男人或女人
我们手机里的朋友越来越多
失意受挫时肯直面倾诉的却寥寥无几
我们喝酒的时候使劲地拍着兄弟们的肩膀
万丈豪情地许诺，在转身后或许谁也不认识谁
我们在深夜里买醉
我们的缺点在酒精的催化下暴露无疑
我们在看台上看戏子表演
我们嘲笑他们的演技的低劣
却不肯承认自己也曾扮演过戏子的角色
男左女右，旧爱新欢，食色性也

作品信息

原载《诗选刊》2008年第11期，收入《2007—2008中国诗歌选》(海风出版社2009年4月出版)。

我们对这样的游戏规则习以为常
并且发挥得游刃有余
一切都是假象
一切其实都不是假象

回　乡

丘清泉

我看着
越来越多的陌生的面孔
出现在我的面前
他们或者是我儿时玩伴的老婆
或者是人家的孩子和老公
无一例外地
我叫不出他们的名字
我总是孤身一人
有时候
妈妈还会指着一些隆起的土堆说
这个是某某，那个是某某
我这才发现

作品信息
原载《诗选刊》2008年第11期，收入《2007—2008中国诗歌选》(海风出版社2009年4月出版)。

村子里的确少了一些人

那些人永远地去了

而我浑然不知

不在诗经的时候

盘妙彬

生长绿草，开着黄花，小斜坡上几匹白马
坡顶上几棵树
一所小学在坡的另一面，在广西，这是河之洲
在诗经的时候，水清且浅

下课的钟声敲响
小学教师抬头，空中的鸟鸣一声男，一声女
他不能说给学生听

两岸的青山一垄一垄，天上的白云一页一页
这是这里，这是风光
这是晚秋流水清且浅，这是一个过路人说的
在赴任的途中，在唐朝

作品信息

载《星星》2008年第2期、《诗刊》2009年1月号上半月刊。

描写这里的诗篇，他一一浅白地说给学生
说给欧洲人，美国人，澳洲人
但是他没有说鸟鸣一声是男，一声是女
不在诗经的时候
不说河洲上的鸟语，流水在左，流水又在右

月　光

刘　春

很多年了，我再次看到如此干净月光
在周末的郊区，黑夜亮出了名片
将我照成一尊雕塑
舍不得回房

几个老人在月色中闲聊
关于今年的收成和明春的打算
一个说：杂粮涨价了，明年改种红薯
一个说：橘子价贱，烂在了树上

月光敞亮，年轻人退回大树的阴影

作品信息

原载《人民文学》2009年第3期，入选《三十位诗人的十年：华文青年诗人奖和一个时代的抒情》(漓江出版社2012年12月出版)、《中国新诗百年大典》(长江文艺出版社2013年3月出版)、《2015中国年度作品·诗歌》(现代出版社2016年1月出版)、《2015中国年度诗歌》(漓江出版社2016年1月出版)。

他们低声呢喃，相互依偎
大地在变暖，隐秘的愿望
草一般在心底生长

而屋内，孩子已经熟睡
脸蛋纯洁而稚气
他的父母坐在床沿
其中一个说：过几年，他就该去广东了。

从枪口下走过

东　西

早晨七点
是我跑步的时间
从公园侧门进去
再从前门出来

八点左右
我路过一家银行
每天都是这样
一辆运钞车停在门前
三个穿防弹衣的
举起手枪看着三面
我从他们枪口下走过
为了表示不会抢劫

作品信息
原载《作家》2009年第3期，《诗选刊》2009年第3期转载。

故意不多看哪怕一眼

从小我就知道
挣钱需要勤劳
不能偷也不能抢
因为警察手里有枪
可是，万一
他们的手枪走火
我会不会上当天的报纸
会不会因此而被授予
抢劫

这种事情不是没有道理
为了警惕
他们的手紧扣扳机
路过的都值得怀疑
不正经走路的都有动机
这样久了
连自己都怀疑自己
更何况脚下还有西瓜皮
偶尔还会打喷嚏
如果一时冲动
谁又敢保证扳机
不会挪动一毫米

所以每天我总想绕道

却又没道可绕
只好一次次硬着头皮过去
寄希望于他们的素质
寄希望于枪里没有枪子

2010年代

请允许我做一个怯懦的人

刘　春

请允许我做一个怯懦的人
不申诉，不抗议，不高声叫喊
不斜视，不聚众，不因爱生恨
请允许我一再降低额头的海拔
面带微笑，甚至有些谄媚

请允许我做一个自私的人
有人在公园散步，被尖刀抵住脖子
有人晚饭后上街，被抢劫去钱包
有人彻夜加班，有人把身体献给老板
我看在眼里，随即把头扭开

请允许我做一个冷漠的人

作品信息

原载《中国诗人》2010年第7期。

那个躲猫猫的人，那个被当街打死的人
那个到法庭转了一圈就被释放的人
那个被带离住处从此消失的人
我见过他们，却默不作声

请允许我做一个健忘的人
曾被上级要求学习，被亲人管得太紧
被朋友揭发，被别人代表
而我掩藏住自己的心、肺和胆
像初秋的大地藏住内心的河流

现在，母亲在厨房忙碌，父亲在咳嗽
妻子数着越来越薄的薪水
孩子在地板上玩耍
我是否还能安静地写字，是否会继续说——
如果我的灵魂在黑暗中沉默，像一具空躯？

养路工

田　湘

我喜欢这样的宁静
星星般的石渣呵护着它的道床
钢轨在太阳下闪着神秘的光芒
高山、森林、云彩都静默无语
花朵在默默地开放

我喜欢这样的等待
像一棵树站立在路基的两旁
泪水从脸颊缓缓流下
旷野的风轻轻吹来
火车的声音由远变近，又由近变远

作品信息

载《诗刊》2010年4月号上半月刊，收入《大地飞歌：纪念中国改革开放三十周年铁路诗歌、散文征文作品选》（中国铁道出版社2009年7月出版）。

我喜欢这样的恋情
两根钢轨保持着永恒之距
肩并肩朝着同一方向默默延伸
似语非语，似爱非爱
这种缠绵似乎永无尽头

我喜欢这样的思念
北去的火车一次次捎去对你的问候
南来的火车又一次次把希望碾碎
沉重的背影留在寂寥的荒野
梦想却仍在遥远遥远的远方

三月的回忆

罗　雨

那是三月，桃花唤醒晚霞
爱情出走，主角缺席
我在梦境里出出入入
上演一场没有结果的戏
翻越巫山，游遍沧海
在苍白的月光里，我
反复打捞着自己的影子

作者简介

罗雨（1980—），本名罗小凤。湖南武冈人，中国作家协会会员。先后供职于梧州学院、广西师范学院、扬州大学。在《诗刊》《诗选刊》《星星》《诗歌月刊》《文艺报》等报刊发表诗作数百首。作品入选《中国诗歌年选》《21世纪中国文学大系·2010年诗歌》《中国年度优秀诗歌》《中国年度诗歌精选》《中国新诗排行榜》《大诗歌》等各种选本。出版诗集《空心人》。获《红豆》2015年度诗歌奖，《大别山诗刊》2015年度十佳诗人奖等。

作品信息

原载《诗刊》2010年8月号下半月刊，《红豆》2012年第3期转载，《诗潮》2012年第12期转载；入选《2010中国诗歌年选》（花城出版社2011年1月出版）、《大诗歌·2010卷》（中国青年出版社2011年1月出版）、《女子诗报年鉴·2010卷》（香港新译中文出版社2011年3月出版）。

当漫山的红杜鹃掀开夜的帷幕
你前世斟下的那杯毒酒
我就着轻风一口一口饮下
饮下你三月里最深情的眼神
饮下今生和来世唯一的爱恨情愁

那是三月呵，你扶住最柔情的记忆
说要用手搭建一个温暖的港湾
让我住进去，不问春花与秋月
不问红尘与旧事，前世与来生
那一刻，沧海的水静止了
巫山的云，悄然背过脸去

或许，三月是场梦吧
一个夜晚之后
我用整整一生的时间去醒过来

| 创作评论 |

小凤是一位创作、评论和学术研究同时并举的发展较为全面的年轻学者，是据我所知中国诗歌研究领域最先的“80 后”教授。

——谢冕：《新诗与旧诗关系的再发现——谈谈罗小凤的诗歌研究》，《创作与评论》2016年第8期

她对当代知识分子尤其是同时代青年知识分子的内心世界和精神困境有着深刻的洞察和体验，她和她的这一代青年知识分子所遭遇的挫败感、虚无感和幻灭感，

在她清峻、细腻、诗意充盈、意蕴丰厚的文字中真切而含蓄地表现了出来。

——容本镇:《寂寞诗坛的守望者——关于〈新世纪广西诗歌观察〉》,《南方文坛》2015年第6期

作为80后女诗人，罗雨的诗歌中不断出现着“前世今生”的想象，这是女性对自我精神镜像的审视或者突破。然而在时间的缝隙中诗人在目睹了依稀光芒的同时也不断下坠到词语和情感的渊薮之中。可贵的是诗人的自省意识在不断照亮词语和情感的挖掘与归依之路。罗雨的诗呈现了人生虚幻的场景，但是她又没有因此而抽身离去，明知作茧却自缚，明知镜花水月却仍在顾影自怜，明知灼痛却火中取栗。这是真正意义上的“命运之诗”。

——霍俊明:《“罗雨”与“罗小凤”——作为一种现象的女性诗人批评家》,《南方文坛》2015年第6期

钉　子

林　虹

被钉在三楼的办公室
日光灯和电脑荧屏
像阳光普照
从上午到下午
之中散发的热量
将我生命的激情耗尽
总结、汇报、材料……
驱赶仅剩的一点幻想
我得俯首感激它们
带给我食物、稳妥
和老有所依

作品信息

原载《中国诗歌》2010年第9期，入选《2010中国最佳诗歌》(辽宁人民出版社2011年1月出版)，《新时期少数民族作品选·瑶族卷》(作家出版社2014年11月出版)，《广西现代诗选1990—2010》(广西美术出版社2011年11月出版)。

我试图转动钉子的方向
试图让它向着天空和大地
向着松树林和一只鸟的鸣唱
钉子沉默寡言
它已习惯语言的缺失
习惯被敲打被移来移去
我们彼此习惯
它知道
我不是这颗钉子就是另一颗钉子
钉子的命运就是钉子的本身

幸福令人陌生

甘谷列

在这一年的春天我遇到了我自己
我在复印着自己的脸面和手迹
复印机就名叫光阴
它把我的一切过滤后只剩下
平静的眼睛和岩石般的心灵
它把我的生活和理想连接起来
送我通往一片开阔的尽头是黑暗的目的地
在通往一大片的黑暗中
我看见了自己，一模一样的自己
无声无息地被岁月碾压得衰老
我不敢相信这就是我自己
而我身后的女儿却叫道：
“爸爸，你看你变成了这样子！”

作品信息
原载《中国诗歌》2011年第12期。

我眨着被岁月搓洗的眼睛
有些悲哀，又有些平静
当我看见我遗留下来的手迹
险些儿被自己感动
“你在不可能中做出了奇迹！”
我对自己说，“你今后仍然如此！”
在这一年的开春，我突然遇到了真正的自己
——幸福令人陌生！

仿佛疼痛

——致拉金

黄　芳

现在是中午十一点四十分。
是在一个名叫南宁的城市。
离火车开动还有三个小时。
我读你的诗——

诗集的某一页，你双手交叠，笑容
像一枚憨豆。
而黑色镜框里，你双眼低垂，

作者简介

黄芳（1974—），壮族，生于广西贵港，毕业于广西师范大学中文系。中国作家协会会员。曾在《人民文学》《十月》《诗刊》《汉诗》《星星》《上海文学》等刊物发表作品。2010年参加中国作协诗刊社第二十六届青春诗会。出版诗集《风一直在吹》《仿佛疼痛》《听她说》。曾获中国女子诗歌2005年度奖、广西青年文学奖、井秋峰短诗奖、广西壮族文学奖、广西少数民族文学创作“花山奖”等奖项。被列为广西2014—2015年重点文学创作扶持项目对象。

作品信息

原载《汉诗》2012年第1季《春秋诗篇》，入选《2012年中国诗歌排行榜》（百花洲文艺出版社2013年1月出版）。

几乎要闭合。
我为此惊讶——
你隐匿了你惯有的嘲讽与悲伤。

我用最轻的轻音朗诵你。
两个小孩在大堂里跑动嬉闹，脸上
布满细密的汗珠。
一对情侣从电梯里出来，亲密地搂抱。
当男子的眼神越过女友投到我身上。
我想起你凭空举行的那场婚礼。
“仿佛疼痛；的确疼痛，想起
这场哑剧……”
——在时光的消解与补偿中，
我奋力赶往你的盛年。

而哑剧就要拉上帷幕。
而欲望总是令人厌恶而专横。
我合上书，闭上眼——
仿佛疼痛。

的确疼痛——
我想起早上起床时，
一只麻雀在窗台安静地停留。
我走近它，喊它。
它只是
轻轻地抬了抬小而尖的脸。

| 创作评论 |

我不清楚广西女诗人的“慢”是不是受到前行者的影响。作为她们中间最早在刊物上露面的黄芳，也是迄今发表作品较多的代表诗人，她诗歌的特点就是像呼吸一样轻柔。

……

黄芳最大的缺点就是没有写出明显有缺陷的诗。唯有尝试才会失误，唯有失误才有新的可能。

——杨克：《反向推进：从身体后退到语言——广西女诗人散论》，《南方文坛》2008年第5期

黄芳是广西青年诗人中的“实力派”，其诗不媚俗，不先锋，保持着传统的抒情风格，却在优美与深沉之间获得力量。

——刘春：《广西诗歌：在波峰与波谷之间——关于新时期广西现代诗创作的10个问题》，《南方文坛》2011年第1期

黄芳诗中所展示的，多是我们已接触的和能接近的东西——不完整，甚至破碎，但正是这种玻璃一样透明的语言的碎片，触痛着阅读者的内心。

——“2005女性诗歌年度奖”评委王明韵对黄芳的评语，转引自何姗《“2005女性诗歌年度奖”揭晓 广西女诗人获奖》，《当代生活报》2006年4月20日

那束光是斜着劈过来的

谭延桐

那束光是斜着劈过来的。咔嚓一下，就
劈过来了。那束光撂倒了大暗，接着
又撂倒了咒语。那束光
很凶猛，就像一头豹子，猝不及防，就扑过来了
就在它猛扑过来的那一瞬
我看见了百合，她还活着，只是身上受了点儿伤
那束光斜着劈过来的速度
绝对超得过目光的速度（目光的平均速度
大概是世界上最缓慢的了）。也就是说
那束光显然是有思量的。那束光
从来不敢贸然行事。那束光之所以在劈下来之前

作品信息

原载《艺术》2012年第2期，收入《2012年中国诗歌排行榜》（百花洲文艺出版社2013年1月出版）、《2014年中国诗歌排行榜》（百花洲文艺出版社2015年1月出版）、《新世纪好诗选（2000—2014）》（黄河出版社2014年8月出版）、《大学语文》（高等教育出版社2015年9月出版）。入选首届中国好诗榜。

犹豫了一下
又犹豫了一下，显然是出于它的谨慎
这样我就不能不说，它是一束谨慎的光
理性的光。你看，它奋不顾身的样子啊，顿然
使它更亮了，只能说是，和它自己一样亮
闪电，是它的真名，它没有笔名
也从来没有想过要去弄个虚名什么的
那束光很豪迈，很大气，说一不二是它一惯的脾气
你可以不祝福它，但你不可能会忽略它

访托尔斯泰故居庄园

邱灼明

白桦树点缀金色的秋天
湖面倒映着天空的蔚蓝
新郎新娘在湖边拍照
青春美丽幸福的笑脸

走进托尔斯泰故居客厅
托氏家族的画像一目了然
上楼梯的左侧墙壁上
古钟大概挂了两百多年

托翁的书房并不宽敞
窄小的书桌光线昏暗
书架上摆着孔子和老子

作品信息

原载《大诗歌·2011卷》(四川文艺出版社2012年3月出版)，入选《文学桂军二十年·诗歌精选》(广西人民出版社2017年9月出版)。

让我心头忽然一阵惊叹

走过小桥和林荫道
站在托尔斯泰墓前
没有十字架也没有墓志铭
一颗世界的良心在此长眠

我凝视着墓地的小草
倾听托翁的心跳是否依然
只有白桦树沙沙作响
像用俄语回答我的观感

不管是战争还是和平
安娜·卡列妮娜已远离人间
逝去的就像桥下的流水
能复活的只是一种理念

也许就在墓旁的深壑
能找到“绿色的小魔棍”
它会给人们带来好运
托尔斯泰主义从此弘扬久远

散步在宁静的故居庄园
我的心似乎充满了伤感
恍然间好像出现一种幻觉
我满脸羞愧走到托尔斯泰面前

生活已被我们喂养成了猛犬

刘　频

是的
生活已被我们喂养成了猛犬
它不再听话，不再是跟在我们后面
一路听我们谈论诗歌和爱情的那只小乖乖
它拒绝我们的亲昵。它猛地跃立起来
强壮凶猛的身子高过了我们

是的
我们把生活喂养成了一只猛犬
它的心，是时代中沸腾的铁
它时常玩弄粗大的爪子
磨尖利的牙齿。在它烦躁的狂吼里

作品信息

原载《西部》2012年第15期，选入《2012年中国诗歌排行榜》（百花洲文艺出版社2013年1月出版）、《当代新现实主义诗歌年选·2012卷》（长江文艺出版社2013年1月出版）。

我们和它学会了互相警惕

温情脉脉的时光远去了
清早的风就弥散出了物质的狼气
我们满怀爱意喂养的这只宠物
它已经不满足昨天的安宁和美食
它灵敏贪婪的鼻子不停嗅闻着
从我们的身上分辨猎物的气息

犬牙交错的心，一塌糊涂的爱
当生活这只猛犬冲进迷乱的暴雨
它飞跑着，用早先那条牵引它的绳子
拖着我们跟在它后面气喘吁吁地狂跑
一次次，挣脱了我们的手

低下腰身

牛依河

我以低的姿势，去爱
一株小草，一滴露水
一个呼吸平缓的理想，或者去向蚂蚁询问
一个微小的问题。问它们
是否见证我疲惫的青春，曾途经它们的领土
——是的，我低下腰身
试图去吻它们小小的额头
向它们询问，一个下落不明的少年
一把遗失多年的钥匙。

作者简介

牛依河（1980—），本名黄干，壮族，广西大化县人，广西作家协会会员。鲁迅文学院第一期少数民族文学创作培训班学员，《西乡塘诗刊》主编。在《诗刊》《星星》《诗歌月刊》《广西文学》《红豆》《文学界》《中国诗歌》《延安文学》《青年文学》《民族文学》《黄河文学》《诗林》《作品》《散文诗》等刊物发表作品。有诗入选多种选本。著有《桂派名老中医·传记卷·陈慧侬》一书。

作品信息

原载《广西文学》2008 年第 9 期，收入《2008年中国诗歌年选》(花城出版社2009年1月出版)，入选《西部》2012年第15期《一首诗主义》栏目。

悄悄地，向它们打听
一个未来，一次可能出现的握手或拥抱
打听，是否有人在前方的路上，等我
我以低的姿势，去爱
爱你爱过的每一个人
爱你脚下生长的土地，爱一切卑微的事物
去爱，此刻摆在我前面的这个正午
——阳光悄悄落下，耀眼，分明
风，扬起一粒尘埃，敲打春天温润的头颅
我低下腰身，去爱这个世界

| 创作评论 |

牛依河是一个现实世界的自觉警醒者，也是一个诗意世界的执着梦想者，敏感于人类生态的日渐恶化，揪心于自然事物的日益毁损，痛心于精神道德的日显沉沦，牛依河用一系列诗篇表达出他对人和自然疏离、人和文明对抗、人和良知割裂的迷惘、困惑、忧愁、觉醒和反思。牛依河的诗歌写作，丢弃了故作高深、故弄玄虚、故意卖弄的“玩诗”做派，摆脱了虚假透顶、高大无边、空洞无物的“做诗”流弊，其诗歌格调低沉、语言扎实、细节生动、韵味悠远，诗意直抵读者内心深处，给读者带来震撼力和疼痛感，悲天悯人的气息扑面而来……作为一个“执着梦想者”的牛依河，在打开心窗，在遐想田园，在神游山巅，在构筑心灵安然自在、静美生辉的王国……他写出人和自然交相辉映的赞美诗，唱出人和自然和谐共处的祈祷词。

——王征珂：《牛依河诗歌中的“警醒者”和“梦想者”形象》，《特区文学》2015年第3期

过　程

林　白

一月你还没出现
二月你睡在隔壁
三月下起了大雨
四月里遍地蔷薇
五月我们对面坐着
犹如梦中

就这样六月到了
六月里青草盛开
处处芬芳
七月，悲喜交加
麦浪翻滚连同草地
直到天涯

作品信息

原载《西部》2012年第9期，收入林白诗集《过程》(辽宁人民出版社2017年6月出版)。

八月就是八月
八月我守口如瓶
八月里我是瓶中的水
你是天上的云

九月和十月
是两只眼睛，装满了大海
你在海上
我在海下

十一月尚未到来
透过它的窗口
我望见了十二月
十二月大雪弥漫

水最终流回岸边

大　朵

沉默或癫狂
故意冷落远方的渴望
水
在我体内变换名字和服装
在你的陶罐里
隐名埋姓

没有人能囚禁水
没有人能阻挡你想念另一个人

作者简介

大朵（1965—），本名罗勋，生于广西忻城县，诗歌民刊《麻雀》主编。1984年开始发表作品，2005年加入广西作家协会，2013年加入中国少数民族作家学会。著有诗集《等待鹊桥》《怀念狐》《痛苦之门》《床尾的兰花》，壮族文化研究论文集《根问》。曾获第四届广西少数民族文学创作“花山奖”，两度获来宾市人民政府文艺创作“麒麟奖”。

作品信息

原载《中国诗歌》2011年第12期，入选诗集《床尾的兰花》（宁夏人民出版社2012年9月出版）、《诗歌周刊》2015年12月13日“中国地方诗展”。

那些与闪电为伍的灵魂
那些焚身似火的理由
我在除夕之夜
为它们供奉诗歌之水

随形而住的水
以平和清洗我心中的佛
石上涓涓的水
以骚动敲醒我心中的道
海面上翻滚的水
以雄魂摇撼我心中的魔

你们将
和遗憾涉过对岸
在水边
我看到你们狐步款款
我的泪以往下的姿态
回归大地

水
将告别所有的生命
流回水的岸边
而我将告别所有的记忆
似轻烟飘过
那座无水之桥

| 创作评论 |

大朵的诗多为短诗或小诗，诗风轻灵柔美，质朴明朗，语言鲜活灵动、简洁精约，在汲古阔今中透出古意，在不事雕饰中呈现澄明的语境。读之，如秋日品茗，夏夜赏荷，清新脱俗，暗香绵长。

——陈敢：《我只想做天上大朵的云》，《麒麟》2013年第2期

粮食、诗歌和爱情

黄土路

粮食占据屋里三分之一的地方
剩下的一角是我的床铺
我生活
靠我劳动的双手
每年从洒满阳光的山谷收回玉米

我和诗歌躺在床上
诗歌　使语言贴近我的脊梁
使我一次次挺起腰杆
做人
我摊开躯体
让阳光从我的身上
摄取一年一度的丰收

作品信息

原载《广西文学》2012年第11、12期合刊。

二十岁前我风调雨顺
五谷丰登
十指被阳光、旗帜和蓝天紧紧握住
长成几片成熟的秋叶
成熟
透出生活幸福的红晕
二十岁我一手抓粮食
一手抓诗歌
爱情在远方丰满为一只洁白的鸽子
今夜越过没有遮拦的天空
降临

那是祖国的白鹭

韦　佐

停落在木棉树上的云朵，低空中滑翔的雪片
又一群白鹭起落，仿佛来自西塞山前

此时此刻，边镇峒中已是人间四月天了
一场大雨把黄叶洗成了翠绿

当你的目光越过界河
对面就是越南人民的青山了

作者简介

韦佐（1967—），壮族，广西河池人。广西第五届签约作家，首届鲁迅文学院西南青年作家培训班学员。出版诗集《初升的太阳照在脸上》、散文集《在有鱼居住的地方》、随笔集《乌云的背面雪亮》。有作品入选《新时期中国少数民族文学作品选集》等。散文《在古树下仰望云天》获全国报纸副刊年度精品一等奖、散文《老山界上，潮湿的脚步声不曾远去》《举起手来》《手机里传来砍柴声》《去往一个很慢的地方》等获全国报纸副刊作品二等奖。

作品信息

原载《广西文学》2012年第11、12期合刊。

看不出地图上才看得清晰的边境线
白鹭因此继续向南飞行

白鹭只知道
天空是路，节令是方向
每一片森林，才是来去的故乡

另一群白鹭从界河对岸飞回来了
我在心底里默念了一声：那是祖国的白鹭

暮　光

黄　芳

也许你也还在爱我
最后一只云雀停落时
你的灰暗
重叠了我的
——可记得我曾跟着你
从南走到北？
借着你微弱的光
我自由自在，像一枚
就要成熟的苹果
任由甜蜜在雨水中酝酿

作品信息

原载《诗歌月刊》2014年第3期，入选《诗选刊》2014年第6期、《2014年中国诗歌精选》（长江文艺出版社2015年1月出版）。

万物都成了我们的抒情对象

刘频

世界为我们准备了故乡，盐粒，果园，闪电
为我们准备了稻米，房屋，母语，道路
亲爱的，我们只需怀揣着爱，和树枝上的苦难
就可以赶赴自由的山岗，参加春天的合唱

那边，河流在加深，潮湿的森林在工作
天空从岩石的肉体中，撕开了亲人的蓝色
我们把毕生的诗歌，把祖国的善良
分给了母亲，分给了跟我们一路小跑的花朵

再见了，那些在切割玻璃时流下的血滴
再见了，那些为心灵而失节的忧伤泪水
从爱情的喷泉，涌出了黑暗中的建筑

作品信息

原载《上海文学》2011年第12期，收入《新世纪诗选》(团结出版社2014年11月出版)。

使我们有勇气和铜像一起，幸福地哭泣

看，金色的树梢上，摇动着神的七颗晚星
大地的树根，从美德钻进了我们的脚心
春天的摇篮为世界准备了万物，亲爱的
万物都成了我们的抒情对象，成了我们自己

那一刻
让大地在我们广袤的灵魂中漫游，歇息
当暴躁的海水，湮没了往日的山岗
让我们站在滚滚波涛之上，平静打开死亡的封面

树下的光阴

费　城

院子里，又筑起高墙
阳光挡在门外，一些隐秘的叶子
躲在午后幽暗的注脚里
多一点，或者少一点，皆没有逗点

那时，我在窗边翻读一本旧书
关于生活中的细枝末节
我无法揣度。想起那一年
你站在树影里修理剪刀

作者简介

费城（1984—），本名韦联成，壮族，广西河池人。中国作家协会会员，鲁迅文学院少数民族文学创作培训班一期学员。作品见《诗刊》《星星》《诗选刊》《民族文学》《青年文学》《诗歌月刊》《飞天》《延河》等，部分作品入选各类文学年选。著有诗集《往事书》，入选“广西少数民族新锐作家丛书”。曾获第五届广西少数民族文艺创作“花山奖”、首届刘三姐文学艺术创作奖、共青团广东省委文艺创作“鲲鹏奖”等。

作品信息

载《诗刊》2014年4月号下半月刊，收入《往事书》(广西人民出版社2013年11月出版)。

那些长满秀发的树木在你手上
纷纷掉落——又一年
你站在树下微笑，树影婆娑
迟疑的手指伸过来。一把剃度的剪刀

在那个秋天背后隐隐作痛
直到那年冬天，树枝被岑寂的
大雪压断。你起个大早
站在树下张望，那些无声的叶子
落满庭院。仿佛凋落的光阴

| 创作评论 |

费城可以成为一个好的抒情诗人，……他有一首《树下的光阴》我觉得不错，在他的这批诗里能跳出来，因为这首诗里有了及物的部分。这里面出现了另一个人，出现了这个“你”，就有了交流，情感就流动起来了，有了一个可以承载“诗”的对象和空间。

——沈浩波评价费城的诗，见《李凤、费城诗歌品读会》，《诗刊》2014年4月号下半月刊

费城写得很平均，每首都完整、精致、有弹性，诗里呈现出对时间流逝的伤悲的感觉，也是很美的。

——刘立云评价费城的诗，见《李凤、费城诗歌品读会》，《诗刊》2014年4月号下半月刊

你看不见的远方

费　城

我看见你，在你看不见的地方
在未知的不远处，在不远的即将到来的将来
你看不见我，静默的荒芜里
我是远方。比远方更辽远的是我的孤独

我的孤独，是我指缝间漏下的光
比秋天更寂静的，是一支牧笛吹皱的乡愁
而光阴，从来都在看不见的地方
静静枯萎。

作品信息

载《诗刊》2014年4月号下半月刊，收入《往事书》（广西人民出版社2013年11月出版）。

往事书

费　城

那些无法说出的事物总是美的
那些秘而不宣的言辞、信物
以及内心的小小惶恐，总是美的
记得那一年，在南方。在雅楼

一个草木鲜盛之地。那时
树林里浓雾尚未散去。树枝
垂得很低。山冈上有清风吹过
许多次，我们到后山摘野菊

赤脚的花儿游走在掌心，让我
想起那些被风吹零的往事。那时
你还年轻，衣袂上满是飞扬的青春

作品信息

载《诗刊》2014年4月号下半月刊，收入《往事书》(广西人民出版社2013年11月出版)。

我们徒步走在赶往山顶的路上

短衣帮的少年跑得飞快，门槛上
闪着旧年的影子。我还记得
你低眉倚窗的情景，坐看云卷云舒
多年后，你在山边守一座老房子

坐在时光的荒芜里，不发一言
目光混浊，如同一只破旧的瓦罐
不发出一个声音。那些秘而不宣的
言辞风化在时光的褶痕里

我以为，那些无法说出的故事
总是美的

我的诗是我的陷阱

罗　雨

我的诗，用文字的锄子
一坑一洼地掘进
直至有一天，我一头栽下去
我的诗，成了我的陷阱

也许我前世今生的宿命
就是在挖掘我自己——
挖掘枯萎的爱情，和埋葬我的陷阱
那些亲爱的文字
都如此美，又如此阴毒

作品信息

最早收入《女子诗报年鉴·2009年卷》(香港文学报出版社2010年3月出版)，之后刊发于《青年文学》2011年第22期、《中国诗歌》2014年第8期，收入《21世纪中国文学大系·2010年诗歌》(春风文艺出版社2011年5月出版)、《大诗歌·2011卷》(四川文艺出版社2012年3月出版)。

我不断摘下文字的花瓣
编织爱情的梦环
梦越美，环越圆
陷阱亦越深
深到我用尽今生的柔情
都填不平一隙自我陷阱的虚空

用一生的时间写诗
用一生的时间下沉
那些诗，最终都风化成一个僵硬的茧

我有一把刀

三个 A

它的前身是一块铁
那时候它在我身上
不会对别人构成威胁
自从它被我打磨成
越来越锋利的刀时
我的麻烦也越来越多
每次经过安检
我都被带去做笔录

作者简介

三个 A（1974—），本名石才来，广西来宾人。作品入选《2012中国新诗大典》、《当代短诗三百首》、《2014年诗歌排行榜》、《中国口语诗选》、《新世纪诗典》、《当代诗经》、“磨铁读诗会：2016年度中国最佳诗歌100首”、《2016中国年度好诗三百首》、《2017中国诗歌排行榜》等；主编《AAA广西年度诗歌排行榜》、《中国先锋诗歌地图》（广西卷）。获得2015年度NPC李白诗歌推荐奖。有诗歌被翻译成英、法、韩语并发表。

作品信息

载《红豆》2014年第10、11期合刊，入选《新世纪诗典》（浙江文艺出版社2012年10月出版）、《2016中国年度好诗三百首》（暨南大学出版社2017年3月出版）。

解释这刀的来历与用处
保证我不曾杀过人。
我身上的刀就这样
一把一把地被没收
留下铁愤怒的孤独。

| 作品点评 |

诗人中太多体育盲，普及一点环法知识：关于荣誉衫的，绿衫是“冲刺王”，圆点衫是“爬坡王”，黄衫是“总冠军”。穿绿衫者永远穿不上圆点衫，因为占了爆发力就占不了耐力。就像短诗写得好的人不一定能写好长诗，反之也一样。我以为三个A属于后者，但我总还是不死心，他果然没让我失望，这首短诗一级棒。继续普及知识，请大家记住：绿衫换不来黄衫，但圆点衫却可以。

——伊沙主编《新世纪诗典 第2季》，九州出版社，2014，第133页

爱的荒凉

三个A

半年前的我还是爱的
死去活来
想着找个梦中情人
好好白头偕老
半年后
当我再回想这些往事时
竟突然感到
一片迷茫
更加令我难过的是
这种毫无觉察的变化
似乎已经不可更改
爱情是什么东西
人生变幻莫测

作品信息
原载《红豆》2014年第10、11期合刊。

是什么让我
从渴望到拒绝
从软到硬。
大火之后
注定是荒凉？

春运：火车

安石榴

火车开了一年，在大地的腹部
养成一只消化不良的胃
我们积蓄一年的劳碌与思念
还得同火车一起带病奔跑
世界只剩下一面倾倒的栅栏
越过这道无法删除的程序
方能完成上一载的光阴

雪下过半月，摧毁了一年的道路

作者简介

安石榴（1972—），本名李高枝，出生于广西梧州藤县。中国70后诗歌运动主要发起人之一。在《诗刊》《人民文学》《诗歌月刊》《星星诗刊》《散文》《广西文学》《作品》《广州文艺》《特区文学》《南方日报》《深圳特区报》等报刊发表诗歌、散文、随笔、评论、小说数百篇。有诗作入选《中国新诗年鉴》《中国最佳诗歌》《70年诗人诗选》等数种选本。出版诗集《不安》《钟表的成长之歌》。

作品信息

收入诗集《钟表的成长之歌》(宁夏阳光出版社2011年9月出版)，转载于《诗选刊》2012年第5期、《广西文学》2014年第12期，收入《我的诗篇 当代工人诗典》(作家出版社2015年8月出版)。

大地埋葬了地面，人类失陷于家园
过年回家的人找不到熟悉的轨道
我们还要被岁末的寒风拖动多久
铁路像一条松弛的表带
总是难以将抵达的时间
紧密地扣在腕上
这一年最后的日程
终究还是不能寄托于自身

春节从不晚点，火车屡次提速
高铁越来越见长的脾气
使票价不再上涨沦为借口
冰冻频繁发出减速的告示
黄牛党联手攻克实名制
土地狭长坚韧的脊梁
负不起一张单薄的车票
我们要怎样才能走到来春
时光在奔跑，而我们年复一年

| 创作评论 |

安石榴的诗歌，不仅通过对广场与街区等城市空间的独特呈现，以及对疾病、酒精、生活与诗歌等深入的反思，还有对乡愁、漂泊与忧伤的家园的书写，在诗歌书写主题与诗歌美学诉求上都为70后诗歌及当下诗坛提供了足资借鉴的重要经验。

——苏文健、钱韧韧：《城市空间、疾病隐喻与乡愁书写——安石榴诗歌谈片兼及70后诗歌美学旨趣》，《海南师范大学学报》2013年第7期

少年与发条

安石榴

机械的少年
被乡村贫瘠的发条拧紧
大地脑门上的机械钟
在成长的擦洗中锈得发绿

我还记得出生的齿轮
与教育的链条一再错位
少年把握不准的发条
使松弛的思想出现偏差
我秘密设置的梦想
被一阵措手不及的响铃
毫不保留地卸除

作品信息

原载《作品》2008年第10期，转载于《诗歌月刊》2009年第7期、《诗选刊》2012年第5期、《广西文学》2014年第12期，收入诗集《钟表的成长之歌》(宁夏阳光出版社2011年9月出版)。

钟盘上的青苔
使生命在旋转中打滑
我游走冲突的念头
碰落指针上的未来
拦截时间河流的手指
被少年决堤的烦恼
长久泛滥和缠绕

还有脚底的发条
泄露出走的怯懦
时代的一下打盹
损坏命运的机械钟
在错过的传导面前
我内心黯淡的齿轮
需要怎样的生活
才能获得润滑与带动

挂钟童年

安石榴

我要把出生的日期改掉
就像篡改公元的纪年
我得把生命的谜团
载入世界的钟表

20世纪70年代
乡村屋顶的挂钟
带动我童年的心脏
时间睁开蒙蔽的眼
在悬崖的页面上
刻上一个人的纪元

作品信息

原载《作品》2008年第10期，转载于《诗歌月刊》2009年第7期，收入诗集《钟表的成长之歌》(宁夏阳光出版社2011年9月出版)、《中国当代民间诗歌地理(下卷)》(东方出版社2015年2月出版)。

在祖国命运的墙壁
一部挂钟收藏的坍塌
斑驳激情燃烧的岁月
在贫穷疯长的乡村
阳光和雨水将房屋灌痛
我青黄不接的童年
如同田野间一株跌落的杂草
长在不被照看的田埂

挂钟上一刻无人发觉的慢点
击中我迟疑的身体
诗歌中一句漏掉的朗诵
填补我空荡的想象
在钟声掠过的原野
我听到天空低沉的回响
“在时代的钟座上，
没有什么比磨灭端坐得更久！”

慢慢地呼唤死者

非　亚

慢慢地呼唤那些
死者，慢慢地呼唤他们的名字，一次又一次
在早晨，慢慢地
注视坠落在草叶上的
一颗露珠
夜晚，蓝色天空下的一颗流星

在一种持续的呼唤中，那些死者
终于在草地上慢慢苏醒
绿头鸟回来了，蜥蜴爬过墙角
蝴蝶扇动翅膀，蜻蜓敏锐地
飞过车窗外的马路

作品信息

原载《南方文学》2014年第11期，转载于《红豆》2015年第1期。

然后他们真的会回来，真的进入了
花园，推开门
熟悉的谈话声又一次响在耳边，真的坐到了
客厅的沙发上，有时在厨房
有时在房间
他们，在走廊里走来走去
这里瞧瞧，那里看看
到处都摸一摸
一点没变旧
也没陌生

我看着这一切，转过头
走到阳台外面
在一个可以自由穿越的广大世界
死者和生者，依然在一起交谈
生活，和唱歌
声音由大变小，由小
变大，亲爱的年迈的妈妈

我听到了
你
听到了吗

燃　烧

冯　艺

七十年后
站在你的故居面前
茨维塔耶娃
你为什么归来
你沉默不语
我朗读你的诗句
诗说　巴黎
无聊　不美丽
你说　你来自那里

作者简介

冯艺（1955—），壮族，广西天等人，现任广西作协名誉主席、中国作家协会主席团委员，编审。曾任广西民族出版社总编辑、社长，广西作协主席、广西文学院院长、广西文联副巡视员等。作品散见于《人民文学》《诗刊》《钟山》《花城》《人民日报》《光明日报》《文艺报》等报刊，出版诗集、散文集十余部，其中散文《一个人的共运史》(《美文》2015年第8期）入选2015年当代中国文学最新作品排行榜，散文集《朱红色的沉思》《桂海苍茫》分别获第四、第八届全国少数民族文学“骏马奖”等多种奖项。

作品信息

原载《冯艺诗选》(广西民族出版社2014年12月出版）。

那里在“明亮地燃烧”
你的心　属于那里

执着　纯粹　真傻
你的玉臂放出清辉
嘴唇充满嗫嚅的渴望
你把洁白的手绢
铺在渗凉的石头上
裙裾浸染露水
映照月华
一片丹心对逝去的苏联
用纯洁的血抒写“安魂曲”
表达对另一位诗人的原谅
表达祖国的灾难和屈辱

柔软的心肠
思想的棱镜
那么耀眼　持之以恒
可是　你身体内的那边
不再明亮
自由的向心力
滑行在黑暗的水面

你在云里　雾里
你没有把祖国装在心里的能力
你没有把祖国随身携带的能力

你不知道　归来
死亡会等着你
但　你固执
带着自己的血肉飞翔
飞向黑色的燃烧
绝望的火焰中　脖子直挺
用血做裙子
给自己赤裸的脚踝
戴上镣铐
融化一个世纪的坚硬
七十年后
我踏着渗凉的露水
来到你的故居
听你的诗句
如火鸟在天空歌唱
仰天长叹

| 文学史评论 |

冯艺创作起步是坚实的，他并不浮躁。他力求把自己的思想、感情与自己抒写的大自然和社会的一切都融为一体，抒情不忘寓意，哲理不流于空泛。他擅长以比喻、拟人等艺术手段营构诗的意境。

——梁庭望、农学冠编著《壮族文学概要》，广西民族出版社，1991，第386页

| 创作评论 |

冯艺在他的青春期浑然不觉地加入了时间意义上的青春主流话语的合唱，继而

在他的后青春期不自觉地加入了空间意义上的寻根话语的合唱。所以，评价冯艺中期文学创作，我们既要看到他强化其少数民族特色的努力，这是其“有”的一面；也要看到其仍然属于“众声喧哗”的一面，即要看到冯艺审美意识“有中之无”的一面。

——黄伟林:《论壮族作家冯艺的文学创作》,《民族文学研究》2006年第3期

作为20世纪50年代中期出生的一代，在今天，冯艺诗歌以“灵魂”站到了中国三大诗歌传统的丁字路口，即国身通一的红色革命传统，天人合一的古典自然传统以及新文化运动的启蒙传统，在不同的时期，这些诗歌传统呈现出不同的诗歌和灵魂结构，有时它们甚至以悖论的方式压缩到同一首诗中，让我们感叹现代中国为我们锻造出如此复杂的灵魂状态。

——冯强:《传统与灵魂革命：冯艺诗歌论》,《广西文学》2017年第9期

忠　诚

——写给袁崇焕

冯　艺

天的寒冷与寂寞同路
连老百姓也成了看客和帮凶
你吟着悲壮的《临刑口占》
带着比烛光更亮的火把
祈望这火光将大地的冰雪　融化

本来忠肝义胆　智勇双全
步履如此铿锵
一曲离歌　殷殷实实
比水晶还清澈的眼睛
让迷乱者不敢直面

作品信息

原载《冯艺诗选》(广西人民出版社2014年12月出版)，收入《文学桂军二十年·诗歌精选》(广西人民出版社2017年9月出版)。

谗言　阴谋　磔刑
张着血盆大口
你鲜红的血高贵地喷薄而出
把昏君　刽子手　淹没
把争抢你的肉块者的灵魂　吞噬

突如其来的震颤
绝不喊半句冤屈　用忠诚面对
去平复令人心碎的杂音
然而　我看到那么多沮丧和困惑
好在　时间是是非的评判者

亲爱的酋长

冯　艺

石壁上飘飘羽毛连接天上红霞
和水边花树
石壁中传出“呢啰”的韵律
铜鼓仿佛情感的储藏器
在日复一日中迸发
应和着风雨雷电
亲爱的酋长　我怎么也找不着你

明江的秋天　山花烂漫
刀　戟　箭猎获的鸟兽
已分割完毕
田地的五谷收晒入藏

作品信息

原载《冯艺诗选》(广西人民出版社2014年12月出版)，收入《我与花山岩画征文选集》(广西师范大学出版社2017年6月出版)、《文学桂军二十年·诗歌精选》(广西人民出版社2017年9月出版)。

想象一个个酒碗
跳图腾之舞
交织在梦幻般的江面　我无法确定
自己置身于哪个遥远的年代
我喜欢那些跳舞的人
都长着同样的面孔　他们
是我的祖辈
古铜色的皮肤　张开
七情与六欲　灵感与豪情
他们的歌声震撼心底
燃烧灵魂
文化的雏影与原声
被历史界面固定下来

俯仰之间　从左到右
亲爱的酋长你在哪里　也许
你已在黄昏时分消失　注定
你在我的诗歌里成为亡灵　你
给自己刻好了一座丰碑
给自己最壮观的歌态和舞姿　我
惊怵于你采用的红
风削雨蚀　永久鲜妍
装饰你们永远在世间

以水流的姿势

石才夫

把深度埋藏
把艰险迈过
岸边的风景
看过就行了
不要停留

把锋芒收起
顺着河床的坡度
顺着河道的曲弯
水底的礁石
绕过就是了

作者简介

石才夫（1965— ），笔名拓夫，壮族，广西来宾人，中国作家协会会员，广西文联副主席。出版诗集《以水流的姿势——石才夫诗选》《八桂颂》，散文集《坐看云起》《天下来宾》等。诗歌入选多种选本。

作品信息

原载《广西文学》2014年第12期。

不要犹豫

以这样的姿势
能够永远向前
以这样的姿势
能够到达
海

| 创作评论 |

有一种文字是火，它能点亮热情、希望和理想。有一种文字是水，它能呈现智慧、人生和世界。这是文学的两面，像篆刻里的朱文和白文一样，朱文如火，白文似水。水火在文学里相容，但水火在一个作家身上相容，却是比较难的。……石才夫的诗作就是在向这种“水火兼容”的大师致敬。石才夫的诗歌有气势，有激情，特别是那些歌颂时代和祖国的诗尤其有激情。激情曾经是青春的产物，我们年轻时候都曾经有过激情，但随着时代的变化和年龄的增长，我们的激情也像荷尔蒙那样在消退，但石才夫依然保持着那股激情，那股对时代对人民的激情。

……

石才夫的诗歌继承的是朗诵派的传统，他让诗歌的声音饱满而嘹亮，因而他的诗歌有吟诵感。在这个意义上，他继承的是中国重声音的诗词传统，不是那些重视觉轻诵读的“看”的诗。

——王干:《这一刻，文字如水般温柔光亮》，载石才夫《以水流的姿势——石才夫诗选》，广西人民出版社，2011

拓夫的诗歌表达方式相对传统，不脱“赋比兴”，这在求新求变已经成为时髦的今天，却显示出一种难得的淡定。拓夫的优秀作品再一次证明了，诗歌是心灵的事业，而不是言辞与技巧的卖弄。

——刘春：《广西诗歌：在波峰与波谷之间——关于新时期广西现代诗创作的10个问题》，《南方文坛》2011年第1期

石才夫曾创作过不少小桥流水、晓风残月式的抒情小品，但他更注重、更用心投入的却是那些表达家国情怀、歌颂大爱大美的昂扬之作。他是一位有着大视野、大格局和大情怀的诗人。

——容本镇：《踏遍青山 行吟八桂——论石才夫的诗歌创作》，《广西文学》2017年第7期

如果说祖国、理想、未来、人民、建设、信念、旗帜等等，代表了一种“向前”的姿势，则故乡、母亲、初恋、雨夜等等，就代表了一种往后“回顾”的姿势。前与后，刚与柔，豪放与婉约，两者结合起来，才是石才夫诗歌的完整姿势。

——张柱林：《大地、希望、雨、水、前、后：姿势与诗歌的命运——石才夫诗歌的意义》，《南方文坛》2011年第5期

作为一名60后，诗人的青春岁月贯穿着文学兴盛的狂欢。对精神和信仰执着地追问成为他的生命底色，理想主义成为浇灌他文字的汁液。他的诗歌中有对社会的深切关注，有赤诚相对的勇气，以及对某种责任的自我承担。

——蒋锦璐：《〈八桂颂〉——用品格高尚的诗意之作构建广西形象》，《广西文学》2017年第7期

人、地方、社会，是文学创作地方认同的重要元素。石才夫的《八桂颂》虽为项目“作文”，不免存在诗人《后记》所说“只能专注于某一角度，停留在某一层面”的缺点，但正是这种带着个人印记的真诚的地方书写和探索地方认同的开拓性，为

当代诗坛提供了富于人文地理学意义的诗歌文本。

——陈祖军:《一个诗人的故乡版图——论石才夫〈八桂颂〉兼及文学创作的地方认同》,《南方文坛》2016年第3期

于石才夫而言，诗是长在他心里的一棵“树”，生根发芽于其内心深处，无论阳光或风雨，无论岁月如何变迁，这棵“树”一直都在茁壮成长。石才夫的诗歌空间是丰富而开阔的，既有城市诗，又有书写乡村的诗，既有爱情诗，亦有日常生活感悟诗，真可谓丰硕繁多矣。

——罗小凤:《城市心情的诗意呈露——论石才夫诗歌中的城市书写》,《河池学院学报》2014年第6期

回心转意

吴虹飞

沉默的秘密

那年我才七岁
中午时分
一个少年
走进我的房间
用一本连环画
引诱我
我挣扎过，感觉到害怕
但没有对任何人讲过

作者简介

吴虹飞（1983—），广西三江人，侗族，清华大学环境工程、中文系科技编辑双学士，现当代文学硕士。曾任《新京报》《南方人物周刊》记者。出版《小龙房间里的鱼》《阿飞姑娘的双重生活》《失恋日记》《征婚启事 阿飞姑娘的私人笔记》《木头公仔》《伊莲》《再不相爱就老了》《嫁衣》等作品。1999年创建幸福大街乐队，任主唱和词曲作者，2009年组建侗族大歌原生态歌队。

作品信息

原载《诗潮》2015年第4期。

后来
我考上了大学
返回家乡
有一天在路上
我认出了他

我父亲早逝
他顶替了父亲工厂的职位
他已经非常高大、英俊
二十五六岁，刚结婚
在阳光下骑着自行车
他冲我微笑
露出洁白的牙齿
那个下午
阳光明媚
我什么也没有说

爱情是病毒么

爱情是病毒么
如果不小心感染，就是感染了吧
不要急于赶走她
让她留下吧
让她不要恶化

如果她出院了
给她一个去处吧
带她到门口
给她指一条路
轻轻地，挥手
世道艰难
不要让她感染致死

不要把她的天真当成轻浮
相信她，对你一直善意
相信她到死
也无法伤害任何人
还有你

春 天

春天到了
请给我买一件白衬衫吧
就像时光重返
图书馆的阳光
易碎的少女腔调
甜腻、美好的歌声
阴冷忧郁的天气

那些少年的愁苦，其实都是真的
那些歇斯底里的抒情

其实都不合时宜
被人讥诮冷落太久
我不敢妄称——神
如果能在春天复活
我将继续为你
唱一支爱的歌谣

写　信

亲爱的小龙
想着要写一封长信
就像时光这么长
枯坐到了深夜　只写了一句

北京下雨了

算下来
我们已经认识十五年了
还记得那首《蝴蝶》吗?
我们刚刚认识
虽然你从来没有叫我的名字
我就抱着吉他
坐在你的房间里
唱歌给你听
你居住的村子
早就没有了

当你离开北京
我没有再唱过这个歌

有谁知道蝴蝶在用黑色的唇歌唱
有谁知道蝴蝶夜里在哪里游荡
有谁曾经真心真意爱上一只蝴蝶
有谁知道蝴蝶从来不能自由地飞翔

成年人

一个人可以保持天真多久?
茫然无知，伸出索要的手
我态度谦卑
我会报答一切人的好
我一定会报答你啊
即便我有翅膀
我还会飞回来的啊

想做个好孩子
但不再是孩子
没有人再原谅
一个不是孩子的人
孩子早就被狼吃掉了
剩下的是一个表情严肃、内心慌张的成年人
一生就这样耗尽了

礼 物

亲爱的。请带我一起飞叶子。请对我好一些
我想和你一起享受那些洁净的快乐
我从来没有知道过的归宿。
就像一个没有家的魂到处飘荡。
神鬼有知，知道我的悲伤？

我所在之处，必然引起你轻盈的目光
你要深深以我为荣
我从未如此欢愉，带着咆哮、优美的音乐而来
那是一生的礼物
的确，那时我无比年轻，
世界在我面前，轻轻打开，又轻轻合上。

无 题

你知道我的诚恳，和软弱。
我非常倔强，谈笑风生，说着你没有听过的玩笑。
你一生中不可以遇到我这样的一个玩笑。
这是你的过场，我的过场，我的生命力这样旺盛，
也只在一瞬连绽放的机会都没有，
只在一种戏谑中，
安然度过我的内向，和种种不安。

初　雪

亲爱的　请葬我于每一个初雪的清晨
让我作为世间最为纯洁的女儿
死于每个初雪的清晨

亲爱的　请葬我于每一个初雪的清晨
让我作为世间最为自由的灵魂
生于每一个初雪的清晨

亲爱的　请葬我于每一个初雪的清晨
让我作为世间最为天真的小孩
成长于自己小小的世界

亲爱的　请在每年花开的清晨踏歌而来
让我作为世间最为动人的情人
披着大红的盖头　做幸福的新娘

| 创作评论 |

吴虹飞高于那些无趣的虚无主义的地方是，她其实是非常有趣的，她愿意以美梦的方式看待这一抔灰。因而一而再、再而三，她赋予这虚无以诗意。虚无并不让她分外难过，她几乎是在无意识地诉说虚无的一切，引爆了一颗颗美丽的惊雷。当永远无法愈合的伤口残酷地以花朵的面目孤注一掷地显现时，那效果是很迷人的。

——李皖对吴虹飞组诗《回心转意》的推荐语，见吴虹飞组诗《回心转意》，《诗潮》2015年第4期

原　谅

荣　斌

每天，临睡之前，请闭上眼睛
让身心浮靠在平和的水面
学会沉静下来
学会反躬自省
学会宽容，坚忍，以及原谅

原谅所有的人和事
原谅所有的过错与冒失

作者简介

荣斌（1970—），本名韦荣兵，壮族，广西来宾市凤凰镇人，中国作家协会会员，广西签约作家，作品集列入广西壮族自治区党委宣传部重点文学创作扶持项目。鲁迅文学院第九期少数民族文学创作培训班学员、鲁迅文学院第三十一期少数民族文学创作高研班（诗歌班）学员。诗歌见于国内外各种报刊及选本，部分作品被译为英、俄、韩等国文字。出版有诗集《面对枪口》、《卸下伪装》、《在人间》、《自省书》（中韩双语）等。曾获《山东文学》年度诗歌奖、《诗歌月刊》年度诗人奖、广西少数民族文学创作“花山奖”等奖项。

作品信息

原载《民族文学》2015年第5期。

原谅阴沉的天气
原谅没有阳光的早晨
原谅姗姗来迟的脚步
原谅别人的傲慢与偏见

这个世界从来没有十全十美
原谅它的偏袒与不公
原谅多舛的命运
原谅零乱不堪的既往
和打满补丁的未来
原谅崎岖而坎坷的道路
以及，路上被鲜花覆盖的陷阱

没事的时候，多想想自己的缺点
原谅人心的叵测
与生俱来的自私
原谅苍白的借口
原谅恶毒，工于心计的目光
原谅没有防备的伤害
以及，被善良虚掩着的预谋

除此之外，你还要原谅
无端的猜忌，背叛的情感
原谅谎言，原谅诋毁

原谅没有兑现的承诺
原谅排挤和质疑，并且
原谅懦弱与卑微的内心
原谅那些，高高在上的面孔
原谅他们的世故与无知

白云辞

高作余

这浮世的白云擦拭人间的灰尘、叹息
仰望的头颅被春风拨转，春风吹绿两岸

这是白云故里，泥土热气腾腾
一只蚂蚁忙于寻找同伴，错过春色无边

春色与暮色相合，谣曲潜行乡间
白云苍狗，一小片蔚蓝的大海停泊远方

作者简介

高作余（1971—），广西陆川县人，曾用笔名高作苦，《南方诗人》主编。1984年习诗，诗文1500余篇散见于《诗刊》《十月》《星星》《诗选刊》《青年作家》《作品》《诗歌月刊》《山东文学》《安徽文学》《广西文学》《特区文学》《时代文学》《滇池》《飞天》《红豆》《诗潮》《中国诗歌》等，入围海子诗歌奖，获中国当代诗歌奖、廖诗蝶诗歌奖、井秋峰短诗奖，上榜2013中国好诗榜，入选《中国年度优秀诗歌》等200多种选本，第四届鲁迅文学院西南班学员，受邀参加第十六届国际诗人笔会，部分作品被译为英文、阿拉伯文。

作品信息

原载《时代文学》2015年第4期，《飞天》2015年第10期转载。

远方即异乡。白云是异乡外的异乡
村庄中的村庄。白云不语，在这安宁的午后

无数朵白云都是一朵，空心，不长记性
我把体内白云尽量压低，低于群山起伏的滚烫

山顶上那人，不是我，是白云
天上那白云，不是白云，是我

采集尘世多少白云，送上山顶
有多少闲云野鹤，就有多少过眼烟云

用白云写下：无边的空旷、蔚蓝
最糟糕的是：白云记不住自己，转瞬被大风撕开

心中的灰熊

陆辉艳

浅睡在他心中的那只灰熊
再次咆哮起来，扑向他。“在黑暗、隐蔽的地方。”
这个声音使他发狂
使他不顾一切冲向荒野
你握紧鼠标的手，也跟着他
在风中狂奔，因为激动汗水濡湿手心
你按住暂停键，想让他
不安歇的灵魂停一停，停在时间的某一刻
但无异于企图熄灭一场蔓延的
平原大火。你眼睁睁看着他

作者简介

陆辉艳（1981—），出生于广西灌阳。出版诗集《高处和低处》《心中的灰熊》。作品散见于《十月》《青年文学》《诗刊》《星星》《天涯》《中国诗歌》《诗林》《广西文学》《诗选刊》《诗歌月刊》等刊物。曾获2017华文青年诗人奖，第八届广西文艺创作铜鼓奖，首届中国青年诗人奖，《广西文学》“金嗓子”文学奖等。曾在鲁迅文学院第二十九届高研班学习，参加诗刊社第三十二届青春诗会。

作品信息

原载《青年文学》2015年第5期。

在一部传奇中烧伤自己。他去牧马，去狩猎
生来听觉敏锐，能清楚地听见
从内心的密林传来灰熊的声音
自由的生命，如此放荡不羁
现在你将别人的经历一再扩大
假装是你自己的一生
以此安慰你那颗青春将尽
而不够勇敢的心，“将众人的明月，占为己有……”
为此你感到了羞愧，脸红着
把头埋进臂弯

| 创作评论 |

陆辉艳是一个宁静、淡泊、清澈的人，她以现代知识女性的睿智，思考人类与自然、历史与现实、现代文明与农耕文明的关系；同时又以乡村歌者和平民诗人的身份，抒发对生活的热爱。

——施秀娟:《爱着高处和低处的事物——论陆辉艳的诗集〈心中的灰熊〉》,《广西文学》2018年第4期

一条鱼

非　亚

我有一个朋友，有一天晚上来到
我的梦里

手里，拎着一条鱼，身上
冒着热气

房间里到处都亮着光，打开门
在客厅里，说

今天我们，可以干些别的
比如，讨论如何
吃这条鱼

作品信息

原载《西部》2015年第8期。

它是我，在一条河里弄到的
足足有五斤重

我看着他，好像看到他身后
有一条路
通向了树林后面的河流

嗯，那里有鱼，他说，那里有一种
我不熟悉的生活

而我最大的问题，是从未像我这位朋友
从这个梦出走，离开这个
房间
到森林里去

桂林的山

石才夫

小小的象鼻山
是谁遗落的一枚闲章
随手一盖
成就了一幅千秋水墨
高高的猫儿山
就是笔架了
随便一棵银杉
都能在蓝天上书写　画画

独秀有些任性
叠彩都算低调
漓江两岸排着的那些
高低错落

作品信息
原载《广西文学》2015年第11期。

随手拿来一座
都是其他任何城市
世界级的自然遗产

山又有洞
七星岩　芦笛岩　丰鱼岩
时间看不见
但它水做的手
却一直做着一件事
雕琢一个个神奇的故事
并告诉世界

有一天我在阳光下待腻了
就步入洞中
里面很黑　凉风扑面
我猜有很多只蝙蝠
在用耳朵看我
地下水哗哗流动
从来处来　向去处去
我是那么渺小

跟山比　跟岩洞比
我一点也不在乎自己的
渺小

雪　人

田　湘

一个人老去的方式很简单
就像站在雪中，瞬间便满头白发

没想到镜子里，有一天也下起了大雪
再也找不到往昔的模样

可我不忍老去，一直站在原地等你，
我固执地等，傻傻地等
不知不觉已变成雪人

我因此也有了一颗冷酷而坚硬的心
除了你，哪怕是上帝的眼泪
也不能将我融化

作品信息

原载《海燕》2015年第9期，《诗选刊》2015年第12期转载，收入《2015年中国诗歌精选》（长江文艺出版社2016年1月出版）、《中国年度优秀诗歌2015卷》（新华出版社2016年2月出版）。

法师帖

高作余

神秘的咒语，他是法师
天地间不可多得之人。宽袍如云
诵念如海，一叶孤舟，为众神所加持
清晰来自茫茫，茫茫亦覆盖清晰

他替死亡穿针引线，那失魂之人
不断流逝，蒸腾热气聚于头顶
他头顶有远方，有虚空，有我们愿意相信的
鲜美之物，他是那打败流水之人

从痛哭中，淬取火苗，淬取光
他的法杖持续旋转，旋转，天地亦旋转、开合
我们长或短的一生，均在他意念中，悲悯内
他抽身行走于山岭之间
这茫茫人世，他见惯了太多枯叶化泥！

作品信息

原载《中国诗歌》2015年第12期。

石头的小镇

何一平

有一些船只隐没在夏日的芬芳中
故乡，如今我是个陌生人
只有一块石头，在蜂群中起舞
跳动的落日一般
我心跳的节奏
海边甜蜜而苦涩的水

回忆总比时间漫长
那么多的水，在摇晃
没有一片陆地供一个过客栖息
一片海水

作者简介

何一平（1989—2017），天水秦安人。曾在《中国诗歌》《诗刊》《广西文学》等刊物发表诗歌。

作品信息

原载《红豆》2015年第12期。

和所有人一样
我只是一个时间的孩子
或者过客
在时间这片土地上
飘散在石头上的香味

推卒过河

盘妙彬

不是民国，是民国的骑楼下
老人推卒过河
几缕发黄的光线躺在街面
很快被周围高大的现代建筑移走

不是民国，是光线发黄在暮晚
不是民国，是百年老街的骑楼下
时光推卒过河
车马象炮已厮杀殆尽

景色残旧，不是民国
一堆堆老人是一堆堆发黄的光阴，不是民国
他们在下棋

作品信息

原载《南方文学》2016年第2期。

士也失去了
现在推卒过河，一步一步
现在卒已过河，一步一步

快点呀
急什么呀
光阴催老人，卒催兵，全都过了楚河和汉界

那只喇叭

谭延桐

不再吱声，那只喇叭。
坚决就是不再吱声，那只曾经喜欢说话
并且一说就说个没完的喇叭。
貌似温柔的时间不知对它悄悄说了些什么，让它
突然就不再吱声了（看上去，它
非常有涵养懂礼貌了）。它躺在过去的
豪华的声音里，并不是多么安稳地睡去了。
风，说来就来，在调解着
越来越爱它的锈和它之间的无论如何也说不清的
关系。
它，是只老喇叭了。确确实实
是只老喇叭了，现在。
当然，也包括将来。估计

作品信息
原载《中国诗歌》2016年第4期。

也包括将来的将来。老喇叭，没有声音，
没有声音。只有被岁月穿得越来越旧了的身体。
老喇叭，很艰难地翻了一个身，醒了，
可是，它早已认不得眼前的一切。
也没有一个人，会一一告诉它。连问候它的人，
也没有一个。就仿佛
趁它睡熟的时候地球上赶着打了一场战争，
剩下的已经没有几个人了。

在另一个年代

——致艾迪特·索德格朗

黄　芳

透过你又大又灰的眼睛
我看见满载军队和难民的火车
穿过另一个年代的铁轨
你在乡间别墅里咳嗽
老式罩衫晃动时，你的孤单
被嘲笑
你写诗，抛弃格律和韵脚
它们像不守妇道的女人
被嘲笑
在另一个年代
我和你一起失眠，困顿
带着结核病

作品信息

原载《重庆文学》2015年第11期，之后刊发于《长江文艺》2015年第12期，入选《2016中国诗歌年选》（花城出版社2017年1月出版）、《2016中国年度诗歌》（漓江出版社2017年1月出版）。

寻找国籍和自由
最后，时光停在
摇摇欲坠的乡间别墅
死神和不曾存在的上帝握手言和
黑暗中
你眼睛又大又灰，一直
在微笑

我曾对生活喋喋不休

陆辉艳

那些枝蔓一直延伸到了屋顶
最后遮蔽了天空
我走进亚麻地。我看见了褐色的麻花
印在我的粗布纱上。在十一月的露水中
灰色田鼠叼去了我的清晨

但我只告诉你生活的冰山一角
我嫌自己表达得足够多
而侵犯你的想象
如果我曾经喋喋不休
请原谅，那是我遭遇了低谷
一旦我走出这片荒地
我对生活的发言，将惜字如金

作品信息

原载《岁月》2016年第10期。

在南宁港空寂的码头

陆辉艳

很快，这里将弃置不用
玉米、豆粕和鲜鱼，装运它们的船只将绕路
抵达另一个码头。每天来此等候买鱼的人
去了新的集市。一个搬运工，来自隆安或蒲庙
脸上有沙砾的印迹。他忙着整理行李
脸盆，衣服，吃饭用的锅碗，统统塞进麻袋里
被褥已用麻绳捆好，放在门前的空地上
他最后一次走进屋子，出来时手里多了
一个口盅，一把牙刷
他把它们也塞进麻袋里
之后站着抽了一支烟，抓抓脑袋，想起了什么
朝晾衣绳上，取下那条红色裤衩——
刚才它还在风中，哗啦啦的，旗帜一样飘扬

作品信息

原载《广西文学》2016年第11期。

我们来到此地
既非买鱼的人，亦非搬运工
我们远远地，站着拍照
试图定格这空寂的码头
儿子专心地挖掘沙子，用他的玩具铲
那个挑行李的男人从他身边经过
大声咳嗽着，再没有回头看一眼
这空寂的，最后的码头

叙事：献牲

祁十木

院子里，那只拴在树上多日的羊，
逐渐消瘦。人们饿着它，它也饿着自己，
寻求洁净。绳子绑着脖子，延伸到腿
一起绑了，等待刀子，
那条巨蟒一样的绳，生死都要缠着。
他在一旁洗手、洗刀子，渴望一切
干净，没有缓冲的过程，刀就放在了羊脖子上
用力一捅，冬日暖阳就附在上面闪烁
白色的羊在白色的雪地上，急促抽搐

作者简介

祁十木（1995—），回族，生于甘肃临夏，毕业于广西民族大学文学院，广西作家协会会员，在《人民文学》《诗刊》《民族文学》《青年文学》《诗歌月刊》《星星》《作品》《青春》等刊物发表诗歌和小说，作品入选多种选本。参加第八届中国星星大学生诗歌夏令营、第六届《中国诗歌》新发现夏令营。曾获北京文艺网国际华文诗歌奖提名、华文青年诗人奖提名奖、淬剑诗歌奖、樱花诗歌奖等奖项。著有诗集《卑微的造物》。

作品信息

原载《广西文学》2016年第11期。

雪等待血，白中透红的颜色，像一个待嫁的少女
害羞的脸颊。已度过漫长的凝固，每一刻都在融化，
每个地方都有属于它们的血，溅落、融合
归宿丝毫不能改变，意义却愈发明显
它抽搐了几下，后腿不停踢着雪
频率缓慢降低，直到静止
只剩细短的尾巴在剧烈颤抖，血水蔓延到此
染红它，血随之被扬了起来
这只羊像躺在手术台上一样，四蹄朝天，
余下的呼吸渴望被救，而灌进去的只有气体，
它的皮肤膨胀起来，羊皮、刀子、骨头、内脏的摩擦
清晰。肠子、肺、肝、蹄子，都遗落
在地面上，一个脚印，没有人踩得出
我们一生的忏悔和恐惧，用这只羊代替
导致我不敢看一眼，那张被褪下的羊皮
似乎要站起来，像我三天前丢了的新衣裳

红树林

庞　白

它们安静地站在咸涩中
不守望，不倾听
风来，迎风；雨来，接雨
柔韧向上舒展的同时向下延伸
从漫天污泥里拱出漫天青绿
绿得饱满，绿得自信，绿满四季
多么好啊，缓慢，扎实，不引人注目
生死杂陈中的轻摇慢晃
有时像遗弃的木桩，无比枯寂

作者简介

庞白（1969—），原名庞华坚，广西合浦人，中国作家协会会员，“美丽南方·广西”系列作品签约作家。出版有散文集《慈航》，诗集《天边：世间的事》、《水星街24号》、《跋涉者》（与人合集），随笔集《北海民风民俗民菜》。撰写过《南珠春秋》（五十集电视系列片）、《老街怀旧》等影视作品。曾获第二十五届“东丽杯”全国鲁黎诗歌奖单篇类二等奖、第三届“中国·曹植诗歌奖”、第五届中国报人散文奖、中国散文学会第八届冰心散文奖等奖项。

作品信息

原载《诗刊》2017年6月号下半月刊。

有时像飘扬的经幡，慈爱满天

它们，安静地站在咸涩中
飞翔交给海鸟
远足交给游人
脱胎拔节伊始
每一根枝条，都便超越了时光
每一根枝条都是阳光的味道
庄严而不沉重，决绝而不苦涩
在南方这片海湾
和海堤、土地、人一起
既彼此独立，又生死相依

| 创作评论 |

在对生活的诗写中，庞白善于凝眸那些被别人忽略的间断的瞬间或片段的意象，抓住灵魂被某种语言的钝刀划过而直击心灵的瞬间，捕捉瞬间灵感激起的火花，在一个个瞬间的迸发、日常生活的提升和心灵的清洗中，他建构了一个较为独特的诗歌世界。

——罗小凤：《诗意瞬间的潜水采珠人——庞白诗歌论》，《南方文坛》2009年第2期

虽然他向往古典的诗歌意境，但他的诗歌却本能地具有现代的质地。一方面，忧伤成为其诗歌的底色，其诗歌与许多现代诗人的无病呻吟不一样，恰恰在于这种忧伤有真实的身世体验作为基础；另一方面，由于置身现代社会，这种忧伤并不具有惨烈的悲剧效果，并没有直接的生命威胁，从而抹上了鲜明的现代色彩，使庞白

的诗歌具有相当本质的现代内涵，成为真正意义上的现代诗歌。

——黄伟林:《南方俊逸二题》,《南方文坛》2010年第4期

庞白的诗自然、宽阔、从容，其所写多为寻常之物，但每每能够从中发现不同寻常之处，营造出一个别具意味、富有张力的诗性空间。他对生活采取若即若离的态度，不是热烈、零距离的亲密接触，也不是冷漠、孤傲的拒绝与排斥，而是“入乎其内”的同时又“出乎其外”，诗中同时包含了入世与出世的内容。诗人庞白正是在这种“内”与“外”、“入”与“出”之间穿梭、往返，其诗歌的容量、厚度、复杂性得以廓张，诗意也由之氤氲不绝。

——王士强:《看似寻常见奇崛》,《文艺报》2016年2月1日第002版

那只猫

黄　芳

午夜
失眠者在八楼天台上
看黑暗层层叠叠
一只猫在不停地叫
凄厉，荒凉
它有什么样的毛色？
乌黑？灰斑点？
虚构的钟声响起时
失眠者用铅笔在一行字下画线
“灵魂的重量是21克。”
远方的父亲正在疼痛
疼痛的重量多少克？

作品信息

原载《南方文学》2017年第5期，入选《中国朦胧诗2017卷》(海峡文艺出版社2017年12月出版)。

风一阵阵吹过
吹过屋顶，拍打着窗棂
咣当，咣当
失眠者用铅笔写下
“她敲响了虚构的钟声。”
便坠入黑色大海
不再扑腾
那只猫在不停喊叫
凄厉，荒凉
或许它一身洁白，恰好
21克？

俘　虏

刘　频

我押解着整整一个连的俘虏
在硝烟未尽的路上
我大声喝令着，弄得尘土飞扬
只有我一个人挎着卡宾枪
他们受伤的枪，藏在心里
昨天还在和我争夺生死胜负的敌人
在沉默和敌意中挪动脚步
他们的眼睛放大了我的枪口
不知道从什么时候开始
我在这群俘虏强大的耻辱里
渐渐地耷拉下头，像俘虏一样走着

作品信息

原载《广西文学》2017年第6期，选入《2017中国诗歌年选》(花城出版社2018年1月出版)、《2017中国年度好诗三百首》(暨南大学出版社2018年3月出版)、《2017年中国新诗排行榜》(浙江人民出版社2018年出版)。

边　城

谢夷珊

河水绕过边城，去了开阔之地。
我确信整个河床在抬高，今夜鱼虾藏于水底
唯有月光，隐约照出一些漂浮的脑袋——

而明天也不能遗忘它们
在这世上不仅鱼虾有未来，河流也有。
远离边城，一个人想法复杂并非痛苦的

谁与我有温暖的旅程
这河里的鱼虾没有国籍，只有故乡。

作者简介

谢夷珊（1972— ），广西北流人，中国作家协会会员，漆诗歌沙龙成员。在《人民文学》《诗刊》《青年文学》《星星诗刊》等发表诗歌若干。

作品信息

原载《红豆》2017年第9期、《诗刊》2017年5月号下半月刊，收入《文学桂军二十年·诗歌精选》(广西人民出版社2017年9月出版）。

龙　胜

伍　迁

龙胜
是广西的一个小县城
在桂林以北78公里处
十年前
我在一本画册上
就看到过
天下一绝的龙脊梯田

2005年2月的一个早晨

作者简介

伍迁（1974— ），广西北流人。广西作协诗歌创作委员会委员，南宁市作协诗歌委员会副主任，南宁市青秀区作协副主席，漆诗歌沙龙发起人之一。作品散见于《人民文学》、《青年作家》、《芳草》、《诗选刊》、《星星诗刊》、《诗歌月刊》、《广西文学》、《新大陆》（美国）等刊物。著有个人诗集《流浪的情人》和诗歌合集《漆五人诗选》，编著旅游、文化类作品集十多部。参与主编《新桂文库》《广西现代诗选1990—2010》《广西诗歌地理》。有作品入选多种选本。

作品信息

原载《红豆》2017年第9期。

一辆破旧的吉普车
带着我们爬上了高高的龙脊
在平安村向阳的一个山坡上
阳光暖暖地
照着慵懒的我们
不远处就是著名的七星伴月
和零星分布在山间的壮瑶村寨

当地村民告诉我们
下山后可以去
泡一泡 54℃的矮岭温泉
还可以去花坪国家级自然保护区
看看“植物熊猫”——银杉

最有意思的是放马南山
就是电视广告中经常播的
那个出产南山奶粉的天然牧场
山坡上马牛羊成群
一不小心
它们就会把头伸到邻省湖南
悠闲吃草
甚至翻过越城岭
顺便也晒晒湖南的太阳

鱼在界河

韦　佐

虾、蟹，或鱼，在接近透明的幼年
界河的概念对于它们，是水
是家乡，是流动的祖国

竹影摆过江岸
那是朝阳里的事情
当竹影又摆回来
分明是十月黄昏了

竹影遵从于阳光照射的角度
它们的跨越和退守
之于边境，没有任何争端意义

作品信息

原载《红豆》2017年第9期。

但一条或几条鱼穿过界河
用意就大有不同
因为一顿“食有鱼”的晚餐
就落到越南的炊烟里了

如果它们能游回来
一条鱼在一天里
就具有了双重国籍

唯有晚年，才能如此洁净

余洁玉

老了，我就回到小镇去
种几亩桑田，栽几丛菊花
养几只绕膝的白鹅
围一块水波荡漾的池塘
水中落云，我看着鱼儿
穿梭于天地之间

那时，我已活过雷电和暴雨的年纪
更喜欢细雨无声
或者铜钟低垂
不再幻想攀过山梁，有几道重门

作者简介

余洁玉（1981—），广西贺州人。2008年开始发表作品。2015年加入广西作家协会。诗歌作品散见于《草堂》《民族文学》《诗刊》《星星》《诗潮》《飞天》等刊物。出版诗集《云上的沼泽》。

作品信息

原载《飞天》2017年第10期。

我更在意小屋的古朴
壁上画框的从容

那时，我是一个老态的妇人
依然抬手画眉，在夕阳的窗后
安静得像个处子
那时，爱恨都不再是我
纠缠不清的话题
我愿与群山聊聊清风
与流水谈谈月光
这一生
唯有晚年，才能如此洁净
像一场迟到的雪花，漫天飞扬

落日父亲

隆莺舞

有一年的每天下午我都到房里叫醒父亲
随后我开始欺骗他
某个地方藏满了金银珠宝
而且率先被我发现
父亲醒后照常解释他刚梦醒
在后门他跟一个路过的男人聊
梦的内容
他娶一个女人，第一次
不能把她对应到现实中的任何一个。
我们从不去证实那个金光闪闪的地方
父亲说他依然相信我

作者简介

隆莺舞（1993—），广西靖西人。广西民族大学影视文学专业研究生，2016年开始写诗、小说。作品散见于《民族文学》《广西文学》《红岩》《滇池》《长江文艺》《南方文学》等刊物。

作品信息

原载《广西文学》2018年第2期。

每一天的谎言都让他感觉崭新
即便这样
他一生都没有拥有过女人——父亲
固执认为梦里才是他的人生

但这个地方的每个人都有正经来历
“你是从梦里出来的，我的孩子”他说。
我从不怀疑，而且我
因此骄傲狂妄
童年的每一天我都欺骗他
正如他坚守自己的习惯与固执
总之，我早早知道父亲
始终有某些东西，像根钉子一样长在他胃里
他也早早知道我需要有人来
配合我的欺骗

我们只能在下午日往西斜
我叫醒他那一刻
他一半还在梦里那刻
从对方身上感觉到强烈的陪伴的幸福

唯有山川可以告诉

庞 白

那青翠的背影
枯萎的眼神，以及尚未相逢的
低声叫唤
在这个夜晚
安稳下来

这远远不是全部
深重的烟雨遮蔽着的山川
日渐隆起
那里埋藏着更多
我们从未启口的那些

但是，那又怎么样呢？

作品信息
原载《西部》2018年第1期。

山川已是我寻找到的唯一慰藉了
而且，唯有山川可以掠走
我们静的时间，乱的生命
激流般的对视
唯有山川可以，告诉我们
它的沉默

惦　记

庞　白

惦记那一根柳，一缕风
在苍黄和蔚蓝的心事中上路
温暖又凉意浸透
穿过山梁的她们，是浩如烟海的柔情
是人间的至美
是拱手让出天空的花朵

也惦记四月酒里漫漶眼神中孤独的形象
在向阳的地方，在流动的火焰里
转身就来到了七夕
来到银河边，来到铜锁前
来到铜锁深处——
两颗开启千年的心

作品信息
原载《四川文学》2018年第1期。

依然咫尺天涯，穿越时光如破碎丝绸

季节之外的隐秘，反复呈现
一次又一次，像幼小的花苞
挂在清凉高处。她们年复一年把身体打开
年复一年成为风景
年复一年宣告萌生，昭示死亡
唉，他们年复一年地
为懂和不懂的，爱和不爱的
生死不喻和始乱终弃的人
讲述远方